ちくま文庫

七時間半

獅子文六

筑摩書房

本書をコピー、スキャニング等の方法により無許諾で複製することは、法令に規定された場合を除いて禁止されています。請負業者等の第三者によるデジタル化は一切認められていませんので、ご注意ください。

目次

「七時間半」

獅子文六

会計さん

一

高輪の泉岳寺に近い電車道を、午前八時四十五分の太陽に輝きながら、若い女たちが、二組になって、歩いていく。前に、三人、後に、四人。

「あア、眠とうて、かなわんわ」

「あたりまえやわ。テレビ終りまで見た上に、あないおそうまで、話しとるんやもん……」

「そやかて、喜イやんの噂しとると、時間忘れるわ……」

「アホやな。あんたに関係ないこと、ほっときいな……」

前の三人連れが、声高く、大阪弁を蒔き散らす。後の連中も、女四人寄れば、カシマしい以上だった。

さては、関西からきた東京見物の女学生の小さな一団が、泉岳寺参りかと思われたが、服装が少し世帯染みてるし、さげてるビニールの鞄の角も、すり切れてるし、年齢も、高校はとっくに卒業の二十から、二十二、三の女たちである。第一、歩く方角が、泉岳寺を後にして、田町九丁目の電停を目ざしてる。また、その歩き方にしても、知らぬ土地のキョロキョロ振りは、少しもなくて、まるで、女工さんがポーの鳴るまでに、いつも定まった道を急ぐ、といった様子が見られた。

前の組も、後の組も、寝起きで出てきたとみえて、お化粧をしてる者は、一人もない。元気のいいわりに、顔色がよくないのは、女性として、過労な職業に従ってるからだろう。といって、バーや料理屋で働く女の肌のすさみは、一向に見られず、大半が、男との苦労などは、まだ、怖いもの知らずの、娘々した顔つき、体つきだった。

彼女たちは、どういうものか、小づくりの娘が多かったが、その中でも、とりわけ小型で、小締ンまりしたのが、前の組にいた。小型といっても、形の悪くないのは、欧州製の国民車に似ていた。小さいながら、よく均整がとれているのである。顔も小さいが、目鼻立ちが、それぞれ行儀がいいし、撫ぜ肩の古風さも、ヒップが可愛いから、不調和でない。胸の隆起も、子供のお茶碗ぐらい。まず、美人といえば、美人である。美人でないといえば、美人ではない。そう人目には立たないが、見ていて飽きる顔ではない。昔、田中絹代さんという女優がいたが、どこか、似たところがある。今の若い男は、こういう娘さんを好まないかも知れないが、観光外人なぞは、典型的日本ムスメとして、眼を大きくするだろう。そんな日本的体格ばかりでなく、日本的知性と、日本的感情らしきものも、小さな眼もと、口もとにみなぎらせているが、日本的健康も持ち合わせてるとみえて、お化粧前の素肌が、誰よりも血色がよく、黄色人種といっても、杏がホンノリ色づいた程度である。藤倉サヨ子といって、この秋には、二十三歳と一カ月を迎えた娘だった。

「昨夜、泉岳寺のしるこ屋へいった人、誰や？」

「うち、行かへん」

「かくしても、知っとるで。あんた、御膳じるこ二杯と、義士ダンゴ一皿食べたんと、ちがうか」

「わア、みんな、知れとるわ。かなわんわ。そやけど、うち、東京のしるこ、好きやわ。夫婦（みょうと）ぜんざいみたいなもんとちごうて、アッサリして、上品やさかい……」

彼女等の宿舎は、泉岳寺の近くにあって、東京泊りの夜は、九時ごろに帰舎するのだが、グッタリ疲れているのに、入浴の暇も惜しんで、甘い物に食い意地を張る者も、多かった。

若い娘が、毎夜、七人から八人は、顔は変っても、必ず宿泊するが、寮番の老夫婦がいるだけで、勤務から解放された彼女たちは、大いにハシャがないではいられない。しかし、それが無軌道に走らないのは、彼女たちの中に、勤務上の監督者というか、上官というか、睨（にら）みのきく人物がいるからである。寮へ帰っても、その関係は続く。この七人のうちでは、藤倉サヨ子が、それに当った。

彼女らの階級は、一級、二級、三級、四級、そして見習いと分れるが、藤倉サヨ子は、もう一つ上の会計と呼ばれる役だった。自然、彼女は、帰舎後に、しるこやアンミツを食べに出ることも、慎（つつし）まねばならぬが、こうやって、路上の大声のおしゃべりにも、彼女だけは、参加できなかった。

尤も、あまり、上役風を吹かしては、人望もなくなるし、また、藤倉サヨ子だって、若い身空だから、適度に笑ったり、適度にアイヅチを打つぐらいは、いつも欠かさないのだが、今日の彼女は、一切、無反応だった。

彼女は、口をきかずに、デコボコの多い鋪装路を、ジッと見つめて、歩いていた。彼女は大阪の娘だが、東京と大阪の幹線道路の比較研究を行う必要もなかった。そういう眼つきでもなかった。十月の空は、晴れ渡ってるのに、彼女の眼は、曇っていた。鶏卵型の顔に、杏色の血色が浮かんでも、心は病んでるのであろうか。パーマをしない髪が、二筋、三筋、頰にかかり、小さく結んだ唇のあたりに、憂いの雲が懸っているが、女はそれをガマンできないといったような、台風性のものではなくて、日本画の水墨の濡みの雨空だった。といって、安心するわけにもいかない。こういう女は、思い詰めると、突然変異を起しがちである。

それでも、娘たちのおしゃべりと、笑い声が、あまり高くなると、彼女は、ハッと、夢から覚めたように、腕時計を見た。そして、始めて、口をきいた。

「もう、時間ないわ。少し、急がんと……」

鶴の一声で、ピタリと、饒舌がやんだ。

「はい」

そして、鋪道を踏む靴音が、速くなった。思う存分、大阪弁でおしゃべりのできる時間は、もう終った。往来を、海の方角に曲ると、何十条のレールを載(の)せたガードの地下道が、正面に、まっ黒く、口を開いていた。その左手に、町工場のような、バラック風の建物があり、入口に、全国食堂品川営業所という木札が、薄汚れて、掛っていた。その木札を見ただけで、娘たちの大阪弁は、標準語に切り替わるのである。

二

須田町食堂とか、渋谷食堂とかいうのは、聞いたことがあるが、全国食堂とは、話が大きい。全国の日本人に、飯を食わせるつもりなのか。一億人が、ドッと押し寄せたら、国技館を百倍にしたって、収容しきれるものではない。話半分にして、全国の大都市に、チェーン式の食堂でも、経営してるのだったら、まだ、筋は通る。だが、そんな名の店を見た人は、誰もない。

現に、この品川営業所にしたって、営業してるからには、客がきたら、「入らっしゃい」と、景気のいい声が聞えそうなものだが、シンカンとして、倉庫のように、薄暗い。食堂らしいものは、どこの隅(すみ)にも、見当らない。全然、接客業のフンイキはないのである。しかし、鼻のきく人だったら、一歩を踏み入れただけで、肉や、鳥や、魚の匂いを、かぎつけるだろう。実際、この建物にあるジュラルミン張り冷蔵庫の中には、まるで牛肉屋へ行ったような多量の牛豚肉、まるで魚屋へ行ったような夥(おびただ)しい魚貝類が、詰っている。野菜類も、果物も、沢山(たくさん)、積まれている。飲む方だって、スコッチから国産ウイスキー、ビール、日本酒、ジュースの類が、冷室に貯蔵されてる。ケーキ、コーヒー、紅茶も、事を欠かない。洋食の材料ばかりかと思ったら、カマボコや卵焼、ウナギのカバ焼なぞも、軍隊式大釜で炊いた米飯と共に、用意されてある。

そういうと、ここは材料の倉庫であって、営業所というのはニセ看板のようだが、奥の準備室という広い一間へ行ってみると、白服を着たコックさんが、各所で働いていて、ウマそうな匂いが、プンプンみなぎっている。蛍光燈の他に、殺菌燈まで使った料理場は、なかなか清潔であって、野菜を剝く者、それを煮る者、肋骨のついた大きな牛肉の塊りを切ってる者、丸の鶏の肉をおろしてる者、魚のワタを出してる者、シチュー肉を煮込んでる者、伊勢海老をボイルしてる者、ドミ・グラス・ソースの鍋をかきまわしてる者——それぞれ、分業があって、忙がしく、立ち働いている。

その隣りの小室では、折り畳んだまっ白なテーブル・クロスを、行李に詰めてるし、ナイフやフォークやスプーンを、箱に入れてる者もある。

道具も整ってるし、料理もこしらえてるのだから、後は食う算段であるが、この営業所、その方は、ひどく知らん顔をしてる。

つまり、ここでは、ものを食わさん方針らしい。それなら、どこで食わせるかと、この営業所長に詰問する者があったら、彼はモミ手をしながら、

「はい、東京と大阪の間で、召上って頂きます」

と、答えるだろう。

今、あら方準備が終った食物は、東京駅を十二時三十分に出る、大阪特急〝ちどり〟や、その後のビジネス特急〝いそぎ〟や、九州特急の〝くまそ〟の食堂車用に宛てられるのである。

「なるほど、この会社は、列車食堂を受持ってるのか。それにしては、全国食堂なんて、大風呂敷過ぎるぜ」

と、質問されたら、日本橋の本社の社長が大きな腹をつき出して、答弁するだろう。

「日本文化国家に、北は北海道から、西は九州まで、レール敷かれざる所なく、その幹線レールを走る急行、特急に、わが社の食堂車が繋がれざることは、ほとんどなく、これ、すなわち、全国食堂でないかにイ。品川営業所は、東海道線関係を受持つに過ぎんですわい」

三

藤倉サヨ子を先頭とする若い娘たちが、ゾロゾロ入って行った部屋は、料理関係の準備室ではなかった。所長や次長のデスクのある、事務室の方である。

「お早ようございます」

「お早ようございます」

正確な標準語の発音で、彼女たちは、すでに執務してる男の社員に、アイサツした。

「はい、お早よう。……昨日の四列車で、京都の松茸を届けてくれたが、やはり、味がちがうなア。あれは、誰から？」

　所長は、まだ出ていないらしく、次長が、机に坐っていた。

「はア、大阪の次長さんからです」

　藤倉サヨ子が、答えた。

「車内販売の売れ残りじゃないのか」

「まア、お口の悪い……。車販の籠(かご)入り松茸は、とてもよく売れますから、残るどころじゃありませんわ」

　彼女は、もう、すっかり勤務の人になっていた。来る途中の憂色は、きれいに払拭(ふっしょく)されて、サービス用の微笑が、顔を掩(おお)っていた。そして、身を翻(ひるがえ)すと、会計係りのテーブルへ、これから乗車する〝ちどり〟の食堂で用いる釣り銭を、受取りに行った。〝ちどり〟が終点に着くまでに約十万円の売上げがあるが、その釣り銭も、紙幣、硬貨とりまぜて、二万五千円を用意する必要がある。

「改算させて頂きます」

　まちがいないにきまっていても、慣例として、彼女は、白い木綿袋から、ジャラジャラ金を吐き出させた。

　他の娘たちも、その間に、ボンヤリ立ってるわけではない。

　一級の彼女は、食堂で使う料理や飲料の名を書いた通し札——チケットというのを区分して、箱に納めたり、伝票を整理したり、食卓用の花やケーキを受取ったり、分業は、この時分から、歯車の回転を始めるのである。

彼女たちは、列車食堂のウエートレスだった。列車食堂を請負ってるのは、日本ホテルその他二つのホテルと全国食堂であるが、彼女等が後者の従業員であるのは、いうまでもない。

現在は、特急〝ちどり〟に乗って、東京大阪間を往復しているが、五往復すると、九州急行食堂に、乗り換えさせられる。

特急は、何といっても、最上の列車であり、それに乗るウエートレスも、優秀を保証されたことになるが、一往復毎に休日があるといっても、東京大阪間立ち続けの商売であって、決してラクなものではない。

彼女たちの全部が、大阪付近の出身であるのは、特急〝ちどり〟の食堂車は、全食(全国食堂)の大阪営業所の受持ちだからである。食堂車に限って、この特急は、大阪発というべき性質を持ってる。コックさんも、助手たちも、大阪で雇い入れられた人間である。食物の材料も、上りの時は大阪仕入れであるが、どうも〝ちどり〟の食堂は、上りの時の方がウマいという評判もある。

といって、食堂車内を、大阪色で塗りつぶすというわけにはいかない。タキシードを着た食堂長以下、接客係りの諸嬢たちは、車内においては、一切、方言の使用を禁止されてる。

彼女たちの誰も、志願の最初は、営業所内の訓練所で、皿の運び方、飲料の注ぎ方を教えられると同時に、標準語の教育も受けるのである。しかし、この方は、ラジオ・テレビの普及で、諸嬢たちも、東京の流行語まで知ってるので、進歩は甚だ速いらしい。

さて、事務室の柱時計は、九時十分。

彼女たちの乗車準備の分業は、すでに終って、藤倉サヨ子を先きにする七人が、ズラリと、次長の席の前へ列んだ。ウェートレスの制服のカラーもまだつけず、色とりどりのセーターを着ているが、態度は、東京駅発車の時のように、直立の姿勢で、

「三列車、点呼願います」

藤倉サヨ子が、声をあげた。三列車とは、下り〝ちどり〟の鉄道語である。

乗車前の点呼である。次長もイスを立ち上って、彼女たちの顔を見回したが、番号をとるほど、軍隊式ではなかった。

「伝達事項は、特にないが、今日の三列車は、岡首相が乗る予定です。恐らく、食堂では食べないと思うが、何かの註文があるかも知れないから、サービスに注意して下さい……。では、行ってらっしゃい」

「行って参ります」

そして、彼女たちは、各自の運搬品と、私物を入れたバッグを両手にさげながら、靴音を高く響かせて、鉄道構内のガードの方へ、歩き出した。

助さん

一

明治時代には海であった、品川の埋立地――今は、客車と機関車のお宿であって、札ノ辻あたりから、品川駅構内まで、お客の乗っていない車体が、戦後の新意匠のさまざまの色彩で、積み木の箱をブチまけたように、散らかってる。その上、機関区、庫内線、洗滌線などの建物がたち列び、鉄道唱歌にあるような、海のかなたに薄霞む山々なんて、いくら背のびしたって、見えたものではない。

その広い操車場の西の端の方に、東海道線の上りと下りの線路にはさまれて、引込み群線（ヤード）があり、そこに、特急〝ちどり〟の客車が、休んでいた。電気機関車がついていないだけで、十二輛編成の客車が、ライト・グリーンに塗られて、明るい秋の陽光に、輝いている。姉妹特急の、〝ひばり〟と同様、普通の列車とちがいますと、いわんばかりに、数年前からこの塗色に改めたのである。

見たところ、いかにも、スガスガしくて、スマートで、日本急行鉄道会社のカンバン特急にふさわしいのだが、鉄道通の人の説では、あの緑色に塗り変えたのは、婆さん芸妓の化粧直しにひとしいという。〝ちどり〟は、もう時代おくれの特急で、会社の方でも、その名は残すけれど、近く、新式の車体と編成に改める方針らしい。つまり、この間、お目見得をしたビジネス特急の〝いそぎ〟が、クリームとエンジ色のハデな塗色のせいばかりでなく、車内設備がすべて近代的であり、速力も、東京大阪間を六時間五十分で走り、〝ちどり〟を四十分も、ひきはなしている。〝いそぎ〟が現われてから、〝ちどり〟は顔色がなくなったのである。日本人は、浮気で、助平な旦那のように、若い芸妓、新しい妓を好むので、〝ちどり〟もついに老妓となり果てた。色の塗り替えぐらいでは、追っつきそうもなく、やがては、二代目〝ちどり〟に名を譲って、引退ということになるらしいのである。

そういう運命を知ってる者には、ヤードで休息してる彼女を見ても、ライト・グリーンも貧血の色のようで、愛惜と同情が湧き上ってくるのだが、昭和二十五年以来走ってきた車体には、それ独特の空気と品位があり、ことに、特別二等車のスチュワーデス、通称の〝ちどり・ガール〟が新〝ちどり〟では、消え失せるらしい噂が、一層、心を悲しませるのである。そして、食堂車の方も、ビジネス特急式に、ビュッフェの立ち食いとなれば、白いテーブル・クロスの上で、チビチビ酒を傾ける愉しみも、昔の夢と化すのではないか。

外国人は、日本の鉄道に乗って旅客の誰もが、ヤタラにものを食うのに、驚くらしいが、あれは空腹のためではなく、ガッタン・ゴットンと動き出すと、何か口に入れたくなる習性のためである。今日出海という小説家は、駅弁を見ると、買わずにいられない癖があって、終点に着くまで、モグモグ口を動かしてる。煤煙を気にしながら、駅弁の折りを開くのも、いいものだが、食堂車のステーキ定食か何かで、ナプキンを胸に垂らしながら、ヨソイキの面で食事するのも、悪くない。一番悧巧なのは、食堂車で和食朝飯を食うことで、暖かいミソ汁とノリと小鉢料理がついて、一五〇円だから、駅弁とお茶を買う費用と、何ほどもちがわない。尤も、特急〝ちどり〟は、朝を迎えない列車だから、和食朝飯はないが、幕の内定食か、うなぎご飯で、一本つければ、べつに、ヨソイキ面の必要もない。

しかし、いくら、ヤタラに食べる習性があるといっても、食堂車のメニューは、多種多様過ぎる。〝ちどり〟や〝ひばり〟のメニューは、洋食だけでも、定食が四種、簡易定食が二種、ア・ラ・カルトはスープからサラドまで、十二種類、他に、季節料理やエビフライまで、提供する。パンだけで済めばいいが、米食人種だから、ライス料理、あるいはライスつきの註文も多い。その上に、幕の内、うなぎご飯ときては、コックさんも多事多端であるが、その世界一多忙な食堂車が、十二輛編成の中央より、ちょっと後部の八号車として、連結されてる。車の外側は、きれいに掃除が済んでるが、窓には、オシメを干したように、テーブル・クロス下敷のフランネルが乾かしてあって、内部はよく見えないが、逆さに積んだイスの間を、一人二人、動き回る男の影が、動いていた。

「て、天気がええと、は、早う、眼がさめよるなア。おかげで、少し、手が空いたわい。一服、やらんか」

まだ、掃除前の乱雑な食堂車の中で、話し声が聞えた。二十五、六の巨漢であって、少し首が短いが、顔だちは悪くない男である。頭は、コック帽をかぶっているが、メリヤス・シャツ一枚の姿でも、まだ、暑そうな顔をしている。料理場の前の、営業中なら会計係りの坐るところへ、イスをひいて、ハッチと称する仕切り窓から、中へ話しかけた。

矢板喜一といって、食堂のコック助手を、勤めている。この道へ入って、もう六年にもなる上に、人一倍の仕事熱心なので、特急食堂の〝助さん〟に、昇進したばかりである。スケさんなんて、人聞きはよくないが、助手の略称であり、コック場では、チーフ・コックの次ぎの地位で、軍隊なら、まず、下士官だろう。

料理場の中では、二人の若者が、ちゃんと、コック服を着て、料理ストーブの前と、配膳場とで、それぞれ働いている。この二人は、パントリさんといって、職務は皿洗いや、料理の盛りつけをするのだが、実質的には、コックの見習いであり、矢板喜一も、この間まで、パントリー（配膳室）で働いていたのである。

「ええ、今、飯が吹き上ってるところだすから……」

ストーブの前の若者が、答えた。二人いるうちの先任で、この方が位が上である。

今ごろから、ライスの支度をするのは、手回しがよすぎるようだが、実は、この食事の準備は、旅客のためではない。彼ら自身と、ウエートレスたちの朝飯用なのである。ミソ汁の匂いも、隣りの鍋から、立ち上っている。

食堂従業員は、掃除が済むと、全部が揃って、車内で朝飯を食べる。その支度をするのは、パントリさんの役目である。お客用の料理には、まだ、手を出す資格がないのである。そして、彼ら二人と、助さんとは、前夜の勤務後も、食堂車の中へ、泊り込みであるから、一日の労働も、一番早くから始めなければならない。その上、泊り込みといっても、ベッドがあるわけはないから、食堂の隅に新聞を敷いて、毛布をかぶって寝るわけで、血気盛んな年齢でなければ、とても、勤まる仕事ではない。おまけに、機関車が離れれば、電燈も消えてしまうので、ローソクの光りで、一夜を明さなければならない。尤も、横になれば、すぐイビキをかく連中ばかりであるが――

とにかく、威勢のいい若者の集まりで、ことに、〝助さん〟の矢板喜一は、ドモリの欠点を除けば、健康無比のハリキリ男で、気性も、ピアノ線をピンと張ったような、一本気である。尤も、彼だけは、関東人の血を受けているので、栃木県生まれで、高校までは故郷にいたが、喧嘩で同級生を傷つけてから、大阪の伯父のところへ預けられ、ふとしたことから、全国食堂の大阪営業所で働くことになり、とたんに、コックの仕事が面白くなって、以来、側目もふらずに、この道に励んでいる。将来、特急のチーフ・コックになるか、会社経営の構内食堂の主任になるか、それとも、東京の大ホテルに入って、ミッチリ修業して、日本で指折りの名コックになってやろうかと、夢は止め度なく、走り回る男である。

「なア、助さん、名古屋の組合が、だいぶ騒いどるらしいが、そのうち、大阪へも、波及して、きよるんやないですかなア」

配膳助手の田所寅造が、話しかけた。仕事がグズのくせに、理窟っぽい男で、営業所の溜りで、安保改正問題なぞを持ちだすのは、彼だけである。

全国食堂には、調理関係従業員が約七百人、接客関係が約千四百人いて、それぞれ組合を持ってるのだが、争議なぞ起ったことのないのは、調理の従業員は、会社の雇傭人という他に、技術上の先輩と親分子分の関係があって、それが、なかなか強力だからである。また、接客関係の方も、九割がウエートレスの女子従業員で、彼女等は嫁入り前の腰かけ勤務が大部分、勤続四年の藤倉サヨ子などは、長い方で、労働者意識に目ざめるヒマもなかった。そんなわけで、会社も天下泰平を謳ってきたのだが、名古屋の営業所の調理従業員組合が、最近になって、やや尖鋭化してきて、ベース・アップを要求しているウワサもチラホラ聞えていた。

「そ、そうなったら、そん時のことや。今から心配せんでも、ええわい」

矢板喜一は、血の気が多い生まれだが、目下は料理修業に心を奪われて、労働者の権利まで、頭が回らなかった。会社には憎悪も、愛情もなかった。給料は、会社から貰ってるのに、自分を使ってるのは、チーフ・コックの渡瀬政吉のような気がしてならなかった。渡瀬は、彼を可愛がってくれ、コックにありがちな、教え惜しみをしないで、よく指導してくれる。心服してるチーフが争議に参加するのだったら、彼も、赤旗でも何でも振るが、それまでは、料理ストーブの前を、離れる気はなかった。

「オッ、リヤカー来たぞ。早う、ドア開けたれや」

矢板は、タバコを捨てて、立ち上った。

「お早よう」

「ご苦労さん」

営業所から、今日使う肉や、鶏や、魚を、もうすでに切りわけてあるのを、それぞれの金属容器に入れて、車の下へ運んできた。コック場のドアから、三人がかりで、それを受取って、直ちに冷蔵庫へ、納い込むのである。この食堂車が、もう旧式の証拠には、冷蔵庫といっても、氷冷式であり、料理ストーブだって、石炭を燃やすので、九州新特急〝ありあけ〟の電化調理場で働く者からみれば、倍も手数が掛かるのである。

その頃から、車内は、次第に忙がしくなった。ビールその他の飲料や、テーブル・クロスや、補充の氷を運んでくるリヤカーが、続々と、着く。ビールは、約十ダース。各社の売込みが激しいから、大メーカーの銘柄は、全部揃えねばならない。そして、日本酒が二種で、一合ビン約五〇本。それに、ジュースとタンサンも、欠かされない。

「おや、オヤジさんが、アイサツに回っとるぜ。今日は、えらい早いな」

パントリさんが、車窓の外に気がついた。

コック帽にコック服の中年男が、線路を跨いで、隣りに休止中の九州急行〝くまそ〟の食堂車へ、歩いていく姿が見えた。チーフ・コックの渡瀬政吉である。チーフともなると、出勤したら、他の食堂車のチーフへ、仁義を通さねばならない。背の低い、色の浅黒い、モズのような、小さな猛禽類を想わせる顔つきをしている。コックというものは、彼に限らず、気むずかしい男が多く、会社でも、扱いに骨を折るが、その代り、職人気質で、義理だの、人情だのと、古風なことをいってるから、争議など起す心配はない。わけても、渡瀬政吉は、腕がいいだけに、いつもムッとして、とっつきの悪い男で、営業所の上役も一目置いているし、部下の若い者も、ピリピリしているが、不思議と、助さんの矢板喜一だけは、弟のように、可愛がっている。そして、矢板に料理のコツを覚えさせるために、それとなく、機会を与えてやってる。普通のコックは、昔の刀鍛冶のように、秘伝を人にかくして、味つけなども、助手に知られぬよう、コソコソやったりするが、渡瀬の矢板喜一に対する場合は、反対である。

「喜イやん、日本の肉は、世界一やよって、それを生かさんと罰あたるぜ」

彼は、よく喜一に教訓する。尤も、機嫌の悪い時に、八つ当りをするのも彼に対してであるが、それも、愛情のためだと、喜一は心得ている。そして父とも、師とも、渡瀬を崇拝して、彼の靴もみがくし、外套のホコリを払って、着せかけてやるのも、彼の仕事である。昔のコックの弟子は、アンマまでやらされたが、今どき、喜一のような真似をする者は、一人もない。

「オ、オヤジさん来んうちに、早うかたづけんと……」

矢板喜一は、二ダース入りのビールの木框（わく）を、軽々と、両手にさげて、食堂の中へ、運んできた。体が大きいから、力もすぐれてる。食堂正面に、酒類の飾り棚（だな）があって、その下が、飲料を入れる冷蔵庫になっているが、それへ、ビール・ビンを詰め込むのは、本来、ウエートレスの仕事なのである。しかし、喜一は、彼女らの手間を省（はぶ）いてやるために、ビンを一つ一つ拭ってから、中へ並べ始めた。こういうところが、ウエートレスたちの間で、喜一の評判のいい理由なのだろう。

腰に七つ道具をブラ下げた、客車区の検査係りが、無言で、食堂車を通り抜けて行った。始発検査が来るのは、九時十五分頃と、相場がきまってる。専務車掌室へ入って、アナウンスの拡声装置を調べる声が、アー、アー、アーと、断続して聞えた。

それが合図のように、車の外が、急に賑やかになった。点呼を受けたウエートレスたちが、ヤードへ到着したからである。

といってすぐ、車へ乗り込むわけにいかない。何しろ、プラット・フォームがないので、車のステップは、見上げるほど高い。娘たちは、ロック・クライミングをやるような動作で、車上によじのぼらねばならない。

「ちょっと、これ、持ってエ……」

「わッ、靴脱げたア…」

キャア、キャアと、賑やかなことである。

しかし、その声を車の中で耳にした矢板喜一は、遠くで、渡瀬の姿を見た時以上に、緊張した。そして、心の中のツブヤキさえ、ひどくドモらずにいなかった。

——お、大阪へ着くまでに、へ、返事せんならん。

恋の揚げ芋

一

矢板喜一が、藤倉サヨ子から、恋を打ち明けられたのは、もう一月ほど前だった。彼と彼女は、チーフ・コックの渡瀬の組として、二人のウエートレスと共に、この半年の間、特急〝ちどり〟と、急行〝あさひ〟の食堂勤めを、続けてきたのだが、いわば渡瀬一家の身内として、親しみあってるうちに、あの控え目で、おとなしいサヨ子の方から、プロポーズしてきたのである。

しかし、恋の打ち明けといっても、いろいろであって、丸の内のB・Gだとか、女子大の才女の卵たちの方式ばかりではない。喜一やサヨ子の属してる階級では、「あたしはあなたを愛します」なんて、飜訳小説みたいな文句は使わない。それに、生活を離れた、純粋恋愛ということも、ヒマがなくて、行えない。サヨ子が喜一に打ち込んだのも、このドモリ男と将来を共にすることによって、彼女の人生的、経済的設計図が、明るく描けそうだからである。

といって、彼女が打算的なぞと考えたら、大まちがい——喜一を好きな点で、誰にもヒケをとらない。まるで、シャンソンの文句のように、〝好き、好き、好き〟なのである。シンから、好きである。ただ、彼女のような、下積みの社会に生まれた女は、好きというだけでは、結婚を考えるわけにいかないから、是非もない。

しかし、彼女も、最初から、貧家の娘というわけでもなかった。戦前は、父親が生きていて、アイノコ弁当というものを看板にする和洋食堂を、堂島で開いていて、ずいぶん繁昌したのである。父親は、日本料理人上りで、洋食はコックを雇ったのだが、カマボコとチキン・カツの同居する弁当は、大阪人の好みに合って、日に二百本も、出前が出た。彼女は、まだ、ほんの小娘だったが、景気のよかった店の様子も、豊かだった家庭の生活も、おぼろ気に記憶に残っている。それにひきかえて、母親と兄の家に同居して、彼女が会社から貰う給料を、そっくり寄食費に回さなければならない現在は、あんまり情けないのである。

彼女も、利発な性分の上に、よく働いたので、ウエートレスの最高地位の会計さんまで、出世をしたものの、これから先きの道というものがない。この辺で退職、そして結婚というのが、通例となってる。そして、彼女にも、縁談の口が、最近、起っていた。これは、世間の娘に聞かしたら、ノドから手が出るような、すばらしい条件の縁談なのだが、即座にウンといわなかった。無論、喜イやんの面影がチラついたからだが、一つには彼女が普通の結婚生活を望まないからだった。

　彼女は、父親の志を継ぎたいのである。戦時中に、父親が死亡して、あの商売をやめてしまったが、どうかして、自分の手で、もう一度、開店して、曾て母親がそうしたように、自分がレジスターの前に坐って、店のサイハイを振ってみたいのである。東京の娘には、こういう執念はないかも知れないが、商人の都に生まれたおかげで、一見、温和そうな彼女の胸の底に、消しがたい火が燃えているのである。

　しかし、女手一つで、あの商売はやれない。やはり、主人として、良人として、料理に腕のある、誠実な男を迎えなければならない。ところが、それにおあつらえ向きの男が、眼の前にいたのである。無論、喜イやんである。とたんに、彼を好きになったのか、それとも、好きだったから、メガネに適ったのか、その点はわからないが、とにかく、結婚の対手として、矢板喜一以外の男性は、考えられなくなった。勿論、現在の喜一に、一軒の店を預かる腕は望まれないが、筋のいいのは、チーフの渡瀬も保証つきであるし、また、すぐ店開きをする金もないから、暫らく我慢をするとしても、約束だけは、いまのうちに結んでおかないと、彼女の胸が収まらない。

　そこで、彼女は、思い切って、喜一に心の丈を打ち明けたのであるが、彼は、即座にO・Kといってくれなかった。彼女に、気がないのではない。それどころか、喜一の方でも、嫁はん貰うのなら、サヨちゃんのような娘をと、心の隅で想っていたのである。

しかし、彼には、大望があった。まず、急行食堂のチーフ・コックにならねばならない。それから、特急のチーフになり、やがては、食堂車を降りて、全国食堂の一番コックといわれる身分になりたい。大阪の片隅で、アイノコ弁当なぞを売物にする、小レストオランの主人なんかに、収まっていたくない。

そこが、藤倉サヨ子の設計図と、少し食いちがうのだが、その上に、彼も若い身空で、ちょいと、目移りのする花が、そよ風に揺られて、オイデ、オイデと、手招きをする景色も、眼に入らぬではない。

しかし、昨日の朝、大阪の宮原のヤードで、今のように、食堂準備中に、彼女からささやかれた言葉は、低かったが、強かった。

「この勤務、終った時に、返事聞かしてね。待っとるわ」

彼等の所属は、大阪営業所であり、〝ちどり〟の食堂は大阪を出て、大阪に帰るのが、一勤務とされてる。東京は、仮りの宿りであり、下りの〝ちどり〟が終点大阪に達して、やっと、食堂車も安眠するのである。翌日は、〝ちどり〟食堂従業員全部の公休日であり、もし、嬉しい返事を聞いたら、二人手を携えて、箕面あたりへ遊びに行けるではないか。

二

藤倉サヨ子以下、七人の娘たちは、セーターを脱ぎ、私物のエプロンで、身支度を整えると、コマ鼠のように、働き出した。会社支給のエプロンは、接客用だから、まだ汚してはならない。

　車窓に干したフランネルをとり入れて、テーブルの上に敷き、ビニールを重ね、その上に新しい卓布をかける者。食堂用と車販用の飲料冷蔵庫の氷を、砕き始める者。テーブル用の花を、銀メッキの花瓶に活ける者。ハッチの飾り戸棚に、洋酒やビールのビンを、列べる者。カラシやソースを薬味入れに充たす者。そして、二人の車内販売係りは、食堂入口に近い倉庫室に、わさび漬だとか甘納豆とか、ジュース、お茶などを、積込まなければならない。

　毎日、それぞれ一定した係りが、手順のきまった仕事をするから、いいようなものの、オカ（車外の社会のこと）で働いている女が、手伝いにでも来たら、眼を回してしまうだろう。一日に八キロも、車内を歩行するといわれる、ウエートレスの激しい仕事は、もう、この時から、始まっているのである。

　会計の藤倉サヨ子にしたって、勘定台に、ソロバンや鉛筆や、チケットや伝票や領収書を列べれば、用がすむわけではない。彼女は女子従業員の頭株であるから、八方に眼を配って、手の足りないところには、助けにいかなければならない。それに、テーブル用銀器の手入れは、彼女の仕事になってる。スープ・スプーン、デザート・スプーン、魚用ナイフ、フォーク、バター・ナイフといったものは、銀メッキであって、何もホンモノではないのに、それを扱う責任者は、会計さんか、一級ウエートレスに限られてる。

四角い金属盆に、熱湯に浸されて、コック場から運ばれた無数の銀器を、彼女は一つ一つつまみ上げて、タオルで拭き上げるのである。その手つきは、素早く、また丹念で、四年間の熟練というよりも、元来、家庭的な女性に、生まれついてるからだろう。

彼女は、心に想うことがあるから、無言も当然であるが、他の娘たちだって、大阪弁も、標準語も、用いる暇がなかった。食堂準備中の忙がしさは、定食時間とまた別種の趣きで、受持ちの分業を、一刻も休めないのである。

しかし、車内販売係りの二人は、働く場所も、他の連中と離れているし、車内倉庫が、あらかた整理のつく頃には、つい、ムダ話もしたくなる。

「今日は、B・Bの乗る日とちがうか」

車販主任の谷村ケイ子が、きいた。

「そや、そや。あの女と同じ日やと、胸糞悪いわ。何で、あない美人振っとるのやろう」

車販二級の武宮ヒロ子が、答えた。

「美人やから、仕方ないわ。そやけど、なんぼ華族さん出身やかて、ちと、気取り過ぎとらへんか。うち等を、まるで、召使いのように、見下しとるで」

「車販で通路歩いとっても、体よけてくれたことあらへん。憎いわ、ほんまに……」

彼女たちが噂するのは、どうやら、同じ列車で働く、女給仕のことらしかった。〝ちどり〟と〝ひばり〟の二等車には、旅客機のスチュワーデスのような女が乗っていて、親切に世話をしてくれる。通称〝ちどり・ガール〟とか、〝ひばり・ガール〟とか、呼ばれているが、その中の一人が、食堂の車販係りの女と、仲が悪い様子である。詳しいことは、いずれ、列車の進行と共に、わかってくるだろうが、〝B・B〟というのは、そのちどり・ガールのあだ名らしかった。恐らく、その女が、フランスの人気女優、ブリジット・バルドオに似てるとか、彼女の態度を気取ってるとかいう理由から、生まれたのだろう。そして、ビイ、ビイという発音に、憎悪や嘲笑の意を、託し得るためかも知れない。

「あんた、気イつかんか。ビイビイの奴、この頃、喜イやんを誘惑しとるらしいわ」

「え？　喜イやんを？　ほんまかいな。そんでも、あない気位の高い女が、〝助さん〟風情に……」

と、いいかけて、車販助手は、急に口を閉じて、ジュースのビンを詰め始めた。

「お早よう」

食堂長が、車へ乗ってきたのである。

三

食堂長というのは、食堂が開かれると、黒い服を着て、隅に突っ立っている人物で、お客をテーブルに案内するぐらいはやるが、普通、料理の皿なぞは持ち運ばない、エラ型である。車内で、お客と接触するウエートレスや会計を、〝表〟といい、コック場で働く者を〝裏〟というが、食堂長は、その両者を通じての責任者である。だから、エライといえばエライが、食堂ボーイの出身者が多いから、腰は低い。昔は、食堂車も、男ばかりだったのである。しかし、〝表〟の者たちからも、裏の者たちからも、案外、親しまれていないのは、彼が、別名〝カントクさん〟と呼ばれ、お目つけ役であり、時に、会社の回し者の感さえあるからだろう。

この列車の食堂長の森山なぞは、ワケのわかった方で、女子従業員の受けも悪くないのだが、それでも、彼の姿を一目見れば、彼女たちは、一心不乱に働いてるフリをしなければならない。

彼は、食堂車の中へ入って、一わたり、準備の進行工合(ぐあい)を、眺めた。尤も、それは形式であって、黙(だま)っていても、時計の針のように、滞(とどこお)りなく進行するのである。テーブルは、すでに、大部分のセットを、終っていた。白布の上に、花ビン、献立表(こんだてひょう)、コップ、薬味台、砂糖ポット、灰皿、伝票を抑(おさ)える文鎮まで、中央に列(なら)べられていた。テーブル・クロスも、折り目の山が窓際(まどぎわ)にいくように、正しく掛けられていた。ただ、コック場に近い三つのテーブルだけは、これから従業員が朝飯を食べるために、未準備だった。

「お早ようございます。よいお天気ですね」

藤倉サヨ子は、もう、銀器の湯通しも終って、テーブルごしらえを手伝ってるところだった。

「ご苦労さん……。今日は、総理が乗るんだってね」

「そんな話ですわ。でも、いつものように、食堂へはお出でにならないと、思いますが……」

彼女の標準語は、よく、イタについていた。食堂長だって、勤務が始まれば、大阪弁は使わない。

「そうさね。たいがい、新喜楽あたりの弁当をご持参だからね。でも、随員たちは、来るだろうから、気をつけなくちゃ……」

「かしこまりました」

それから、食堂長は、クルリと向きを変えて、コック場の中を覗いた。ムッと、熱気のこもった、狭い室内を、半分に仕切って、調理室と配膳室に、分かれている。配膳室の方は、ステンレス張りの台の上に、和食の幕の内弁当の箱が列べられ、一人のパントリさんが、握り飯製造器で、作業中だった。そっちの方は、いくらか涼しいが、台の向う側のコック場では、料理ストーブが、カンカン燃えていて、その上に、フライ・パンが掛って、フレンチ・ポテトを揚げてる最中である。そのフライ・パンも、〝オカ〟で使うのとちがって、鍋のフチが内側に曲り、救命ブイのような形をしている。これは、列車の動揺で、油がこぼれないための用心らしいが、まだ発車まで、二時間もあるのに、料理にかかるとは、早や手回しと思われた。しかし、この頃は、世の中がゼイタクになって、一番高価なステーキ定食がよく出るので、それにつけ合わせるフレンチ・ポテトを、今のうちに揚げて置かないと、間に合わないのである。揚げて置いて、ストーブのテンピ棚へ入れれば、冷めないで済む。

それを揚げてるのは、〝助さん〟の矢板喜一だった。たかが、ジャガ芋を揚げるのだから、鼻唄まじりで、脇見をしながらでもいいのに、彼は、大きな眼玉で、一心に、鍋の中を睨めている。まるで、すばらしい高級料理のソースでもこしらえる時のように、真剣になって、料理バシを動かしてる。尤も、彼は、芋を揚げてるばかりでなく、同時に、サンマの干物も、焼いてるのである。交互に、ハシを動かしてるが、こっちの方だって、後で自分たちの朝飯のおカズにするのだから、ヘタな焼き方はしたくない。

「なア、悪いとはいわんぜ。人間、身分相応のことを、考えなあかん……」

「はい……」

何か、チーフの渡瀬は、喜一に意見を加えているらしい。

「それに、あの娘は……」

と、渡瀬がいいかけた時に、食堂長が、コック場へ入ってきたのである。

「お早よう。今朝は、サンマだすか」

それで二人の話の腰が折られた。

千鳥姫

一

午前九時二十九分に、東京着の普通急行〝しののめ〟が、品川操車場へ回送されてくるのが、ちょうど十時——その空き車に乗って、お姫さまたちが、入御（にゅうぎょ）になる。

ちどり・ガールなるもの。

何といっても、彼女たちは、特急〝ちどり〟のお姫さまであろう。服装からいったって、食堂車のウエートレスとはちがう。今は、合着のグレーであるが、もともと、体の形のいい娘さんを選んだ上に、服はオーダーで、ピッタリ仕立ててあるから、スマートで、且（か）つ、品がよろしい。そして、白いカラーに、白手袋、頭にチョンと載（の）せた帽子（カスク）が、また、大変イキに見える。

スカートも、食堂車の女の子より短いし、脚自慢を見せるナイロンの靴下も、六カ月に三足の支給があるが、それでは足りないから、自前で高級品をはくし、靴だって、ハイヒールは禁制といっても、姿をよく見せる商売だから、断乎（だんこ）と八センチを使用している。

お化粧だって、家を出る時と、車掌区に顔を出した時と、それから、発車前の車内で行うのと、都合三度の工程を経るから、これは、キレイにならずにいられない。多少、厚化粧の非難もあるが、動揺の多い車中では、そうしないと、化粧崩れがするからであって、決して、彼女らがバーの風俗を真似てるからではない。

彼女らが、美人ぞろいであることは、すでに定評を獲得しているが、体格も、日本女性として、標準以上の身長で、スラリとした連中ばかりである。容姿優れたる者という採用条件があるからだろうが、一つには、網棚の上へ荷物の上げ下しに、チンチクリンでは困るからだろう。特急には、よく外国人が乗るが、彼らは大きなスーツ・ケースを、いくつも持ち込むので、その扱いには、女子スポーツ選手並みの体力を、要するのである。

一体、列車給仕は、女性にはムリとされていて、戦前までは、ボーイさんばかりであった。鉄道語でレボといって、つまり、列車ボーイは、その名の示す如く、男性の仕事だった。

それが、〝ちどり・ガール〟〝ひばり・ガール〟の出現となったのは、日本人のチエではない。終戦直後、日本のすべては、進駐軍の配下にあったが、鉄道は軍輸送の関係もあって、特に、首ネッコを抑えられていた。CTS（民間輸送司令部）に伺いを立てなければ、ダイヤル一つ動かせない。特急を復活する時だって、C中佐というウルサイのがいて、敗戦国にそんなものは、要らないというようなことをいう。やっと、マッカーサーを動かして、復活はきまったが、今度は、特急の給仕に女を乗せろという。

食堂車には、戦前から女給仕が乗っていたが、列車ボーイを女にしろとは、アメさんもムリいうなと、当局側も呆れたが、泣く子と地頭には敵わない。謹んでお受けをすると、CTSのB運輸課長というのが、よほどヒマだったと見えて、オセッカイを焼いた。

「彼女らの服装も、わが方の作戦命令に従うヨロシイ」

と、自分でデザインまでして、パン・アメリカン航空のエア・スチュワーデスの制服に似た、現行の装いを定めたのである。服と共色のG・I帽に、ちどり・ガールには千鳥、ひばり・ガールには雲雀の図案を、刺繍でほどこさせたりして、オセッカイ課長は、悦に入っていた。

しかし、これが、受けた。〝特二〟と称するリクライニング・シートの新製車と共に、列車スチュワーデスの出現は、すっかり人気をさらった。東海道の往復は、〝ちどり〟か〝ひばり〟に乗らなければ、ハバがきかんという時代になった。そして、三十一年秋には、東海道全線電化が完成して、この姉妹特急は、遂に東京大阪間を、七時間半で走ることになった。車色を、ライト・グリーンに塗り変えたのも、この頃だった。

「君、ちどり・ガールというのは、美人で、気がきいとって、感じがいいね。わしの秘書に、来てくれんかな」

「いや、あない品のええ娘やったら、ウチのセガレの嫁はんに、欲しいくらいや」

そんな会話が、〝特二〟の座席で聞かれるほど、彼女らの評判はよかった。そして、ひばり・ガールが大阪所属で、関西の女性を集めてるのに対し、〝ちどり〟の方は東京所属だから、東京山の手の良家の令嬢的サービスを心がけ、それが、社長級乗客の間に、高評を博した。実際、下品にわたらぬ愛嬌とか、非エロ的で魅力ある微笑とかは、難題であるが、彼女たちが、何とか、やってのけるのは、偉いものである。勿論、その愛嬌コボれる微笑が、婦人雑誌の表紙や、化粧品のポスターの美人画並みに、多少、コシラエモノの感があるのは、やむをえない。もうちっと収入があったら、彼女たちも、更に精巧な微笑を用意するだろうが、月収手取り一万円ソコソコでは、あまり奮発もできない。

お客さんが、チップをハズまないからである。戦前の特急ボーイさんは、月給なぞ目もくれないほど、チップ収入があった。ガールさんになってから、サッパリである。美人には金を出す日本の習いなのに、いささか不思議のようだが、彼女たちの態度が、品がよ過ぎるので、金銭なぞ上げては失礼であろうと、乗客が遠慮するのだそうである。外人ときたら、航空スチュワーデスにチップを払わぬのは、世界的慣例と心得ているから、同じ姿をしている彼女たちにも、一文（いちもん）もくれない。

こうなると、あのスマートな服装が、妨（さまた）げということになる。しかし、彼女たちが、難関の採用試験を潜（くぐ）って、この職業に入ったのも、あの服装がしてみたいからという理由が、多いのである。つまり、収入目当てで、働いてる娘さんが、少いということになる。事実として、彼女たちは、そんなに貧しい家の娘はいない。少くとも、食堂車の会計さん、藤倉サヨ子の家庭以上に、富んでる家の娘が多い。

そして、勤務の方も、食堂車勤めよりは、ラクなのである。一週間に、東京大阪間を二往復すれば、後は休みである。仕事だって、一日立ちづめというわけではない。各二等車の隅に、彼女らが〝お部屋〟と称する個室があって、そこで、体も休めれば、お化粧もできる。食堂車の娘には、勿論、そんな設備はない。

これでは、どうしても、身分のちがいが出てくる。ガールさんの方が、キリョウがよくて、ナリがよくて、待遇がよくて、家庭までよいことになる。一方が、〝ちどり〟のお姫さまとすると、もう一方はエプロンをかけて、お皿を運んで、水仕事までするのだから、どうしても、女中さんみたいなことになって、気の毒であるが、民主主義国を走る特急は、そのような差別を、拒(こば)むであろう。

早い話が、ちどり・ガールの栄華の夢も、永くは続かないのである。特急〝ちどり〟そのものが、新特急〝いそぎ〟に追い越されて、斜陽の運命となってる。更に、新しい特急が生まれて、〝ちどり〟に代る噂がある。ちどり・ガールも、やがて廃止されるらしく、一期生から八期生まで養成したが、一昨年から、募集をやめてしまった。

「あたしたちも、後、何カ月かの命ね」

と、個室に集まる彼女たちから、溜息も出るのである。

「そうときまったら、少しハデにやってやろうかな。あんまり、お品(ひん)ぶってても、つまんないじゃないの」

と良家の令嬢らしからぬ、アバずれ声も、聞えるのである。

もともと、彼女たちが、この世に生まれ出たのは、アメさんのチエからであった。その点、日本国新憲法と、同じことである。運命も、同じことかも知れない。

二

回送列車から降りた四人のスチュワーデスは、それぞれ、一・五九メートル以上の身長の長い脚で、ユウユウと、線路をまたいで、〝ちどり〟の受持ちの車へ、乗り込んだ。特二の七、九、十、十一号車が彼女らの受持ちであり、八号は食堂車だった。

その中でも、一段と背が高く、姿勢がよく、眼が大きく、鼻が高く、唇も現代的な幅と厚みを持って、まず、映画のニュー・フェースで通用する容貌の娘は、十人並み以上の他の三人を、遥かに引き離す魅力があった。今出川有女子といって、三代目〝ミス・ちどり〟である。同時に、食堂車の娘たちが、〝B・B〟と綽名するのも、この娘である。B・Bことブリジット・バルドオと、そんなに似てるとも思われないのだが、若い娘たちは慧眼であって、今出川有女子の歩きつきが、ひそかに、銀幕上のB・Bを模してることを、看破したのである。

〝ミス・ちどり〟といって、べつに、日本急行鉄道が命名したわけではない。この会社は、国営のような独占事業で、威張ってるから、そんな宣伝はやらないが、乗客の間で、いつとなしに、最も目につく美しいちどり・ガールを、ミス・ちどりと呼んでいた。〝ちどり〟が走り出して、十一年目になるが、その間に、評判になった美人は、〝ミス・

ちどり〟として、雑誌に写真が出たりした。初代、二代、いずれも、知能、性情、容貌の優秀を謡われて、良縁を獲た。その後、ミスに値いするスチュワーデスが出なかったのか、それとも、ミス流行りで、人が飽きたのか、数年の間、空位であったが、昨年、日本のお嬢さんが、ミス・ワールドを獲得した頃から、急に、今出川有女子が、ミス呼ばわりをされてきたのである。背の高いところと、唇の特徴が、児島嬢と似ているからでもあろう。

「三代目が、今までのうちで、一番イケるじゃないか」

京都の撮影所と東京本社の間を、長年、特急で往復しているカツドウ屋が、そう保証したのを、聞いたことがある。

といって、〝ミス・ちどり〟の名は響いても、彼女の本名を知ってる乗客は、少なかった。会社の方針として、スチュワーデスの本名は、洩らしてならないことになってる。しかし、彼女が旧華族の娘であることは、誰いうとなく、常連乗客の耳に入っていた。封建性は多分に残存してるから、その理由で、彼女が注目を浴びたとも、考えられる。

それは、訛伝ではなかった。彼女の亡父は、確かに子爵であった。しかし、彼女が、戦後、斜陽の人となり、鉄道勤めをするに至ったと考えるのは、まちがいだった。彼女の家は、公卿華族で、先祖代々貧乏であり、家の者が全部働きに出るようになった現在の方が、かえって、生活がラクであった。

その代り、働かざる者食えずであって、彼女も、戦後の家憲に従って、就職したから、基本給、乗務手当その他を合算して、九千円余になる給与を、一度だって、家に入れたことがない。母親が、彼女には甘くて、食費を免除してくれる。だから、収入の全部は、彼女の小遣銭とおシャレの費用に、回すことができる。給与は一万円弱だが、チップの収入が、彼女だけは特別であって、時には、自分の名刺と共に、千円サツをくれる紳士なぞもいるから、月給の七、八割に達することもある。

だが、彼女は、一向、満足してない。今の五倍ぐらいの金が、毎月入ってくれないと、彼女の消費慾は充たされない。一体、彼女がスチュワーデスを志願したのは、毎日旅行ができるからとか、制服姿にあこがれてとか、或いは良縁を求めてとかいう無邪気な動機からではなくて、特急の特二や一等に乗るような、日本の有力なる男性を、一通り眺め渡し、コネができたら、将来、大いに利用してみたいし、もしも、彼等を手玉にとる機会でもきたら、更に面白いと、考えたからである。彼女も、まだ、若い娘であって、色恋の手管に練達したわけでもない癖に、男を手玉にとるなんて、女にとって、朝飯前の仕事ではないかと、先天的な自信に溢れているのである。そして、男をオモチャにするほど、面白いスポーツは、絶対に他には考えられないと、思い込んだのである。猫が鼠をとって、すぐに殺さないで、前脚でジャラしたりしてるのを見ると、彼女は、

「その気持、まったく、わかるわ」

と、猫の頭を撫ぜてやりたくなるのである。

現に、彼女は勤務中に、度々、男の乗客をオモチャにしているのである。勿論、勤務

規定を破るような、自殺的行為は試みないが、ネズミとして狙いをつけた紳士が、乗り込んできた時に、

「何番でいらっしゃいますか」

と、顔をのぞく時の眼使い、声の出し方一つで、早くも、彼にウヌボレを起させることができる。そして、通路を歩く時に、ちょっと微笑を投げかけるとか、或いは、立ち止まって、やさしく腰を屈め、

「何か、ご用はございませんか」

とでも、きいてやったら、ネズミ氏はヒゲを震わせて、喜んでしまう。ひどくカンタンなものである。そして、彼氏が図に乗って、チップを渡すついでに、手でも握ろうものなら忽ち、勤務規定をタテにとって、厳粛なる表情と、毅然たる態度に早変りする。

「失礼いたします」

と、一歩退いただけで、満座の中だから彼氏の周章狼狽は、眼もあてられない。そして、それだけオモチャにされても、渡したチップを回収するような、果敢なネズミは滅多にいない。

有女子にオモチャにされたお客のうちには、政界、実業界、操觚界の大物もいるので、彼女の男性観も、赤坂あたりの流行芸妓と変らなくなってきたが、そんな女たちのように、アクどい慾は、まだ持っていない。男を手玉にとる喜びを発見して、純粋な陶酔に浸ってるのは、さすがに、華族さんの血をひいてる所以だろう。

しかし、彼女も、最近、この遊びに、少し飽（あ）きてきた。男を手玉にとるといっても、あんなことでは、小規模過ぎる。オモチャにされた男も、車を降りれば、すぐ忘れてしまうだろう。もう少し、男に実害を与える遊びでなければ、面白くない。

そこへ、二疋（ひき）のネズミが現われた。一疋は、〝ちどり〟の常連の、ある会社の社長さんで、彼女をモノにしようと彼女の実家までつきとめて、うるさく口説（くど）く。もう一疋の方は、さっき食堂車で、ジャガ芋を揚げていた、矢板喜一である。

彼女は喜一に、何の興味も持っていない。しかし、彼女が虫の好かない食堂車会計の藤倉サヨ子と、喜一との間に、何かあるらしいと看破してから、ちょっとイタズラがしてみたくなったのである。

美人多情

一

美しき千鳥姫たちも、月給を貰ってる関係上、乗車したら、シャナリ、シャナリもしていられない。

「では、皆さま、ご機嫌よう、お働きあそばせ」

そんなことは、いわないけれど、各自受持ちの車輛（しゃりょう）に入ると、床のモップがけ、窓際の拭き掃除、座席の白布の取替えと、かずかずの仕事が待ってる。汚れたカバーは、外はずされてあるが、洗濯したてのものを持ってきて、雪のように白く座席を掩わないと、特二の気分が出ない。それから、W・Cの用便紙や、洗面室のペーパータオル、水石鹼の補充なぞ、お姫さまも、細かいところへ、気をお使いにならなければならない。

彼女たちも、準備に立ち働く間は、まだG・I帽はかぶらず、靴も働きいいのを履いてるから、女子大生あたりが、寄宿舎のお掃除をしてる風景と、あまり違わない。そして、サービス用の上品にして、且つ愛嬌に富む微笑なぞも、まだ用意してないから、多少、フクれっ面の連中を見受けるのも、やむをえない。

その中でも、今出川有女子なぞは、せっかく人並み優れた美貌を持ちながら、額に八の字を刻み、口をひん曲げてるのは、生まれつき、働くことの嫌いな性分だからだろう。彼女は、この日、食堂車に隣接する九号車の受持ちで、この車は、東京乗込みの旅客にあてられてるから、有名人が多く、〝ミス・ちどり〟が配属されたのも、偶然でないかも知れない。そして、九号車と七号車は、中央部なので、人の往来も多く、準備停車中の今でも、乗務員が盛んに通路を歩いていく。

「いやに、フクれてるじゃないか。ゆんべの夢で、豚にヘソでも舐められたのかい」

と、通りがかりに、有女子をカラかったのは、小肥りの五十男で、白い上着に青い腕章を巻いた姿が、ひどく身についていた。

「いやアだ、ヘッドさん、夢なんか、いつも、いい夢ばかりよ。それより、シーツのお取替えって、最低の仕事だと思うわ。ちっと、手伝ってよ」

「なアんだ、我儘いいなさんな。それくらいの仕事で、泣きッ面するようじゃ、いいお嫁さんになれねえぞ」

「お嫁さんなんかに、なりませんよウだ」

「みんな、そんなこといっちゃ、じきに結婚退職しちまうんだ。お前さんなんかも、もう、口がきまりかけてるんだろう。尤も、お前さんは、鉄道の仲間うちじゃなくて、重役の坊ちゃんあたりに、見染められる方かな」

「よしてよ、ヘッドさん……」

ヘッドというのは、ヘッド・ボーイのことで、一等の展望車を受持ってる広田惣五郎。十六歳からボーイを勤めて、三十五年の勤続だから、白上着が身につくのも、ムリはない。鉄道勤めも、ボーイだけは別格で、列車給仕という身分のままで、甲羅を経てしまうのである。彼は特急〝ちどり〟の男女給仕のうちで、最高の位置と年齢を持ってる。専務車掌が、この列車の総支配人とすると、ヘッド・ボーイや食堂長は、支店長格に当るだろう。給仕関係のことで、何か面倒が起れば、一度、ヘッドのところへ相談にいくことになってる。

それ故、給仕たちに睨みがきくとはいうものの、この広田に限らず、ヘッド・ボーイは、世慣れた、サバけた人物が多く、べつに威張るということはない。まず、イキな叔父さんという役回りで、人の上に立ってる。広田にしても、とかく風当りの強い今出川有女子を、かばってやることはあっても、白い眼を見せたことはない。華族のお嬢さんが、こんな勤めをしてるということに、多少の同情もあって、彼が有女子に対する態度は、ちょっと、食堂車のチーフ・コックの渡瀬が、助手の矢板喜一に対するのと、似通った親ごころさえあった。

「だがなア、有女ちゃん、いくら、引く手あまたでも、あんたの体は一つなんだから、そこんところを、よく考えないといけねえな」

「何いってんのよ、ヘッドさん……」

「いやね、お前さんを紹介しろって、おれのところへ頼みにきたお客さんも、一人や二人じゃきかねえからね。そら、大阪の岸和田って社長さんさ、あれなんか、イテ（展望車の鉄道語）にばかり乗って、おれのいいオトクイさんだったが、この頃は、いつも、特二ばかりだ。それも、お前さんの受持ちのハコばかり狙って……」

「あア、あのオジサマ・ブリンナーね。親切だわ、とっても……フ、フ、フ」

「その料簡が、よくねえんだ。どうして、そう、気が多いのかな」

「だって、どのお客さんにも、老若男女の区別なく、心からのサービスをささげなけれア……ホッホホ」

「勤務規定で、逆襲か。始末にいけねえや……。だが、有女ちゃん、お客さん以外にも、この頃、心からのサービスを、始めてやしねえのかい」

「あら、何のこと？」

「トボケちゃいけねえよ。おれア、ちゃんと、睨んでるぜ」

「まア、慧眼ね。でも、安心してよ。本気じゃないから、大丈夫……」

「本気でねえから、いけねえんだよ。誰だって、お前さんがあの男と、結婚する気だとは、思っちゃいないよ。お前さんは、チョッカイを出してるんだ。それが、よくねえ料簡だと、いうんだよ」

「だって、単調な勤務の中のスリルってものも、味わいたくなるじゃないの。それに、喜イやんて人、とても、可愛い人よ。あたし、だんだん、好きになってきたわ……フ、フ」

「でも、先口があるらしいぜ、あの男にア……。悪いことはいわねえから、イタズラはよしな。お前さんなんか、身分がいいんだから、少しアおしとやかにするもんだ。そうすれア、自然と、すばらしい彼氏が、飛び込んでくらアな。いいかい、体は一つ、的も一つ……」

「わかったわよ」

「わかったら、いいよ。おっと、おれは、六号の大久保に、用があったんだっけ……」

広田は、スタスタと、前部の方へ、歩き出した。

二

今出川有女子のような女は、気が多いというのだろうか。それとも男に対する趣味が、広いというのだろうか。

　現在、彼女の念頭にある男性は、四人もいるのである。そして、彼らの性格、年齢、階級、貧富の点も、それぞれ違っている。そのうちの誰に、彼女がゾッコン惚れてるというわけでもない。四人の全部が、彼女に、それぞれの魅力を、感じさせるのである。

　男性は、同時に二人の女を愛し得るが、女性は、それが不可能だと、よく、女性自身の口から語られるが、有女子の場合は、同時に四人の男を愛して（といえなければ、興味をいだいて）なお、余裕シャクシャクなのである。

　また、彼女は、近頃の若い女性のように、生活力のない男は嫌いだとか、インテリでなければご免だとか、そんな偏見は持っていない。まして、ハンサム・ボーイ以外に、眼もくれないなぞという狭い料簡は、ミジンも持っていない。現に、四人のうちの一人は、ツルツルに、頭のハゲ上った男である。

　そのツルツル氏は、岸和田太市といって、大阪の大きな繊維問屋の主人である。会社組織になってるから、社長と呼ばれてるが、生粋の大阪商人で、月に三回ぐらい〝ちどり〟に乗って、東京を往復する間に、有女子の美貌に目をつけた。最初は、ただの好色心で、バーの女を口説くと変らぬ料簡だったが、秘書に彼女の身許をさぐらせると、堂上華族の娘とわかってからは、年甲斐もない執心を起し、本妻に貰い受けたいとまで、乗り出してきた。岸和田は、一昨年、細君を失って、目下は、二号はあっても、主婦のない家庭で、暮してるのである。

華族の娘を妻にしたら、大出世と心得るのは、岸和田の前近代性であるが、その一点を除いては、彼ぐらい抜目(ぬけめ)のない、打算的、合理主義的な男はなく、有女子を知る以前に、展望車を常用したのも、大官や政治家とのコネをつけるのが目的であり、また、豪華な車内で、平気で握り飯の弁当をパクつく勇気も、持ち合わせているのである。

有女子が、彼に興味を起したのも、徹底した彼の商人気質(かたぎ)であって、彼の巨富に心を奪われたわけではない。勿論(もちろん)、彼女も栄耀(えいよう)栄華は嫌いではないが、金色夜叉(こんじきやしゃ)の宮さんのように、すぐそっちへ転がるには、気位(きぐらい)が高いというよりも、男性観の基礎を異にしていた。

金を持たなくたって、面白い男性は、いくらでもいる。食堂車の〝助さん〟矢板喜一なぞは、その好例ではないか。

ムっとした顔で、五尺八寸の巨体を折り曲げ、側目(わきめ)もふらず、フライ・パンを睨めてる姿は、どんな美男俳優のポーズよりも、魅力がある。そして、有女子に会うと、ホオズキのように顔を赤くし、ドモリの癖(くせ)が、一層ひどくなって、口もきけないようになるところは、特二の乗客なぞには絶対に見られない、男の可愛らしさである。

彼女も、虫の好かない食堂会計の藤倉サヨ子に、恋路のジャマをしてやろうと、喜一にモーションをかけてみたのだが、彼の魅力が案外なので、ジャマの仕方も、今では、慰(なぐさ)み半分といえなくなってる。

しかし、彼女の趣味は広いので、岸和田社長や喜イやんのような、無学で、努力奮励型の男性ばかりに、目をつけるわけでもない。甲賀恭雄のような、インテリの標本みたいな男にも、気がないではなかった。

　甲賀恭雄は、二十七歳で、東大の大学院に籍を置き、美学を専攻してる。そんな儲からない学問に、生涯をささげる者に、貧乏人の息子はいない。子供の時から、不自由を知らないだけに、ひどく上品で、気の弱い青年で、シッカリ者の母親に、乳飲み児のような扱いを受けている。

　その母親というのが、京都へ遊びに行くのに、〝ちどり〟に乗って、たまたま、食堂でお茶を飲んだ時に、藤倉サヨ子の態度と働き振りに、すっかり惚れこんだのである。食堂車の会計さんも、銭勘定ばかりしているのではなく、会計台に近い二つのテーブルは、彼女の兼任受持ちでもあるので、恭雄の母親に紅茶とケーキを運んだわけだが、その時の言葉使い、サービスの仕方が、断然、他のウエートレスとちがっていた。尤も、サヨ子も、ウエートレスを三年も勤めていたのだから、ほんとのベテランなのである。

　女を見るのは、女が一番だが、まして、シッカリ者で、人生経験豊富な母親が、一眄みで、藤倉サヨ子の封建的優秀性を見抜いて、こんな娘は、大東京のどこの隅にも、すでにタネギレであることを考えると、セガレの嫁は、断じて他に求むべからずと、深く思い込んだ。そして、私立探偵社を頼んで、彼女の大阪の身許を探らせてみると、今は没落してるが、昔は相当の生活をしていたので、サヨ子の母や兄も、気立ての素直な人物とわかった。〝嫁は庭さきから貰え〟というコトワザを、深く信じてる彼女は、食堂車の女を、二代目主婦として目するのに、何の躊躇もなかった。

それ以来、今度は息子を伴なって、ヤタラに京都見物を始めた。往復とも、列車は〝ちどり〟であり、それも、藤倉サヨ子の乗務日程をよく調べて、彼女の非番の日や、九州急行へ転乗の日は、決して乗らない。そして、乗れば、腹も減らないのに、食堂車通いを度々やって、息子の同意を、求めていたのである。それでは、人目につかないわけにいかず、食堂車従業員も、列車乗務員も、ちどり・ガールたちも、すっかり、この母子のことが、評判になってしまった。尤も、そのような経路で、ウエートレスやちどり・ガールと、縁談のまとまった例が、従来も、二、三あったのである。

ところが、息子の方は、度々乗車してるうちに、カンジンの藤倉サヨ子よりも、ちどり・ガールの有女子の方に、目をひかれ始めた。この時は、有女子も、喜イやんの方のことがあるから、他人の恋路をダブって妨害する意志もなかったのであるが、甲賀恭雄の素振りが、まるで他の乗客とちがってきたのでこれは、面白くなったと、考えた。そして、ことの序に、この方も、藤倉サヨ子の敵に回ってやろうか、という気になった。サヨ子こそいい災難である。

一体、有女子が、何で、そんなにサヨ子を、目の仇にするかというと、べつに理由はないのである。有女子が〝ちどり・ガール〟の代表選手であり、サヨ子が食堂車のピカ一であるのは事実であるが、容貌くらべからいったら、敵ではない。ちどり・ガールと、ウエートレスでは、勝負にならない。前者は、採用条件に容姿端麗とあるが、後者は誠実親切とあって、容貌に関係はない。だから、有女子も、美人競争の意志はないのだが、何となく、サヨ子が癪にさわるのである。古風でしとやかなところが、堅実な貞女らしいところが、そして、温順に見えて、シンの強そうなところが、すべて、自分と反対のところが、ムカムカと、腹立たしいのである。

その上、もう一つ、面白くないことがある。〝緑の家〟の患者に、サヨ子の方が、人気があることである。

〝緑の家〟とは何であるか、列車の進行と共に、説明することになっているが、東海道沿線にあって、特急〝ちどり〟と、不思議な縁を生じた、結核療養所の名なのである。いつのことからか、療養所の患者だけは、〝ちどり〟が通過すると、手を振る例を生じ、食堂ウエートレスやちどり・ガールも、必ず、これに答える習慣となり、彼女らの非番の時には、療養所の慰問に出かけるというところまで進んだ。

患者たちの衰弱した神経には、有女子の美貌は強烈すぎるのか、サヨ子の方が、いつも、多くの笑顔で迎えられた。といっても、有女子のファンが、絶無というわけでもなかった。退院も遠くない、軽症患者の佐川英一なぞは、有女子に熱烈な手紙を、何度も、送ってくる仲だった。

佐川は、神戸の良家の次男で、関西の大紡績会社に勤めているうちに、胸をいためて、〝緑の家〟で療養中だった。大学時代は、バスケットの選手だったというだけに、背の高い、明るい青年だった。もし、有女子が幸福な結婚をする気だったら、年齢といい、境遇といい、佐川が最も適当な対手（あいて）かも知れなかった。

以上、四人の男が、彼女の眼前にウロチョロするわけだが、そのすべてが、〝ちどり〟によって、結ばれた縁だった。だから、彼女は、〝ちどり・ガール〟になったことを、悔（く）いたことはなかった。ただ、近い将来に、〝ちどり〟が廃止になって、〝ちどり・ガール〟も消滅の運命にあると思うと、——どっちにしても、クビになるんなら、一暴（ひとあば）れした方が、トクじゃないの。

と、不穏（ふおん）な考えも、出てくるのである。

納豆と紅茶

一

十時半になった。

太陽も高くなって、食堂車の広いガラス窓から、カンカン射し込む。モップで拭いたばかりの通路も、見る間に、乾いてしまう。そして、どのテーブルも、白布と銀器と花で整頓されたが、食器棚に近い三卓だけは、ひどく、世帯じみた風景だった。大きなおハチ、ミソ汁、つけもの、サンマの干物、納豆——とくると世間の朝飯と変らないが、ご飯だけは、スープ皿に山盛りの盛り切りである。

それを囲んで、二卓に七人のウエートトレス、一卓にはコック場の四人の食堂員が、盛んな食慾を示していた。寝坊もしないのに、十時半の朝飯では、腹も空くわけである。ウエートトレスたちだって、あられもない大きな口を開けて、パクパク召上るのである。

「納豆いうもの、うち、よう食べなんだけど、食べれば、食べれんことないな」

「あんた、そんだけ、東京人になったんや」

「わては、浜松の納豆の方が、好きや」

「それより、車販の甘納豆の方が、なんぼええか知らん」

「あれは、お菓子やで。ご飯のおサイのこと、いうとるんや……」

　他愛もないおシャベリをしながら、食事をするのは、彼女たちの愉しみだった。この時間は、休憩であるから、地金の大阪弁で、遠慮なく、シャべれるのである。ただ、藤倉サヨ子だけは、山盛りのご飯をモテあましたように、半分でやめ、雑談にも加わらなかった。

「会計さん、気分悪いのとちがいますか」

　一級の加山キミ子が、きいた。

「いいえ、何で?」

「何やボヤッと、しとんなはるもん……」

「それやったら、いつも通りやないの、ホッホホ」

　サヨ子は、巧みに、笑いでゴマかした。

——いけない、いけない、心の中を、すぐ人に覚られるようでは……。そして、そんなことでは、勤務もおろそかになるわ。

さすがに、女部隊長であって、たちまち、気をとりなおした。しかし、どうも、彼女の腰かけた場所が、よくなかった。次ぎのテーブルで、男たちが食事してるが、矢板喜一と、人の肩越しに向い合うことになって、つい、顔が合ってしまうのである。顔が合えば、女の身として、こっちから結婚申込みをした恥かしさと、この列車が大阪へ着くと共に、彼がどんな返事をするかと、心配の雲がモクモクと湧いてきて、食事どころでなくなってしまうのである。

そんな彼女の気持を、知ってか、知らずにか、喜一は、もちまえのムッとした顔で、食うことだけは、よく食っていた。飯を盛ったスープ皿を、片手に持って、ジカに口をつけて、かきこんでるのは、テーブル・マナーに外れてるが、彼は料理をつくる側の人間で、食べる方の行儀は、見習わないためだろう。

彼とても、心は冷静でないはずだが、健康無類の男の食慾は、精神の影響を受けつけないのか。サヨ子から見れば、そんなに飯を食う彼が、アンマリだと思えるのだが、彼は彼なりに、いつもとちがってるのである。タクワンを、音高く嚙む調子にしても、口一ぱい飯を頰張って、グッと呑み込む動作も、何か、怒ったように、カンが立っていた。

無論、サヨ子から、結婚の申込みをされたのを、怒ってるわけではない。これは、男冥利であるから、怒る必要はない。彼は、生まれて始めて、迷うということを知り、心の迷いとは、こんなにヤヤコしいことであるかと、腹を立てているのである。

――どないしょう？

彼は、サヨ子が好きである。女房に持つなら、あのような女がいい。きっと、彼女は、コックの妻として、内助の功をあげてくれるだろう。しかし、彼女と婚約すれば、早晩〝陸(おか)〟へ上らなければならない。オカへ上って、ホテルのコック場へでも入るなら、望むところだが、まだ、ナマクラの腕で、アイノコ弁当やカツ丼(どん)を売る町の食堂の主人になったら、一生、コックとしての将来は、葬(ほうむ)られてしまう。それだけは、どうにも、思い切れない。

彼は、まだ十年は、全国食堂で働いて、腕を磨きたいのである。せめて、特急のチーフ・コックになる日がきたら、それを機会に、オカへ上って、サヨ子の念願をかなえてもいい、何といっても、今は、時期尚早(しょうそう)である。

それに、食堂車に乗っていれば、いろいろ面白いこともある。一流ホテルに泊るような人も、食べにくれば、カレー・ライスにソースをかけて食うような、お客さんもくる。客の残した皿を見て、いろいろ研究ができる。その上、〝ちどり〟ガールのような、オカでは交際できぬようなペッピンさんと、仲間づきあいもしている。ウエートレスたちは、〝ちどり・ガール〟と仲がよくないが、コック場の連中は、決してそうではない。ことに、ミス・ちどりの今出川有女子なぞは、コック場でも人気の的だが、その有女子が、どういうものか、ひどく、喜一に優しくしてくれるのである。七号車へ行く時に、ちょいと、コック場のカーテンをあげて、微笑を見せたり、大阪着後、回送の時に、彼女だけの食事を、喜一がつくると、すごく賞めたりして、アリアリと好意を、示してくれる。舶来タバコだの、シャレた靴下だのを、ご進物にあずかったことさえある。

そんなにされても、喜一は、彼女のような〝高級な〟女性を、自分の対手として、考えたことはない。ああいう女は、金持とか、インテリとか、自分と遠い階級の男の妻になるべきである。つまり異人種である。しかし、彼女が側へ寄ってくると、胸がドキドキしたり、ドモリがひどくなったりする事実は、どう説明したらいいか。尤も、喜一は、気の強いくせに、ひどいハニカミヤで、エライ人だとか、美人だとかの前に出ると、赤面恐怖症を呈するので、ボーイにならず、コックになってよかったと、いつも思っているのである。それでも有女子に対して赤面恐怖する場合は、苦痛ばかりではなく、症状が去ってから、チョコレートのような甘い味が、残るのを、常とした。

——あないな、華族のお嬢さんみたいなもの、わしのカカにでけるもんやないが、そんでも、わしが、帝国ホテルのチーフ・コックにでもなったら……。

ふと、そんな空想が浮かぶ日も、ないではなかったが、そう考えただけで、彼は、体じゅうが、ジンマシンを起したように熱く、赤くなり、そんな途方もない考えを起した自分の頭を、二つ三つ、殴りつけたくなった。

だから、現在、彼が心の迷路に落ち込んだのも、彼女には関係ないと、考えている。どこまでも、サヨ子の希望と、自分の理想との食いちがいのためと、考えている。それだけでも、迷いの条件に、不足はない。

――どないしょう。今晩までに、返事せんならんが……。

と、また、同じことを考える。

普通の男なら、クサクサして、沈み込むのだが、喜一は、喧嘩でもふっかけられたように、腹が立つのである。そして、ギョロリと、眼を剝いて、飯をかき込んだとたんに、向う側のパントリさんの肩越しに、サヨ子と視線が合ってしまった。

慌てて、下を向いたが、時機がおそく、サヨ子を、大眼玉で睨みつけた結果になった。

――まア。

サヨ子は、涙ぐんで、窓の外に、眼を転じた。

二

食堂従業員が、朝飯を食べてる頃には、〝ちどり・ガール〟たちは、最後のお化粧の最中だった。

彼女たちも、お部屋――自分の個室を持ってるのだから、そこへ行って、お化粧をすればいいのに、特二の九号車へ集まって、四人さし向いで、おシャベリをしながら、鏡と睨めっこするのが、愉しいらしい。

特二のイスの背中から、さし込みテーブルを出して、その上に、化粧ケースを置くのだが、今出川有女子の持ち物は、映画女優の所持品のような、方形の大型で、内部は、紅い繻子張りだった。中を充たした化粧品も、舶来品ばかりだった。

「あたしは、どうして、こう白粉が、浮いちまうんだろうなア」

七号車受持ちの望月みち子は、向う側の有女子の化粧振りに、気をとられながら、鼻の頭を叩いていた。有女子は、決して、キメのこまかい女ではなく、素肌の色も浅黒いのだが、ひどく、化粧映えがするのである。またメーキャップの天才というのか、ゴテゴテ塗ったと見せずに、パッと、自分の顔をひき立たせるコツを心得ていた。

「あんまりパフで抑えると、かえって浮くのよ……。それより、望月さん、あの話、その後、どうなった？」

有女子は、お化粧に自信があるから、余裕シャクシャクで、口の方も、よく動く。

「あの話って？」

「ゴマかさないでよ。管理局のKさんとのご縁談のことよ」

「あら、あれはデマよ。あの方、あたしなんか、問題にしてやしないわよ。東大出の技術畑の人ですよ。部内の女なんか、探さなくたって、お嫁のき手は、いくらもあるわ」

「まア、ごケンソン。タカが、ちんぴらの工学士じゃないの。あんた、自分の市場価値、低く見ちゃダメよ」

「それア、今出川さんぐらい美人のひとが、いうことよ。あたしなんか、レボ（列車給仕）さんあたりが、相当なんだから……」

対手が美人だと、女は、わざと、そんなことをいってみる。尤も、レボさんは、車内の有力な結婚候補者であって、展望車の広田のような爺さんは別とし、三等車受持ちの若い連中には、ちょっとした男前の独身者が、多いのである。食堂車のウエートレスが、レボさんと恋愛から結婚に進んだ例は、珍らしくない。〝ちどり・ガール〟だって、二二人ばかり、その道を進んだ。しかし、〝ちどり・ガール〟の場合は、仲間から、決して、羨望をもって、見送られたわけではなかった。彼女たちは気位も高く、望みも大きいので部内の者と結婚するにしても、本社勤めの大学出の秀才あたりを、胸に描くのである。

「そんなことといっといて、今に、ワッと驚かせるつもりなんでしょう。望月さんて、油断できないからね」

十号車の受持ちの向井たか子が、口を出した。

「そうよ、Kさんとデートした現場を、抑えられてるくせに……」

有女子は、鼻で笑った。

「ウソばっかり……。それより、今出川さんこそ、未来の大学教授夫人じゃないの。あんなに優しくって、教養があって、その上、財産家の一人息子ときちゃ、文句のつけどころがないわよ。羨ましいわね、ほんとに……」

望月みち子も、黙っていない。

「よしてよ、あんな、頼りないの……。財産なくなったら、明日から路頭に迷う人よ。生活力と胸毛が、全然ないんだから……」

「あら、胸毛のないことまで、もう……」

「見たわけじゃないわよ。でも、あたしは、男のお客さんに沢山接してるうちに、男性生理学がわかってきたわ。甲賀さんなんて、つまり、女性ホルモン過剰の……」

「そんなら、ブリンナーさんなんかも、そう？」

「まア、何にも知らないのね。あの社長さんのように、頭がツルツルな人は、かえって胸毛派なのよ。その逞しさで、あの地位までノシ上ったのよ。きっと、そうよ」

「驚いたわね、そこまで研究が進んでるとは……。じゃア、今出川さんの本命は、あの社長さん？」

「そう簡単に、きめて貰いたくないな。高齢者と結婚するには、両親と相談するよりも、弁護士と協議しなければならないことが、沢山あるじゃないの……」

「ワッ、呆れた。何てドライなんでしょう」

　十一号車の井上さかえは、一番若くて、感傷家だった。

「そういう井上さんだって、じきに、計算を始めるようになるわよ。計算しなけれア、未来ってものが、愉しくならないわ」

　やっと、四人の化粧が終った。

　そして、今度は、お茶の時間である。勤務中にお茶が出るなんて、確かに、彼女等は優遇されてる証拠だが、職業柄、人にサービスを受けるわけにいかない。つまり、セルフ・サービス。自分たちで、食堂車へ、紅茶を貰いにいかなければならない。しかも、男給仕も一緒にお茶を飲むので、その分も、運んでやらなければならない。

その用を兼ねて、彼女たちは、打ち揃って、食堂車へ今日のアイサツにいくのが、例だった。彼女たちは鉄道の人間であり、食堂車の従業員は全国食堂の使用人で、身分が別であるだけに、礼儀を立てる必要がある。ことに、食堂のウエートレスとは、同じ女性同士で、実際は冷戦的対立がなきにしもあらずとしても、外交の筋は通さなければならない。

そこで、今出川有女子を先頭に、四人が隣りの食堂車に、足を運んだ。入口に近いテーブルで、専務車掌がライス・カレーを食べていたから、まず、彼にアイサツした。それから、タキシード服のネクタイを結んでる食堂長にも、お早ようございますと、頭を下げた。

しかし、彼女たちの目的は、コック場に近いテーブルに集まって、化粧に余念のないウエートレスたちを、急襲するところにあったのだろうか。

「お早ようございます」

「今日も、よろしく……」

声高らかに、アイサツする態度に、優越感がこもっていた。すでに、きれいにお化粧の済んだ女性たちが、白粉もマバラに、半出来の顔をしてる連中を、見下すのだから、勝負にならない。そして化粧道具も、材料も、食堂女性の方が、ずっと貧弱だった。

この時間にアイサツに来られるのは、彼女等にとって、一番迷惑なのである。ことに、会計の藤倉サヨ子としては、化粧中を今出川有女子に見られるのは、身を切られる苦痛だった。

サッと、揚げた眼が、見下す視線と、衝突した。火花が飛ぶとは、このことだろう。

皿

一

ゴトンと、かすかな動揺が起った。

十一時三十五分。回送機関車が、連結されたのである。お客が乗っていない列車であるから、機関士も、入念というわけではないが、電気機関車のありがたさで、瞬間の気づかない衝撃だった。

しかし、妙なもので、機関車がついたとなると、とたんに、列車が、シャンと、生きてきた。機関車なしの列車なんて、家屋に過ぎない。ヤード（引込み線）で一夜を送った〝ちどり〟も、やっと、これで、空家から列車に立ち返った。といって、お客が乗らなければ、列車も、ほんとの生色を呈さないのであるが、その時間も、間近かに迫っている。

食堂車のコック場の中では、料理ストーブに新しく石炭が投げ込まれ、その上に乗せた数個の大ヤカンが、よく煮立ち、スープ鍋やソース鍋から、いい匂いが、立ちのぼってきた。

矢板喜一も、ドミ・グラスの鍋をかきまわしたり、テンピの中を覗(のぞ)いたり、小忙(こぜわ)しく、立ち働いて、さきほど食事中の憂色など、どこにもなかった。ストーブの前に立つと、いつも、このように、余念がなくなるので、大阪着まで、料理のほかに頭が回らないとすると、藤倉サヨ子に対する返事なぞ、どう決心がつくのか、心細い限りである。

尤(もっと)も、喜一ばかりでなく、二人のパントリさんも、チーフの渡瀬だって、機関車が連結されてから、働き振りに、スピードが加わってきた。何しろ、狭い世帯の中で、手ッとり早い仕事をしなければならぬので、〝陸(おか)〟の同業者の三倍のスピードを、要求される。食器洗いにしても、懇切(こんせつ)丁寧というわけにはいかない。ザー・ガシャ・ガシャンと、ラチをあけねばならない。その他のどんな作業も、その流儀であり、従って、コック場の中は、音響的に、かなり賑やかなものである。その上に、ストーブの熱気と、油の匂いとで、沈思黙考には、適さない場所なのである。

「今日のテンダーロインは、ストックが若くて、硬(こわ)そうやから、気イつけんと……」

渡瀬は、冷蔵庫の蓋(ふた)をあけて、肉の色を見ながら、喜一に話しかけた。

「ほたら、早うから、オイルに漬けときましょうか」

喜一も、食堂へ接続するハッチの窓から、会計台の前の藤倉サヨ子の小柄な後姿が、チラチラ見える度に、料理と関係のないことに、頭をネジ向けられるのだが、チーフの一言は、助け船だった。

彼は、早速(さっそく)、テッパンへ入った生肉へ、サラダ・オイルを振りかけ始めた。食堂車のテンダーロイン・ステーキは、価格が割安なので、註文も多く、それだけ、評判を落しては困るので、喜一も、一心に、下ごしらえにかかっていた。

「どうも、東京仕入れは、あかんな」

渡瀬も、喜一の仕事を手伝ってやった。

「そら、関西の肉のようには、いきまへんな」

「肉ばかりやなく……」

「魚も、明石(あかし)もの、瀬戸内(せとうち)ものは、全国一だすからな」

「魚ばかりやなく……」

渡瀬は、意味ありげに、喜一の顔を見た。

「野菜も、何ちゅうたかて……」

「まだ、通じんのか。お前も、あんまり、血のめぐりのええ方やないな」

油のついた指先きで、渡瀬は、喜一の肩をつついたが、

「な、何のことだすかいな」

彼は、それでも、親方が、藤倉サヨ子を推賞してる本意を、悟(さと)れなかった。

二

食堂の方は、ちょっと、劇場の楽屋に似た風景を、現わした。

お化粧をすましたウエートレスたちの顔は、急に、イキイキとしてきた。営業所へきた時とは、別人の美しさである。会社の規定では、薄化粧に止むべしとあるが、そんなことをしてたら、名古屋までも、持ちはしない。そして、〝ちどり・ガール〟とちがって、彼女らは、化粧直しなんかする暇は、まったくないのである。

髪に、洗濯したての白いヘヤタイをかけるのは、乱れ髪を防ぐためだが、これで、顔つきが可愛らしくなって、一つや二つ、若く見えるトクもあるから、かけ方に苦心するのも、ムリはない。

それから、折り襟のカラーをかけ、半袖の袖口に、カフスをつける。いずれも、会社の支給品だが、自分たちの工夫一つで、形よく、とりつけようとする。どうにもならないのは、二の腕からムキ出した自分の肌で、会社では、清潔とムダ毛の注意をするけれど、ドス黒く生まれついた者の処置まで、教えてくれない。まったく、長袖の、〝ちどり・ガール〟が、羨ましくなる。

そして、指環、腕時計、イヤリングなど、一切、禁制。マニキュアも、してはならない。その癖、手をきれいにしろというのだから、註文がむつかしい。

両袖のつけ根を結ぶ線の中心から、十センチという規則に従って、胸番号のバッジをつける。

そして、最後に、エプロンがけである。ヘヤタイと、エプロンの二つは、女中さんの風俗として欠かせないが、ことに、エプロンは商売道具みたいなもの。前から見たら、ヘンテツもない、小さな白布だが、問題は、後姿にあって、ノリのきいた白いヒモを、どう形よく結ぶかに、苦心がある。それ一つで、後姿が生きもするし、死にもするのは、和服の帯と変らないので、若い娘たちは、ナオザリにできない。

ところが、これだけは、藤倉サヨ子のように、年功を経ないと、一人では結べないのである。四級や見習いの女の子が、器用にまかせて、背へ手を回して、何度も結びそくなっているうちに、ノリがきかなくなって、グンナリと萎(しお)れさせて、ベソをかく。だから、安全を期して、これだけは、各自お互いに、結びっこをするのである。

「はい、大けに……」

「すんまへん……」

制服姿で、少女化した彼女たちは、エプロンを結んで貰うと、学芸会の芝居へ出る役者のように、イソイソしていた。

そして、後は、腕にダスター（サービス用のナプキン）をかければ、ウエートレスの装備は完全となるのだが、それだけは、営業開始まで、お預けである。

早く、エプロンを結んで貰った、二級の武宮ヒロ子は、ふと、思い出したように、藤倉サヨ子にいった。

「会計さん、さっき、九号車から返ってきた紅茶の敷皿が、一つ足らんように思うのですが……」

それは、列車ボーイや、〝ちどり・ガール〟が、休憩(きゅうけい)のお茶を飲んで、道具を返しにきた時に、すぐいえばよかったのに、武宮ヒロ子の落度だった。

「そら、早ういわんと、いかんな。念のため、配膳室を調べてみたら……」

「はい」

彼女は、奥の配膳室へ、入っていったが、やがて、姿を現わして、

「やはり、一つ足りまへん」

「そんなら、九号車へ行って、ちょっと、訊ねてきたらええわ。ひょっとして、一枚、残っておりはしまへんか、と……」

「そないします」

武宮ヒロ子は、隣りの車室へ歩いていった。

軍隊組織の鉄道を見ならってか、全国食堂の方も、食堂車へ積込む物品の員数については、兵隊並みに、やかましい。乗車の度毎に、器具物品積載表というものがあって、それに記入の数量が、下車の際にも、同一でなければならない。万一、破損紛失の場合は、会計係りを通じて、営業所から補給を受けることになってる。従って会計係りの藤倉サヨ子は、一応の責任者であるから、紅茶皿一枚といえども、オロソカにできないのである。

三

しばらくして、武宮ヒロ子が、フクれ面をして、帰ってきた。

「とり合うて、くれんの。知らんて……」

「知らんでは、困るやないの。そらァ、あんたが受けとる時に、調べなかったのは、悪いけれど、先方だって、責任はあるわ。一応、探してくれるぐらいのこと、したっていいじゃないの」

「わても、そういうたんやけど……。あれ、きっと、皿なくしよったんやわ。それで、知らん顔しとるんやわ」

藤倉サヨ子は語気を張った。勤務意識が強くなると、言葉も、自然に標準語となる。

「あんた、誰と、かけ合ってきたの」

「九号やから、B・Bさんよ」

それが、今出川有女子のアダ名であることは、いうまでもない。

「道具を返しにきたのも、あの人ね」

「そうだす」

「いいわ、あたし、話してくる……」

藤倉サヨ子は、キッと、眉をあげた。何も、それくらいのことで、昂奮する女ではないのだが、対手の名を聞いてから、態度が変ったのである。

今出川有女子が、喜イやんに、チョッカイを出してることは、ウエートレスたちの口に上るくらいだから、サヨ子が知らぬはずはない。彼女の心が、平らかなわけもなかった。

しかし、それが、純真な恋のサヤアテだったら、彼女の性格として、それほど、対手を憎悪することもできなかったろう。女の慎みが足りないと、思うからである。

だが、今出川有女子の行状を、彼女は、すべて知っていた。車中は、狭い世界であって、その上、勤務は単調だから、誰のことも、すぐ噂にのぼる。十二輛連結の列車は、十二軒長屋のようなもので、お互いに、何もかも、知れわたってしまうのである。

B・Bさんは、気が多くて、四人もの男に眼をつけてることは、周知の事実である。そして、喜イやんに出したチョッカイは、半ば、サヨ子に対する悪意の妨害であることを、誰よりも、サヨ子自身が知っていた。これでは、腹が立たずにいられない。

その上、彼女は、本質的に、有女子が嫌いだった。対手が美人だから、ソネむのではないが、あんな美人振りは、反感をそそった。彼女の性格も、行状も、華族出身ということも、一切合財、虫が好かなかった。

大阪の庶民の娘として、あんな女に、一歩もヒケをとるものかと、敵愾心に燃えていた。

不思議なことに、有女子の方でも、サヨ子という女が、理由なしに、頭から嫌いなのであるから、恐らく、前世は、犬と猿ででもあったろうか。

しかし、元来が、しとやかで、慎み深い女であるから、猿のところへ出向くといっても、いきなり、ワンワン吠えたりはしない。隣りの九号車へ、足を踏み入れた時から、眼も口許も、ほほ笑みを、湛えていた。

白布に覆われた座席のどこにも、今出川有女子の姿は、見当らなかったが、半開きになった給仕個室のドアの間から、サヨ子は、探す対手を、見出した。

「ご免下さい……」

「さア、どうぞ……」

有女子は、また化粧函の蓋をあけて、鏡を見ながらG・I帽を頭にのせてるところだった。

この帽子をかぶって、白手袋をはめれば、〝ちどり・ガール〟として、完全な服装になるのである。

そして、東京駅回送の直前に、帽子をつけるのが、彼女等の習慣だったが、これが、ウエートレスのエプロン結びと同様、なかなか苦心を要する作業であって、かぶり方一つで、スマートにもなれば、ヤボにもなる。だから、彼女が、サヨ子の方は顧(かえり)みないで、鏡ばかり見ていたのも当然である。

「あの、今、武宮さんよこしましたけど、お紅茶の皿が一つ足りないんですけど、その辺に、残ってはいませんでしょうか」

サヨ子は、つとめて、インギンにいった。

「どこにもなかったわ。だから、足りないわけないと、思うわ」

「でも、算(かぞ)えましたら、どうしても、足りないんです。恐れ入りますが、もう一度、探して頂けません?」

「あら、回送間際に、そんなヒマないわよ。あんなお皿一枚ぐらい、どうだっていいじゃないの」

「そうはいかないんです。ご承知のように、会社がやかましいですから、下車の時に、一枚でも足りませんと……」

「わかったわよ。そんなに、うるさくいうなら、ご自分で、車内を探してご覧なさいよ。あたし、早く帽子かぶらないと、間に合わないから……」

彼女は、イライラした手つきで、頭の上をいじっていた。

サヨ子は、唇をかんだが、何もいわなかった。しかし、小さな眼が素速く動いて、室の隅の新聞紙包みから、白く覗いているものに、走った。

「これ、何でございます？」

三つに割れた敷皿が、その中にあった。有女子は、慌てて、立ち上った。

「知らないわ、誰か割って、あたしの部屋へ入れといたんだわ、きっと……」

「卑怯な方ですね。正直に仰有れば、何でもないことを……」

「あら、あたしのせいになさるの」

「だって、あなたがご存じないはずは……」

二人は、胸を触れんばかりに向い合って、口をとがらせた。

「おい、おい、何をいい合ってるんだい……」

専務車掌が通りかかって、その間に、割り込んだ。

列車は、もう、動き出していた。

早く乗る客

一

回送の〃ちどり〃は、規定の時間に、東京駅の十五番フォームへ、滑り込んだ。十一時五十五分である。

食堂車には、食堂長と、会計さん以下七人の可憐なウエートレスが、受持ちのテーブルの側に、ズラリ整列し、フォームに向って、この日最初のサービス用笑顔を示した。窓越しに見える銀器と、花と、白布と、そして、少女の整列は、むしろ、一側向うのフォームで、横須賀線を待ち合わせてる人々の食慾を誘った。

それから、特二の各車輛のデッキでは、それぞれ受持ちの〃ちどり・ガール〃が、スラリとした麗姿を、やや屈(かが)めて、薄地の白手袋をはめた両手を、前に組み、良家の令嬢が、来客を玄関へ出迎えたという形そっくりであった。

厳密にいうと、この瞬間に、この日の下り特急〃ちどり〃が、誕生したのである。客車も、食堂車も、この時をもって、乗客という外気に、扉を開き、ココの声をあげるのである。その証拠(しょうこ)に、最後部の展望車のデッキに、鉄のテスリの中央部のところへ、駅員が二人がかりで〝ちどり〟の円い標札をかけた。青地に白く千鳥の形を抜いて、〝ちどり〟と、赤い字が書いてある。あれを〝あんどん〟と呼ぶのは、恐らく、夜間、内部に灯がつくからだろうが、とにかく、標札が出たからには、紛れもない〝ちどり〟となったのである。

ところが、生憎のことに、プラット・フォームは、まことに閑散。特急ともなると、湘南電車のように、乗客が列を組んで、待ち合わせるなんてことがない。せっかく、食堂ウエートレスと、〝ちどり・ガール〟が、〝入らっしゃいませ〟の姿勢をとっても、無意味なのである。全部、指定席であるから、発車三十五分も前から、慌てて、乗り込む者はない。

そんなことは、乗務員も、よく心得てるから、規則どおりのお迎えの姿勢をやって、後は暫時休憩という段どりにしようと、九号車の今出川有女子も、個室に入りかけた時に、早くも、デッキに、乗客の姿が見えた。

年のころ、五十そこそこの、品はいいが、抜目のなさそうな婆さん。いや、近来は、婆さんと呼ぶべき年ではなく、高価そうな大島の模様もハデで、まだ腕力も衰えないのか、かなり大きな黄革のカバンを片手にさげた、小肥りの体を、ユウユウと、車内へ運んできた。甲賀げんである。

「入らっしゃいませ」

有女子は、ニコやかに、身を屈めた。常連の客には、どうしても、愛想がよくなるが、この婆さん――いや、オバサマには、特別に優しくする必要があるのである。

「また、京都へお遊びに……」

「はい、秋になると、東京にジッとしておれませんのでね」

オバサマの方は、言葉は丁寧でも、彼女に親しみは、見せなかった。

「お座席は、何番でいらっしゃいましょう？」

「サア、何番でしたかね、じきに、息子が乗りますから……」

そうであろう。きっと、息子――甲賀恭雄も、一緒であろうと、有女子は見当をつけていたのだが、果して、入口から、ラッキョウが眼鏡をかけたような青年が、フォームの売店で買ったらしい雑誌を小脇に、現われた。男に珍らしく色が白いところへ、髪も黒く、服装も黒っぽく、一際、白さが目立つのだが、惜しいことに、頭がいやに大きいのに、体が小さく、肩は無いといった方がいいくらいの撫ぜ肩で、まるで、明治美人の体格である。金魚のように飛び出した眼ばかり、大きくて、ギョロリと、怖ろしいようだが、一向に、力がない。一見して、非力内向型性格を示してるが、この種の青年は、堂上華族の若者に多いので、有女子は、それほど珍らしくも思わなかった。尤も、天皇家と親戚にあたるような、上層華族の家の息子に多いのであって、有女子の実家のような、貧乏公卿には、少なかった。

甲賀恭雄は、明らかに、有女子と車中で会うことを、予期したらしく、彼女が母親と話してる姿を見た途端に、ラッキョウのような顔色を、吸墨紙のような赤さに染めた。

しかし、努めて、平静を装うためか、小さな体を反らし、呼吸を整えてから、内部へ歩き出した。そして、わざと、有女子を見ないで、母親に話しかけた。

「ママ、座席番号は、23と24ですよ」

「あら……」

と、有女子も、わざと、今、気がついたように、

「毎度、ご乗車、有難う存じます。お客様も、京都まで？」

と、美しい顔を、真正面に、恭雄に向けた。彼は、忽ち、太陽が眼に入ったように、眩しくなった。しかし、いくら服務規定で、対手の姓名を呼んではならぬといっても、甲賀恭雄をお客様とは、水くさい。何しろ、ラブ・レターも、すでに、貰ってるのだから。

「こちらでございます、どうぞ……」

彼女は、白手袋をはめた右手を、サッと、形よく差し出して、方向を示した。無論、母親のカバンは、彼女が手にしたが、恭雄のボストン・バッグも、運んでやるのは、当然の職務である。尤も、バッグを受けとる時に、ちょいと手を握ったのは、職務内ともいわれなかった。

「海側のお席で、よろしゅうございました……」

海側山側とは乗務員語で、彼等は右側左側という語の不正確さを、忌むのである。なぜといって、下りで左側の窓は、上りで右側となるわけである。東海道線を走る限り、

海側山側が、ハッキリしてる。そして、海側の方が、常に眺望がいい。

「今日のガールさんは、今出川さんだったね」

母親は、窓ぎわの席について、息子に話しかけた。彼女だって、有女子の名まで、知ってるのである。

「そうですね。よく、あの人の番に、当りますね」

息子は、何食わぬ顔で、そう答えたが、わざわざ、彼女の乗車日と、受持ち車輛を調べて、今日の〝ちどり〟にしたのだから、番に当らなければ、どうかしている。

「こういう日には、きっと、偶然が重なるものですよ」

息子のコンタンを、見抜いてるのか、母親は、薄笑いを浮かべた。

「何の偶然です？」

「いえね。食堂車へいくと、例の会計さんが、乗っていやしないかと、思ってね……」

彼女の方でも、藤倉サヨ子の乗車する日であることを、チャーンと調べた上で、今日の〝ちどり〟で出発することに、同意したのである。そればかりではない。九号車へ乗り込む前に、隣りの食堂車を背のびして、覗いたら、彼女のエプロン姿が、チラリと見えたのだから、こんな確かな話はない。

「そんな意味の偶然ですか。下らないことですね」

息子は、読みたくもない雑誌を、ひろげ始めた。

あたりを見回した母親は、乗客の姿が、まだ、前部に二組ほどしかいないのを、確か

めてから、

「恭雄さん、京都へ着くまでに、きめようね」

「何をです」

「きまっているじゃありませんか。あんたの決心をですよ」

「そんな、ムリな……。結婚の対手をきめるという重大問題を、たった七時間半——いや、七時間ですよ、京都までは——その間に、決定しろなんて……」

「いいえ、七時間じゃありませんよ。このことについては、あなたと、何百時間、何千時間話したか、知れやしない。あの会計さんに、家へきて貰えば、あんたも、家の中も、どんなに幸福になるかってことは、口が酸っぱくなるほど、話したつもりですよ。それで、あんたも、それなら、もう一度〝ちどり〟に乗って藤倉さんをよく見た上で、返事をすると、約束したじゃありませんか」

「それア、ママがあんまり、強くいうから……」

「とにかく、一旦、約束したことを逃げてはいけませんよ。男らしくもない……」

男らしくないというのは、恭雄の生まれつきであって、恐らく、ホルモンの不均衡が原因らしいが、小さい時から、母親という女性の絶対支配下に置かれたことも、一因ではないか。すると、彼女も、多少の責任を免れない。

恭雄は、黙って、雑誌を読み出した。しかし、本気で読んでいない証拠には、新しく乗り込んでくる客の気配で、すぐ、頭を上げる。あるいは、乗客を案内する今出川有女子を、見るためかも知れないが、そのうちに、上げた頭が上りっきりになった。

二

「わッ、あんた、あいかわらず、美しいなア。今日は、あんたの日やろ思うて、〝いそぎ〟に乗らんと、この列車にしたら、やはり、そうや。間のええこっちゃないか、ワッハッハ」

あたり構わず、大声を立てて、今出川有女子に話しかけたのは、ヤキブタのように、赤く、油ぎった中老の男で、秘書らしい若い男と、旅館の女将と女中らしい、見送りの女二人を従えていた。

特急常連の客というものは、とかく、馴れ馴れしく、スチュワーデスに話しかけて、常連の顔を誇りたがるものだが、この男の態度は、まるで、ナジミのバーの女に会ったように、不作法だった。

――怪しからん奴だ。全然、マナーを知らない。しかし、有女子さんも、有女子さんだ。あんな男に、優しい微笑なんか送る必要があるか。

甲賀恭雄は、伸び上って、そっちを見ながら、腹を立てた。彼女は、媚びを見せた曲線で、体をくねらせて、その男を案内すると、職務以上の応対振りを、見せていた。そして、入口に近い山側の座席に、その男を案内すると、彼の脱いだスプリング・コートを、網棚へ載せてやった。次いで、その男は、茶色のソフトを脱いで、それだけは、自分で帽子かけの釘へかけたが、とたんに、みごとに禿げた、円い頭が露出した。

——あッ、この男だな。岸和田というのは……。

恭雄は、その禿げぶりを見て、自分のライバルに相違ないと、直覚した。ありあまる金で、有女子をねじ伏せようとかかってる男が、ブリンナーさんというアダ名をもつ、大阪の繊維会社の社長であることを、彼も、聞き知っていた。

「社長さん、お邪魔でしょうが、これを……」

旅館の女将らしい女は、茶代の礼なのか、四角い紙包みを、秘書に渡した。

「例によって、ツクダ煮やろ」

「いつも、同じもんで、相済みません」

「いや、大けに……。しかし、お前ら、もう結構や。早よ去んで貰おか」

「あら、ずいぶん、薄情ですね。発車まで、お見送りさせて下さいよ」

「いらんこッちゃ。それに、お前らの顔、急に、不細工に見えて、かなわんがな」

「まア、ひどい、どうせ、今のガールさんのような、美人じゃございませんよ」

その頃、有女子は、他の乗客の案内で後部へ行っていた。

「どや、ほんまに、ベッピンさんやろ。東京にも、あれほどのは、滅多におらんわい、その上、華族さんの娘やさかい、品のええことというたら……」

「まア、華族さんなんですか、あのひと。道理で……。でも、そんなことまでご存じなら、タダの仲でもないらしいわね」

「それが、思うようにいかんのが、世の慣いや……。オウ、暑っ！」

彼は、急に、立ち上って、上着を脱ぎかけると秘書が手伝った。べつに、暑い車内でもないのに、身内の血が燃えてきたらしい。尤も、関西の人は、汽車に乗ると、すぐ、上着を脱ぐ癖がある。靴も脱いで、五十円の軽便スリッパに履きかえる。酷暑の候だと、ズボンまで脱いで、ステテコというものを、人様にお目にかけるのは、面白い趣味である。

「そやけどなア、女将、今に見とれや、汽車に乗っとったオナゴが、自動車に乗って、わいとお前の家へ、横づけするかも知れんで。岸和田令夫人としてやな……」

「まア、驚いた。そんなに、ご執心なんですか」

「わいは、一度思い込んだことは、必ず貫く主義や……」

恭雄とちがって、岸和田の方は、胸中に秘めとくことを、みんな、シャベってしまいたくなるらしい。

そのうちに、フォームの時計の針も動いて、十二時十五分。運転車掌も、荷扱専務車掌も、すでに乗り込んで、駅から切符の発売通知書も、車内に届いた。それは直ちに客扱専務車掌から、各客車の給仕に回され、乗客の持ってる切符と照合して、座席番号、行先き、切符番号を再確認することになってる。

岸和田の秘書は、そういうことにも通暁してるとみえて、その時間になると、食堂車の近くのフォームにいた客扱専務車掌のところへ行って、

「済みませんが、この切符の席、何とか、二人で列べるようにできませんか。実は、社長のお供なんで側についていないと、工合が悪いんですが……」

と、頭を下げたのは切符の申込みがおくれて、彼の座席が、山側の9の社長の座席と、遠く離れたところしか、とれなかったからだろう。

「さア、この列車、かなり混んでますからね。とにかく、横浜を過ぎてからにして、頂けませんか」

「お願いします、何とか……」

社長の側にいない方が、用が少くて助かるのであるが、一応の手順を踏んで置かないと、後のタタリが、恐ろしい。

そのことを、社長に報告しようと、彼が車内へ帰ろうとした時に、フォームにいた人々の首が、一斉に、後部の方へ向いた。

中央の階段から、駅長に導かれて、岡首相の一行が、上ってきた。見送りと、随行を合わせて、五、六十人の人数である。

「岡だね」

「どこへ、行くんだろう」

「明日、大阪商工会議所で、一席ブツんだよ」

フォームの人たちが、ささやいていた。

電笛一声

一

十二時二十九分。

東京駅十六番フォームの南寄り階段の上で、赤線金筋(きんすじ)入りの帽子をかぶった男が、大型の懐中時計の針を見ながら――その時計も、十二時十分に、念のため、事務室の標準時計と合わせているのだが、そして、その正確な時計を見る前に、前方の出発反応標識の白い光りを、ハッキリと確かめて後のことだが、やっと、出発指示合図のボタンを、押した。

とたんに、フォームの屋根裏に反響して、例の気ぜわしない、発車ベルが、鳴り渡った。見送りの恋人の胸を、ギュッと締めつけ、見送られる栄転官吏の鼻を、グッと、ウゴめかせる物音だが、これが、ちっとやそっとでは、鳴りやまない。気の早い人は、すぐお別れのお辞儀をしてしまって、手持ち不沙汰の顔をしている。四十秒間、鳴り続けることになっているが、四十分のまちがいではないかと、疑いたくなる。

やっと、ベルが、鳴りやんだが、すぐ発車をするわけではない。まだ十五秒のお預けがある。続いて、ちょっと、音色の変ったベルが、鳴り出す。出発準備完了の合図であって、やはり、赤線金筋入り帽子の助役さんが、ボタンを押してる。

これが、十秒間鳴っても、まだ、五秒残ってる。十二時二十九分五十五秒。この時に、後部の運転車掌が、昔ながらの呼子笛を、ピリピリッと吹いて、手をあげたばかりでは、気が済まなくて、機関車に対して、出発合図のブザーを鳴らす。十二時三十分ジャスト。

これで、やっと、〝ちどり〟が、女性的しとやかな足どりで、動き出すのであるが、まだ、完全な出発状態といわれない。機関車が動き出しても、最後尾の展望車が、駅のフォームを離れるまでは、ほんとに東京駅を出たことにならない。この間、五十秒を、要するのである。今日は、首相が乗ってるから、駅長、首席助役、助役、乗客係り、車掌区区長、公安官以下、駅売りの兄さんまで、列車がフォームを離れるまで、佇立敬礼しなければならない。何とも早や、手数のかかることで、一本の特急が出発するには、小説も、何週間という筆を、費さねばならなかった。

しかし、もう、これで安心。〝ちどり〟は、遂に発車したので、物語の方も、一路東海道本線を、走り出すことになるだろう。

二

ちょうど、お午の休み時で、有楽町あたりのビルの屋上で、秋の日光を浴びてるB・Gさんたちが、

「あ、〝ちどり〟がいくわよ。一度、あれに、乗ってみたいわ。スチュワーデスになっ

て、毎日乗れたら、どんなにいいか知ら……」

と、羨望したが、何事によらず、そんなにいい商売というものはない。

東京発車から横浜あたりまでは、客扱専務車掌やスチュワーデスの最も多忙な時で、品川へさしかかる頃には、カレチ（専務）さんの第一声が、各客車の入口の上の拡声機から、聞かれる。まず、チャイムの音が鳴って、

「ご乗車、ありがとうございます。この列車は、東京発十二時三十分の大阪行き特急〝ちどり〟でございます。大阪終着時刻は……」

という冒頭から、途中停車駅の名と時刻、出口は右か左か、そして、この列車の客車編成の紹介まで、ご親切なことで、最後に、

「この列車は、全部、座席指定でありますから、お持ちの特急券の座席番号と一致した座席に、おつき下さい……トン、チン、カーン……」

と、また、チャイムの音で、終りとなる。尤も、お客の方は、最初のうちは、耳を立てるが、この列車が〝ちどり〟であることは、百も承知で、その辺のアナウンスから、聞き流してしまう。

しかし、〝ちどり・ガール〟の方は、そのアナウンスと同時に、活動を始めなければならない。小さな画板のようなものに、発売通知表をのせて、赤と黒と二本の鉛筆を指に、

「どちらまで、お越しでいらっしゃいますか。恐れ入りますが、特急券を、拝見させて

頂きます」

と、隅から隅まで、確認に歩かなければならない。

乗客が正しい番号の席に坐ってれば、通知表の席番の項に赤丸、重複（同一番号の客二人以上）は二重赤丸、不乗（切符を買って乗らなかった場合）は赤の三角をつける。そして、黒い鉛筆で券番（切符の番号）と乗車区間を、書き込むのだが、いちいち漢字で書いていられないから、東京・大阪間なら、トオで、ご免を蒙る。

それでも、この確認記入は、若い女性にとって、厄介な仕事で、誤記をしないためには、神経集中のイライラが起こる。サービス用の笑いも、つい忘れがちになる。

これは、服務規定にムリがあるので、若い女性が、真ごころのこもった、優雅な微笑を、ある特定の人物にささげるのだったら、おやすいご用なのだが、受持ちの乗客の全部に、均等に、過不足なく、供給せよといっても、できない相談である。もし、それができる女性がいたら、文字通り、売笑婦というべきだろう。

九号車の今出川有女子なぞも、男性乗客には、博愛的な方であるが、

「どちらまで、お越しでございますか。恐れ入りますが、特急券を……」

を、十ペンぐらい繰り返した頃から、そろそろ、疲労を感じてきた。そこへもってきて、重複発売の客が一人あって、その男がひどくガンコで、〝ミス・ちどり〟の美貌も無視して、

「何じゃい、お前らの過失で、まちがった切符を売っときながら……」

と、食ってかかるので、彼女も、ムッとしたが、そこが我慢のしどころと、服務規定を思い出して、

「まことに、あいすみません。早速、専務車掌に伝えまして、ご迷惑のないように、計らいますから……」

と、公社か駅か、どっちかの責任を、わがこととして、お詫び申しあげる。

そんなことのあった後だから、おナジミの甲賀母子の席へ、回った時には、ホッとして、自然、顔もほころびるのである。

「京都まででいらっしゃいましたね」

と、キマリの文句も、簡略にして、真ごころのある、優雅な微笑をハンランさせたから、その美しいこと。

「え、ええ、そう……」

恭雄（やすお）は、気もそぞろで、彼女を見上げた。覗（のぞ）き込む顔と、見上げる顔と向き合って、ニッと笑ったが、美学の専攻家が、ブルッと身震いしたくらいだから、その瞬間の彼女の美しさは、稀代（きだい）のものだったにちがいない。その上、今日の彼女は、ギリシャ彫刻のように、スラリと、均斉のいい身長を、誇っていた。たしかに、一、二寸、背が高くなったような、気がする。これは恭雄の惚れた慾目ではなくて、彼女は、スチュワーデスの禁制を犯して、四インチ近いハイヒールをはいているためであった。もう一つ、彼女が禁を破ってるのは、恭雄の側にきたとたんに、プーンと、フランス香水らしい匂いが、

鼻を打ったことである。スチュワーデスは、質素な腕時計以外に、いかなるアクセサリーの着用も、許されない。時計だけは、常に時間を知らなければならぬ商売だから、例外とされるのだろう。指環一つ、身に飾れないという規定なのに、ハイヒールとフランス香水は、大胆なる反則であるが、〝ミス・ちどり〟ともなると、反則が、かえって似合うから、不思議であった。

「あ、切符でしたね」

ウッカリしていた恭雄は、やっと気づいて、上着のポケットから、特急券を出した。その指に、やさしい指が触れた。

「はい、ありがとうございます……。今日は、混み合いまして、お気の毒でございますわ」

「いや、べつに……。あなたこそ、大変ですね」

「いいえ、もう、慣れておりますから……」

彼女も通知表記入に、わざと手間どって、言葉の切れ目ごとに、ナガシ目を送ったりするのを、窓側に坐った母親が、妨害工作を始めた。

「恭雄さん、こっちをご覧。あれは、ゴルフというのかね。鉄橋の下で、球を打ってるよ。あんたも、少し、あんなことを始めると、丈夫になるんだがね」

六郷（ろくごう）鉄橋を渡ってるところだった。

「ゴルフなんて、俗悪文士のやることですよ」

恭雄は、イマイマしくて、荒い声を出したが、その間に有女子は一礼して、次ぎの席の検札に、移ってしまった。

三

川崎を通過して暫らくすると、前方入口に近い席の男が、五、六人も、バラバラと、席を立って後部の方へ歩き出した。それらの客は、検札もまだ済まないので、有女子はチラリと、その方へ目をやったが、べつに、無札のタダ乗りで、逃げ出したわけでもなかった。胸につけたバッジと、平常着（ふだんぎ）らしく、無造作なセビロの着方からして、彼らが新聞記者であることが、すぐ、わかった。クワエ煙草で、有女子の顔を、いたずらっぽく、覗き込んでいく者もあった。

「ご苦労さまです……」

彼女もお愛想をいった。

彼らは後尾の展望車に乗ってる、岡首相のところへ、車中談をとりにいくのに、相違なかった。

通知表で、熱海（あたみ）下車の客が、九号車に、五、六名あることになっていたが、そんな短距離を、特急に乗るのは、車中談をとる記者にきまっていた。

そして、熱海までに記事をとるなら、夕刊の〆切り（しめきり）に間に合わすつもりなのだろう、ということまで、彼女は、頭を働かせた。〝ちどり・ガール〟をやってると、いろいろ社会的知識ができてきて、ヘタな女秘書より、頭が働くようになるのである。

検札に歩いてる彼女の後姿を、恭雄の眼が、馬につく虻のように、追いかけていた。彼女くらい、乗務経験があると、列車の動揺で、姿勢を乱すというようなことはない。むしろ、動揺を利用して、体のシナをつくる域に、達している。そして、歩行に移る時には、胸を張って、スラリと脚をのばし、軽く、尻の左右動を起すのだが、それが、仲間でも、B・B張りだといって、食堂の娘たちの悪評の的になるばかりか、同じスチュワーデス仲間でも、白眼で見られてるのだが、恭雄にとっては、理想的な動作だった。彼は、自分の体軀が貧弱なためか、有女子のそうした美しさに、特に、心を惹かれている。顔も美しいが、容姿の姿の方に、最高点をつけたくなるのである。

――ぼくも、来年は、イタリアとフランスへ、留学するのだが……。

美術行脚の旅に、一年を予定してる彼は、慣れぬ外国の独り歩きが心細く、できれば、それまでに結婚して、細君を同伴したかった。

それには有女子のように、体軀堂々として洋装がよく似合い、パリのまん中に出しても、ヒケをとらぬような女が、誰よりも好適で、その点からも、彼女を妻に欲しかった。だが、その美しい姿は、恭雄にとって、最も醜悪な乗客である、岸和田社長の側に近づくのが、腹立たしい。

岸和田の隣席は、どこかの社の記者がいたとみえて、今は、空席になっていた。その分だけ、有女子の体が、岸和田に接近しそうな気がして、不快だった。それほど、彼女は、愛想よく、岸和田の検札を行って（おこな）いた。

そこへ、後方の席から、彼の秘書が、出かけて行った。

「あの、さっき、専務車掌に、お頼みしといたんですが……」

秘書が、有女子に話しかけるのを、岸和田は、邪魔者がきたように、睨みつけた。

「はい」

「社長の隣りの席に、替えて貰えませんか。車掌さんの話じゃ、横浜を過ぎると、何とかなるということでしたが……」

「さア、横浜では、どうでしょうか」

有女子は、通知表に、目をたどらせた。

「熱海までお待ちになれば、この席が明くんですけど……」

彼女は岸和田の隣りの、新聞記者の空席を、示した。

「そうですか。じゃア……」

「尤も、熱海で売ってるかも、知れませんから、その時は、ごかんべん下さい」

「まア、ええわ。あまり、ウダウダいうて、お嬢さんいじめたら、いかんで……」

岸和田社長は、いかにも彼女をいたわるように、それとなく、スカートのあたりを、撫（な）ぜた。

生憎（あいにく）、それが、恭雄の視線のまん中へ、飛び込んだ。

——何という恥知らずな……。有女子さんも、黙（だま）っていないで、何とかいってやれば、いいのに……。

しかし、客に恥辱を与えるのは、サービスの精神に外れるのか、それとも、全然、気がつかぬのか、彼女は、ニッコリ笑って、岸和田との会話を、続けていた。

そこへ、前方入口の扉が開いて、最初の車中販売の娘たちが、背を屈めて、入ってきた。

服装は、食堂のウエートレスと、そっくり同じであるが、胸についてるバッジに、番号はなかった。二人とも、第一回で、高輪の電車道を歩いていた連中で、肥ってる方が、谷村ケイ子——気の強い、大阪娘である。

「お茶は、いかがでございます。お茶のご用は……」

〝ちどり〟の車販は、お茶からはじまる。やっと、座席にくつろいだお客が、日本人的嗜好を発揮するとなると、まず、煎茶であろう。そこを狙って、駅売りのお茶と同じ容器を、同じ値段で販売する。

だが、九号車の入口に近く、今出川有女子の大きな体が、通路を塞いでいた。彼女は、岸和田社長につかまって、まだ、話し続けている。通路に立ってるのが、乗客なら車販の娘も、おとなしく、道のあくのを待つのだが、対手が乗務員だから、遠慮はしない。

「ちょっと、どいてよ」

谷村ケイ子が、ささやいたが、有女子は、知らぬ顔をしていた。谷村の眉毛が、グッと、逆立った。

局地的紛争

一

車内販売は、重たい荷を、二人がかりで持って、狭い通路を往復するのだから、〝ちどり・ガール〟の方でも、道を譲ってやるのが、仁義なのだが、今出川有女子は、とかく、それを怠って、イザゴザを起した。

気位(きぐらい)の高い性格で、その上、乗客をふくめて、車中の美人ナンバー・ワンということになると、ちょっと、車販の娘なぞは、眼下に見降したくなるのだろうが、今日は、わざと、意地悪がしてみたかったのである。

品川のヤード(引込み線)に、車が止まっていた時に、定時のお茶が出た。その時に、彼女はオシャベリに夢中になって、紅茶茶碗の敷皿を床に落して、割ってしまったのである。それを、素直に、食堂車の係りに、あやまって置けば、何でもなかったが、その係りが、藤倉サヨ子であることが、彼女を躊躇(ちゅうちょ)させた。あの小憎らしい会計さんに、頭を下げるのは、彼女の誇りが許さない。そこで、何食わぬ顔で、紅茶茶碗を返してきて、眼をクラませたつもりだった。壊(こわ)れた敷皿は、新聞紙に包んで、列車が動き出したら、窓から投げ捨てるつもりで、個室の隅へかくして置いたのを、人もあろうに、藤倉サヨ子に発見されたのだから、まったくマズいのである。

――でも、あれくらいのことを、あんなに、ど鳴りつけなくたって……。

べつに、藤倉サヨ子も、ど鳴ったわけではないが、調子が強かったのは、彼女の方でも、平素の反感が募っていたからだろう。

有女子は、それを、根に持っていた。そして、今日の勤務は、藤倉のために、ケチをつけられたようで、気分に影響したのだが、東京駅に着くと、甲賀恭雄や岸和田社長のような、頼もしい乗客が乗り込んできたので、機嫌が直ったのである。

その矢先きに、お茶の車販がきて、

「ちょっと、どいてよ」

と、やられたのだから、ムカムカが逆戻りした。坊主憎ければ、ケサまで憎いのだが、車販係りの二人は、藤倉サヨ子の配下であって、その一人は、向う意気の強い谷村ケイ子となれば、こっちも、黙って引き下れない。

「失礼、いま、検札中よ」

有女子は、わざと、ゆっくりと、通知表の書き込みを始めた。検札が車販よりも、列車運行にとって、重要な仕事であるのは、いうまでもない。そこで、谷村も、歯をかんで、有女子が道を開けるのを、待つ外はなかったが、その時に、少し先きの席から、

「おい、お茶をくれ」

と、声が聞えてきた。

こうなると、乗客優先の順序で、車販係りも、有女子の体を少しは突きのけても、前進の口実ができる。

「はい、ただ今……」

谷村ケイ子は、勇躍して、食パンの頭のように盛り上った、有女子のヒップあたりに、体当りを食らわせた。

「まア、ひどい……」

そのハズミに、列車の動揺が加わって、有女子の体は、前につんのめると、体を支えた腕が、岸和田社長の膝に落ちた。喜んだのは、社長さんで、

「おっと、危い……ヘッヘ」

と、いいながら、その手をつかんで、なかなか、放さない。その間に、車販の二人は、お茶を売って、

「どうも、有難うございます」

と、奥へ進んでいってしまった。

美しい顔に、青筋を立てた有女子は、乗客の面前で、乗務員と争うことを、堅く禁じてる服務規定を忘れて、二人の跡を、追いかけようとしたが、とたんに、鳴り出したチャイムの音で、闘志を奪われた。頭上の車内放送機は、隣りの車輛の専務車掌室のマイクを使ってるので、感度もよく、

「ミ、ナ、サマ。食堂のご案内を、申しあげます。食堂は、発車と同時に、営業してお

ります。ちょうど、お定食のお時間でございます。お食事は、洋食の他に、幕の内、うなぎ弁当などぞも、用意致(いた)しております。どうぞ、お越し下さいませ。食堂車は、この列車の中ほどより後寄りの、八号車でございます……。チーン、トン、チン、カン……」

優しい女性の声は、どうやら、藤倉サヨ子のそれらしかった。

二

アナウンスを聞くと、甲賀の母親げんは、息子の方に、顔を向けて、

「どうだね、恭雄さん、お腹(なか)は空(す)かないかね」

と、誘いかけた。

「全然……。だって、家を出がけに、早午飯(はやおひる)を、食べてきたじゃありませんか」

これは、恭雄に限らず、〝ちどり〟に乗る人は、大てい、自宅とか、駅の名店街などで、食事を済ませてくる。大阪着が二〇時で、夕食は、食堂へ行くにしても、七時間半の間に、二度はご免だという考えからであろう。大都会を食事時間に始発する列車は、必ず、このような現象を呈する。

「ところが、あたしは、何か、口へ入れたくなりましたよ。早午飯(はやおひる)というものは、たんと食べられないからね。それに、今日のご飯は、出来が悪くて……」

母親の方は、息子より、胃が丈夫なのだろうか。それとも、食堂車ファンというわけなのだろうか。

「じゃア、一人で行ってらしたら……。ぼくは、食堂のものは、あまり、好きじゃないんです」

恭雄は、ゼイタクなことをいった。それとも、食堂へ行きたくない、口実なのか。

「そんなにいうんなら、定食時間が終るまで、待ちましょう。あたしは、一品料理でいいんだから。あんただって、果物ぐらいなら、食べるでしょう」

母親は、折れて出た。というのも、息子の主張に、屈したからではない。混雑する時間だと、食堂車で、好みの席がとれないと、思ったからである。彼女が、食堂車へ行きたがるのは、食事が目的ではなかった。五列両側にならぶ食卓のうちで、九号車からいえば、一番奥の一列に、坐りたいからだった。

その一列だけは、三級ウエートレスを補佐して、会計の藤倉サヨ子が、食卓のサービスを行うのである。

「ねえ、恭雄さん……」

母親が、猫なぜ声を出した。

「こうやって、あんたと旅行できるのは、嬉しいけれど、そういつまでもというわけにも、いくまいね」

「どうしてですか」

「だって、あたしも、年をとったからね」

「何をいってるんです。そんなに、お若いじゃありませんか」

息子は、意地悪く笑ったが、母親の化粧といい、着物の好みといい、どうしてお若いものである。

「いいえ、見かけはどうでも、体がいうことをきかなくなってきましたよ。それに、根気(こんき)のなくなってきたことといったら……」

「そうですかねえ」

「前には、何でもなかったことが、とても、大儀になってきてね。地所や株券のことだけでも、大変ですからね。やはり、お父さんが亡(な)くなってから、女手一つでやってきた疲れが、出たんだね。それに、あんたがあんなに、弱かったから……」

それをいわれると、恭雄は、一言もなかった。彼は、少年時代から虚弱だったが、大学へ入る前には、あらゆる病気の問屋のようになって、生死も危(あやぶ)まれたほどだったが、それを、ともかく、現在の体に仕上げたのは、一つに母親げんの超人的努力だった。典型的な母親ッ子の恭雄が、この理由のために、一層、母親に頭が上らなくなったのである。

そして、男まさりの母親の翼(つばさ)の下で、好きな学問ばかりやっていたお蔭で、世事にはまったく疎(うと)く生活力ゼロとなった恭雄は、かりに、財産を任(まか)されたとしても、どう始末していいか、わからぬ男だった。

その点で、母親から、年をとったの、体が疲れたのといわれるのは、大打撃なのである。

「すみません。ぼくの病気で、ママを心配させたんだから、これからは、ママを気楽にさせてあげなければならないのに……」

「いいえ、いいんですよ、あんたは、学者肌に生まれついてるんだから、家計なんかに、頭を使わなくたって……。ただね、あたしが、ほんとに弱ってしまわないうちに、あたしの後継者を、探さないと……」

そろそろ、母親は、本題に入ってきた。

「結婚のことですか」

「そうですよ」

恭雄としては、結婚そのことに、異議はない。その候補者も、チャンと頭に描いている。

彼が、今出川有女子を好もしく思うのも、無論、彼女の類い稀れな容姿に、眩惑された結果ではあるが、心の底では、案外、母親の後継者として、彼女を求めていたかも、知れないのである。彼女は、美しいと同時に、強いのである。縋りつくことのできる女である。あの女ならば、母親と同じように、その逞しい翼の下で、彼の生涯を、護ってくれるのではあるまいか――

しかし、母親は、こういうのである。

「それには、あの藤倉さん――あれほど、打ってつけの人は、世間にありませんよ。あたしの眼に、狂いはない。おとなしくて、シッカリ者で、体も、シンも丈夫そうだし、苦労はしてるし、その上、会計さんだから、ソロバンの方は達者で、甲賀の家の財産を、きっと、うまく、守ってくれるだろうし……」

三

今出川有女子は、通知表の記入を終ると、専務車掌の部屋に、届けに行った。専務の部屋は、食堂車喫煙室の向う側にあって、そこへ行くには、いやでも、食堂車特有の匂いを、かがなければならぬが、食慾をそそるその匂いが、今日は、かえって、ムカムカした。

――ほんとに、〝ちどり〟にオシ（食堂車の鉄道語）がついてなかったら、とても、セイセイするに、ちがいないわ。

彼女は、車販係りとのイザコザから、すっかり、ツムジを曲げていた。そして、誰かに、そのことを訴えたくて、たまらなかった。

「専務さん……」

と、口まで出かかったのだが、専務車掌は、挿しこみテーブルに、背をこごめて、座席、行先き、等級の変更や、無札の客の支払った金の計算や記入で、ひどく、多忙そうだった。それに、世間の会社で、専務さんがエラいように、特急の中でも一番エラいのは、この人なのだから、私事の訴えなぞは、叱られる心配があった。

彼女は、報告だけして、九号車へ帰ったが、どうも、胸が納まらないので、ヘッドさんに訴えて来ようと、考えた。展望車一号室のヘッド・ボーイ広田は、この列車の、男女給仕の隊長であるから、部下の訴えは、聞いてくれるにちがいない。

十号、十一号と、特二の車を二輛抜ければ、すぐ展望車である。

有女子は、展望車へくるのが、好きであった。一号車ともなると、入ったとたんに、ニス塗りの仕上げからちがい、通路にもジュウタンが敷いてあり、便所、荷物室、コンパートメント入口も、汽車というより、外国航路の船室の感じである。

今日は、その通路に数人の男が立っていて、鋭い眼で見張っているのは、大方、岡首相の護衛にきた、警視庁の私服であろう。〝ちどり・ガール〟と見て、彼らも、眼つきを柔(やわら)げたが、彼女は、入口に近い、ヘッド・ボーイの部屋に入った。

「何だい、今ごろ?」

広田は、半白の頭を捻(ね)じ向けた。

「お邪魔じゃない?」

「いいや、今車中談の最中だから、かえってヒマなんだ」

ヘッド・ボーイの部屋も、〝ちどり・ガール〟の個室と大差ないが、電熱器とヤカンと、茶器の用意がしてあるところが、ちがっていた。といって、広田自身がお茶をのむためではない。展望車の客には、日本茶をサービスするからである。これでは、お茶代を出さずにはいられない。

「ヘッドさん、聞いてよ、車販の人ったら、あんまりなのよ」

彼女は、早速、陳情にかかった。多少のオマケがつくのは、やむをえなかった。車販の娘が、腕力をふるって、彼女をつき飛ばし、そのために、窓ガラスに衝突して、あわや、顔に裂傷を負うところだった、とか――

だが、広田は、ニヤニヤ笑って、取り合わなかった。

「どうして、お前さんたちア、そう仲が悪いのだろうな。嫁に小姑って、やつかな。一体、どっちが嫁で、どっちが小姑なんだ」

「それア、あの連中が、小姑よ。とても、意地悪なんだもの……」

「そうばかりでもねえだろう。まア、何でもいいから、お静かに願いてえな。とかく、車中は、事なかれだよ。隣りの展望席へ行ってみな。岡総理も、記者さんたちも、平和、平和って、盛んにやってらア……」

と、茶化されたので、プンとした有女子は、部屋を飛び出してしまった。その時に、展望席の方から、大勢の高笑いが洩れたので、ちょいと、覗いてみたくなった。

山側のソファーに、啄木鳥のような顔をした岡首相が、坐っていた。その左右も、向う側のソファーも、人が溢れて、立ってる記者が、数名いた。隅の方で、外人客が、ニヤニヤ笑っていた。

「しかし、総理、そういう演説内容が、ソビエトや中共を、刺戟する懸念は……」

向う側の記者が、質問した。

首相は、口で笑って、眼をギョロつかせる芸当を、演じながら、

「いいですか、かりにですヨ、わたしが大阪で行う演説の論旨（ろんし）ですヨ、ソビエトや中共に、ある種の誤解を生むとしてもですヨ、わたしのですヨ、平和愛好とですヨ、国際信義尊重の念に於（お）いてはですヨ……」

一品料理（ア・ラ・カルト）

一

横浜へ着いた。十二時五十四分、定時。

　しかし、一分停車とは、情けない。

　昔は、横浜は大駅であって、貿易関係の富豪や、外人の乗降が多く、駅の建物も、東海道線始発駅の新橋ステーションと、まったく、同一であった。そして、急行列車といえども、十分間くらいの停車を余儀なくされたのは、蒸気機関車のつけかえという仕事があったからである。線路が袋小路で、頭についてた機関車が、尾の方へ回って、逆に引っ張る仕組みになっていたが、長い停車時間も、その理由というよりも、横浜が大駅だからだと、考えられていた。

　今は、東京の郊外駅のようなことになって、特急へ乗る客の数も少く、着いたとたんに、発車ベルが鳴り、専務車掌が乗客人員通告券を駅員に渡すと、お客が名物シューマイを買う暇もなく、列車は動き出した。

　九号車へ乗り込んだ客は、たった二人で、案内に立った今出川有女子も、手数がかからなかった。それよりも保土ヶ谷、戸塚間の清水谷トンネルに備えて、電燈のスイッチを入れて置くことを、忘れてはならなかった。受持ちの車の電燈点滅は、彼女たちの仕事であり、ことに、清水谷トンネルは、発車後の繁忙に紛れて、点燈を忘れ、後で、専務車掌から叱られがちだった。

　今日は、大丈夫。トンネルを出て、蛍光燈の照明が、パッと消えたが、その頃から、〝ちどり・ガール〟は、腹が空いてくるのである。べつに、空腹とトンネルの関係はないらしいが、いつも、同じ線路を走ってると、規定の食事時間がきたことを、その辺の景色を見ただけでわかってくる。そして、グーッと、腹の鳴ることもある。

　食堂のウエートレスは、十時半に、タラフク詰め込んでいるから、平気だが、〝ちどり・ガール〟たちは、世間の人と変らぬ時刻に、朝飯を食べてる。十一時のお茶の時間も、紅茶だけであるから、腹のタシにならない。一時を過ぎたとなれば、腹の空くのも、当然である。

　十号車、十一号車の〝ちどり・ガール〟たちも、その頃になると、九号車の有女子の個室に、集まってくる。

「あんた、何にする？」

「カレーにしとこうかな」

「あたしは、チキンライス……」

さすがに、千鳥姫だけあって、お弁当なんか、持参していない。食堂車の料理を自分たちの個室へ運んできて、食べる。よく、特急の中で、料理皿を持ち運ぶスチュワーデスの姿を見るが、お客さんが座席で食べるのは、サンドイッチぐらいのもので、後は、たいがい彼女自身の食糧なのである。尤も、乗務員には、食堂も半額割引きで、百円のカレー・ライスが五十円で食えるのだから、ゼイタクをやってるわけではない。

しかし、食堂車から遠い車輛の、〝ちどり・ガール〟たちは、長い通路を皿を持って歩くのは、不体裁（ふていさい）だから、食堂車に近い九号車の個室へ集まって、食事をするのが、例だった。一人で食べるより、朝のお茶以来のオシャベリができるから、その時間は、愉しみだった。

十号車の向井たか子が、食堂車へ註文品をとりに行った後で、有女子がシャベリだした。

「ちょっと、〝お立ちさん〟たら、ひどいのよ。あたし、さっき、突き飛ばされて、危（あぶな）く、怪我（けが）をするところだったわ」

〝お立ちさん〟というのは、車内販売係りに対する、彼女たちの隠語である。車内販売の正式な呼び方は、車内立売りであって、そこからきてる隠語だが、多少の軽蔑を混（まじ）えてるのは、いうまでもない。〝ちどり・ガール〟だって、立って働くのだから、お立ちさんにちがいないのだが、何も売らないというところに、誇りがあるのだろう。

「まア、ひどい。いつ?」

「お茶売りの時よ」

「じゃア、最初の立売りね。今日の〝お立ちさん〟は、誰だっけ?」

「谷村と、見習いよ」

「あア、あの谷村って人、とても、気が強いのよ。あたしも、一度、喧嘩しかけたことある……」

「そうでしょう。まるで、プロレスの悪役ね。こっちは、検札しているから、あの人たちが通るの、わからないでしょう。それを、いきなり、うしろから、突き飛ばすんですもの。ひどいわ……」

「でも、あの人、今出川さんより小さいじゃないの」

「小さい癖に、腕力のある人って、いるじゃないの。その上に、安保改定賛成みたいな人……」

「一体、〝お立ちさん〟は、歩き過ぎるわよ。先ず、お茶でしょう。それから、コーヒー。お次ぎが、サンドイッチにジュース、ビール……」

「甘納豆、あられ、梅干飴……」

「アイスクリーム。果物。新聞、マッチ、煙草……。終着駅まで、のべつ幕なしだわ。べつに、〝お立ちさん〟は歩きたくはないだろうけど、全国食堂が慾が深いのね」

「それア、会社も悪いけど、〝お立ちさん〟も、少しは、遠慮すべきだわよ。こっちは、鉄道員で、いわば、家つきの娘でしょう。何よ、あの人たちは――居候か、女中さんみたいなもんじゃないの」

有女子は、美しい頬を、わざわざ膨らませて、力み返った。スチュワーデスと車販の娘が、職場が同じ車内通路なので、とかく、摩擦を生じるのは、やむをえないが、彼女の反感は、食堂関係の女性全部に、及んでいるから、根が深い。

そこへ、ガラリとドアが開いて、ワクを挿んだ四皿の料理を、胸に抱えて、向井たか子が、帰ってきた。

「あら、ご苦労さま……」

「昂奮して、何を話してるの」

「とても、ナマイキな〝お立ちさん〟のことよ。まア、聞いてよ……」

と、有女子は、またしても、最初からのイキサツを、身振り入りで、訴え始めた。

二

その頃に、客車内では、また、アナウンスが、聞えてきた。

「ミ、ナ、サマ。食堂のご案内を、申しあげます。毎度、ありがとうございます。ただ今、お定食の時間が済みまして、お飲みものや、お好み料理のご用意が、ととのいました。どうぞ、お越し下さいませ。食堂車は、この列車の中ほどより、うしろ寄りの八号車でございます……」

今度の声は、藤倉サヨ子でなく、一級の加山キミ子らしかった。アナウンス係りは、特にきまっているわけではないのである。

その声が、九号車に響き渡ると、

「恭雄さん……」

甲賀の母親が、座席の上に、日本風に揃えた膝を、崩した。

「何です」

「一品料理が、始まりらしいよ。そろそろ、出かけてみたら……」

「まだ、腹は空きませんよ」

「でも、あたしは、ペコペコなんだよ。行きましょう」

母親の声は、強かった。

こうなると、親に逆らえない息子であって、不承々々、立ち上って、通路へ出た。尤も、今出川有女子が、食事で、個室に入り込んで、姿を見せないから、座席にいたところで、眼の保養はできないのである。

恭雄が、先きに立って、進行方向に歩き出すと、岸和田社長が、居汚く口を開いて、眠ってる側を、通らねばならなかった。恐らく、岸和田も、有女子の姿が見えないので、眠気を催したのであろう。

九号車のドアを開けると、すぐ、食堂車の入口だった。海側が、専務車掌室で、山側が喫煙室だが、そのシートに、誰もいないのは、食堂が混んでいない証拠だった。

しかし、内部へ入ると、案外、客が多かった。空席はあっても、一つのイスだけ明いてるテーブルばかりで、甲賀親子が坐るのは、不適当だった。

「入らっしゃいませ。お二人さまでございますね。一番奥の左側が、明いております」

ウエートレスの一人が、教えてくれた。

「あら、ありがたい。いつもの席だわ」

甲賀の母親がいった。そのテーブルは、会計台に近い海側のテーブルで、正式にいえば、B列の一、二番席のことであるが、彼女は好んで、そこに席を求めた。

果して、二人が、そこへ近づくと、会計台の前から、ニッコリと、しとやかな笑顔が動いてきた。片手にダスター（接客用ナプキン）を掛ければ、会計変じて、ウエートレスになって、藤倉サヨ子は、

「入らっしゃいませ。毎度、ありがとう存じます」

おナジミ客に対する、正しいアイサツをした。この程度なら、フリの客に対して、反感をそそることもない。といって、簡単な言葉のうちに、溢れる感謝や、お愛想を盛ることを妨げはしない。

「はい、今日は……。また、お世話になりますよ」

甲賀の母親も、なかなか、お愛想がいい。しかし、目指したテーブルも、親子で占領というわけにもいかなかった。四人掛けの一つの席は、あまりガラのよくない、異様な男が坐って、酒を飲んでいた。

「では、あなた様は、こちらになさいますか」

窓寄り席を、差し向いで占めることになったが、サヨ子は恭雄に、悪びれない会釈をして、そういった。彼女たちが客に対する二人称は、会社の規定があって、〝あなた〟〝あなた様〟〝お客様〟の三種であるが、藤倉サヨ子が〝あなた様〟を選んだのは、決して、偶然ではなかった。〝お客様〟では、恭雄に対して、あまりに、冷たい気がするが、さりとて、〝あなた〟では彼女の気持が済まない。〝あなた〟と呼んで、〝何だい〟と答えて貰いたい人は、隣りのコック場の中で、働いているのである。

だが、〝あなた様〟の方でも、食堂なんか来たくはなかったのだから、彼女のしとやかなサービスにも、一向、関心を示さず、ムッツリと、むつかしい顔をしている。

「召上りものは、何に致しましょうか」

彼女は、メニューを出した。

「さア、何にしましょうかね」

甲賀の母親は、できるだけ藤倉サヨ子を、テーブルに引っ張って置きたいので、わざと、料理の選択に、手間をかけた。

「エビフライでも、食べましょうかね」

「かしこまりました。エビフライでございますね」

「待って下さいよ。恭雄さんは、何にします。あんたと、同じものにしてもいいんだよ」

「ぼくは、食事したくないんです」

「でも、何か註文しないと……」

「じゃア、紅茶……」

「かしこまりました。お紅茶でございますね」

「では、あたしも、お紅茶と……それから、何か、サッパリしたものにしましょう。ハム・サラダがいいわ」

　やっと、註文がきまった。

「はい、かしこまりました。少々、お待ち下さいませ」

　藤倉サヨ子は、卓上伝票の細かい目盛りの中に、素早く、赤鉛筆のシルシを入れた。伝票も、慣れない者には、見当がつかない。何しろ〝ポカ〟なんて、不思議な文字があって、それが、ポーク・カツレツを意味するのだから。

「恭雄さん、いつ見ても、感じのいい人だね、藤倉さんは……」

　母親が、低い声で話しかけた。

「そうですか」

「そうですかッて、一目見たら、わかりそうなもんだよ。それに、お行儀のいいことッたら……。あれは、お客商売で仕込まれたのと、わけがちがうね。生まれつき、人に仕（つか）えることを、知ってるんだよ。ああいう人は、良人に仕え、姑に仕え、波風立てずに、一家を……」

と体を前に乗り出して、息子の説得にかかったが、ふと、酒臭いイキが、強く鼻を打ったので、顔をしかめて、隣りの席を眺めた。

「フウ……」

遠慮会釈もなく、酒のオクビを吐き出した男は、もう秋だというのに、白麻の着物をきて、黒無地の羽織に、やはり、黒の袴(はかま)をはいてる。ちょっと見ると、右翼の連中らしいが、総髪(そうはつ)のように、毛を長く伸ばし、口ヒゲも頬ヒゲも、黒々と蓄(たくわ)えてるところは、新興宗教の幹部という趣きもある。或いは、両方を兼ねてるのかも知れない。

その男の前には、食べ物は、何も置いてなく、一級酒の一合ビンが、ハダカのままで、立ってるだけである。しかし、この男の酔い方を見ると、どうも、一合だけではなさそうである。卓上伝票に眼を走らせると、一合百十円の一級酒が、三本目だと見えて、330という数字のところへ、赤ジルシがしてある。

よほど、酒の好きな男らしいが、飲むテンポは、大変に緩慢である。食堂の日本酒用グラスに、一ぱい注いだ酒を、雀が水を飲む程度に、ちょっと口をつけて、それから、四辺(あたり)を見回したり、何か考え込んだり、なかなか、酒に手を出さない。この速力で、三本目だとすると、恐らく、彼は、東京駅発車直後に、食堂車へ入ってきて、飲み始めたのだろう。そして、一番テーブルは、前部の三等車に近い席なので、そこからきた客かとも、思われる。〝ちどり〟といえども、三等のシートより、食堂車のイスの方が、坐り心地のいいことは確かで、その上、酒は飲めるし、計画的にネバっているのかとも、考えられる。

恭雄は、その男と斜め向うに腰かけたのだが、彼は、元来、飲酒家を好まないし、また、このような保守頑迷の徒は、一層、嫌悪（けんお）するので、つい、シカメ面がしたくなる。

母親が話しかけても、無愛想だったのは、この男のせいも手伝っていた。

その男は、やがて、二度目の長い吐息を、恭雄の面上を目がけて、吹きつけた。そればかりではない。

「フウ……。何も、知らんで……」

と不気味な独り言（ひとりごと）を洩らして、恭雄の顔を、ジッと、眺めたのである。

よっぱらい

一

東海道線も、昔は、品川駅を出れば、車窓の眺めも、旅情を感じさせたが、今では、横浜を過ぎても、藤沢へ行っても、まだ、都市の気分である。まず、平塚を後にして、やっと、海や山のたたずまいに、旅に出た眺めを、感じるのだが、甲賀恭雄（やすお）も、行きたくもない食堂車へ出かけて、母親のおつきあいをしている間、せめて、国府津（こうず）あたりからの海景色に、心を慰めようとしていたところへ、まことに、不愉快千万な乗客のために、妨害を受けたのである。

酒臭い呼吸を、真っ向から、吹きつけられるくらいは、まだ、辛抱ができる。

「バカ者が……何も、知らんで……」

と、まるで、恭雄がバカ者であるように、彼の方を見て、独りごとを洩らすのは、気に障ってならない。

母親も、その異様な男の言動には、驚いたらしく、息子に話しかける言葉も止めて、横眼をつかった。しかし、その男は、酒を飲んでるし、風体も普通ではないし、少し頭へきてる酔っ払いだと、見当をつけた。貧乏画家とか、零落人相見とか、そんなヤカラは、とかく、ヒガミ根性だから、こんな酔態を演じるものだと考えて、息子ほどには、気に留めていなかった。ただ、そんなヤカラが、特急〝ちどり〟へ乗って、食堂車で散財するとは、身分不相応だと、考えた。

酔漢の方でも、特二の車輛から出てきた、裕福らしい親子に、確かに、反感を持ってるにちがいなかった。尤も、彼は、まるで、宗教劇のヨハネに扮した役者のように、俗塵を超越した態度で、二人を眼下に見降そうとするところがあった。

「汽笛一声、早やわが汽車は、放れても、必ず、終点に着くとは、きまっとらん……。どんな汽車でも、そうじゃ。無事に着くのが、不思議なくらいじゃ……。何も、知らんで……」

彼は半眼を閉じて、お経でも唱えるような、低い声で、つぶやいた。確かに、これは、酔漢のクダである。ただ、最後に、〝何も、知らんで……〟という文句がつくのが、耳障り(ざわ)であるが、無智低能の男の酔言を、気にすることはないと、恭雄も、冷静になったところへ、

「お待たせ致しました」

と、藤倉サヨ子が、ハム・サラダと紅茶を、運んできた。

「はい、ありがとう」

母親は、親しげに、彼女を見上げたと同時に、眼顔で、隣りの酔漢を示し、厄介な人の隣りに坐ったようだという意味を、伝えた。

柔和な微笑が、それに答えた。

――あたくしたちも、迷惑なんでございますけれど、仕方ございません。

微笑は、そう答えている。

彼女たちのサービス虎の巻には、長座のお客様に対する項目があって、あまりネバリ過ぎる客には、

「まことに、恐れ入りますが、他のお客様もお待ちでございますので、お席をお譲り願いとうございます」

と、サイソク申上げても、いいことになっている。しかし、それは、喫煙室とか、通路とかに、事実上、席の空くのを待ってる客がいる場合で、今のように、ポツポツと、空席のある場合には、適用されない。客が、ひどい酔態でも演じるなら、食堂長が権限

を振うテもあるが、まだ、その程度には至っていない。その上、東京発車から、国府津や小田原まで、飲み続ける客は、べつに、珍らしくもないのである。豊橋あたりまで、飲み続ける客もあるし、最大のレコードは、ついに、大阪着まで、グラスを手にしていた例さえある。

恭雄は、酔漢から眼を外らすためにも、また、藤倉サヨ子に興味のないことを示すためにも、窓の外を眺める必要があった。箱根連山は、よく晴れていた。黄熟した田圃は、今年も豊年らしかった。わずかな新雪を頂いた、富士の姿も見えた。

――しかし、こう広告の看板が多くては、いけない。日本人は、風土美を愛することを、知らないのか。

やっと、学者らしい考えも、浮かんできて、平常の彼に帰ったところへ、また、酔漢のつぶやきが、耳に入った。

「この列車には、岡首相が乗っとる……」

恭雄は、何も聞えないフリをして、窓の方に首を向けていた。首相が、展望車へ乗ってることは、彼も、すでに知ってることだった。

「それが、禍いの始めじゃ。フ、フ、何も、知らんで……」

その男は、また、不気味なことをいい出した。

「位高き者は、樹上の鳥と同じじゃ。猟師は、常に、その下で、狙うとる。まして、岡の如きは、配下の者にも、敵を持っとる。いつ、どこから、轟然一発せんとも、限らん。

危し、危し……」

そういいながら、彼は、ウマそうに、一口、酒を飲んだ。

「この列車に乗り合わせた者は、不運の極みじゃ。いつ、何が起こるか、わからん列車じゃ。どの列車も、無事に終点に着くとは限らんが、この列車は、すでに、赤信号を掲げとる。しかし、その赤い色は、誰の眼にも見えん。機関士の眼にも、見えん。それで、このような高速力を出して、刻々、危険に近づいて行く……。フ、フ、バカ者が、何も知らんで……」

イヤでも、耳に入ってくる言葉を聞いて、恭雄は、不愉快と、バカバカしさに、眉をひそめた。

――精神異常者が、飲酒したために、幻想を起してるのか。それとも、他の乗客にイヤがらせのために、あんな放言をしてるのか。第一、この列車に変事が起ることを、信じているならば、当然、被害者の一人となるべき彼が、平然として、酒を飲んでるのは、矛盾ではないか。

彼は、心の中で、そのように冷笑した。すると、不思議なことに、まるで、それが電波で、彼の耳に伝わったように、

「いや、わしは知ってる。何でも、知ってる。この列車に乗り込んどる、全学連の若者が、何かを企て、何かを敢行する前に、わしは、恐らく、車外の人となっとるじゃろう。まず、わしが、ここで飲んどる間は、安全であろうかな……。バカ者が、何も、知らん

で……。ハッハッハ」

二

異様な男の酔態は、クダをまく声も、やっと、甲賀親子に聞える程度で、べつに、食堂車の客たちの眼を、ひかなかった。いうことは非常識でも、態度は端然として、ヨッパライらしくないから、おとなしく酒を飲んでる一人の客として、映ったのだろう。

しかし、食堂従業員は、そうではなかった。藤倉サヨ子を除いて、四人のウエートレスたちは無論のこと、タキシードまがいの黒服で、行儀よく突ったってる食堂長さえも、仕事の忙がしさを盗んで、チラリ、チラリと、B列の一、二番テーブルに、視線を送っていた。

長座の客に、迷惑してるからではない。そんな客は、珍らしくない。視線の的は、甲賀母子である。更に、その近くの会計台にいる、藤倉サヨ子である。その三人が、どんな態度を示し、どんな会話を交わすか――それが、知りたくてたまらない。先刻、藤倉サヨ子が註文を聞きに行った時も、また、料理と紅茶を運んで行った時も、四人のウエートレスの頭は、サッと、その方へ向いた。二級の武宮ヒロ子は、三番テーブルの客に、ジュースを注ぎながら、側見（わきみ）をしたので、少しばかり、テーブル・クロスを汚（よご）して、

「相すみません」

と、あやまった。

しかし、それは、彼女の腕が未熟だからで、一級の加山キミ子なぞは、皿から滑りやすいエビフライを、

「お待たせ致しました」

と、五番テーブルの客の前に置きながら、そして、手速く、ビールの栓(せん)を抜きながら、しかも、横眼使いの視線は、目的地へ走っていた。

本来なら、これは、食堂従業員の服務規定に、反するのである。給仕人は、勤務中は、一切の私的興味を、禁じられている。一切を、忠実にして、公平なサービスに、献(ささ)げなければならない。着飾った婦人客を、ジロジロ眺めることや、芸能人の客を指さして、仲間のヒソヒソ話なぞは、堅く禁じられてる。お客さまは至上(しじょう)であり、万能であって、批評や噂(うわさ)は許されない。

しかし、彼女たちも、若い娘である。映画女優や野球選手のお客に対して、服務規定を守ることはできても、同僚の結婚話の相手が、食堂車へ入ってきたとなれば、冷静にしろといっても、ムリである、それも、三級か見習いの女の子が、見染められたというなら、昂奮するにも及ばないが、彼女たちが部隊長と仰ぐ藤倉サヨ子が、花嫁候補なのである。これは、尋常のツヤ話ではない。ムコさんの母親が、会計さんを見込んで、持ちかけてるとは、まったく堅実な縁談なのである。彼女たちは、浮気(うわき)っぽい事件よりも、こういう堅い結婚の噂に、昂奮するのである。なぜといって、自分たちも、そういう堅い結婚の日を、期待してるからである。働く女のすべては、バーの女を含めて、結婚の

夢に憧れているが、この縁談は、ムコさんの甲賀恭雄が、未来の大学教授で、財産家の息子ときては、ヨダレも流れるではないか。

といって、彼女たちも、岡ヤキ半分で、昂奮してるのではない。人望のある藤倉サヨ子が、この良縁を獲ることを、誰も希っているのである。ただ、サヨ子の心の中に、コック場で働いてる喜イやんという人物が、住んでいることを、彼女たちも察している。結局、会計さんは、どっちを選ぶのであろうか。ハラハラするではないか。こういうテーマは、よく、通俗映画やヘッポコ小説に出てくるが、それが現実に起ってきて、登場人物が眼の前にいるとなると、これは、夢中にならずにいられない。映画や小説は、クソを食らえである。

現に、甲賀母子が今日の下りに乗り込んだことは、二人が食堂へ現われないうちから、従業員には、知れ渡っていた。お茶の車販で、今出川有女子とモメた二人が、食堂へ帰ると、喧嘩事件の報告は後回しにして、

「九号車に、甲賀さん親子が、乗っとる！」

と、触れ回ったのである。

「え、ほんまに？　藤倉さんの番の日に、回り合わすなんて、やはり、縁があるんやなア」

「でも、計画的に、この列車選んだのか、知れんわ」

「どっちにしても、今日は、面白うなってきたわ」

と、発車匆々から、湧き立ち始めたのである。

その空気は、ハッチの金属板を貫いて、表から裏へ、伝わらずにいなかった。表というのは、食堂のことであって、客席の部分であり、裏とは、コック場と配膳室のことで、お客の眼からは、見えない。しかし、その仕切りの合金板には、料理の皿を出入りさせる窓が開いてるから、完全隔離というわけではない。また、車内販売品の倉庫が、コック場の入口にあるから、立売りの娘たちは、何度となく、そこへ立ち寄る。販売カゴに、品物を詰め替えるには、時間を要するから、つい、おしゃべりもしたくなり、その声は、薄い白布のカーテンを越して、コック場へ筒抜けである。

どっちのコースを通っても、車中の出来事は、直ちに、〝裏〟へ伝わるのである。べつに、伝令がいるわけではなく、また料理のオーダー以外に、ウエートレスは口をきく暇もない忙がしさなのであるが、不思議なことに、何でも裏の人間に、わかってしまうのである。現に、展望車の総理大臣が、記者会見の時に、世界の雪どけを、霜どけといいまちがえたとか、随員の男が、食堂車へきて、ウエートレスのことを、

「おい、姐ちゃん」

と、呼んだとかいうことも、逐一、彼等の耳へ入っているのである。

従って甲賀母子が、この列車へ乗り込んだことは、早くも、配膳室の二人のパントリさんに伝わった。先任の若山も、見習の田所も、まだ独身であって、首相や随員の噂よりも、こっちの話の方が、ずっと、身が入るのである。

「いよいよ、ホンモンになってきよったなア。大方（おおかた）、今日あたりが、最後の見合いと、ちがうか」

「いや、見合いは、もう、済んどりますわ。今度は、結納（ゆいのう）ちゅうものを、とり交わす番だすねん。甲賀のお母はん、きっと、今日は、会計さんに、結納渡しまっせ。見とんなはれ」

「阿呆（あほう）！　食堂車ン中で、結納交わす奴があるかいな」

二人とも、ヒソヒソ話のつもりなのである。奥のコック場にいる矢板喜一に、関係のあることだから、声をひそめねばならない。しかし、一人は皿を洗い、一人はパンを切ってる最中で、場所も離れてるし、車の騒音も高いし、多少、大声にならざるを得ない。

そして、甲賀母子が、食堂車へ現われたことは、ハッチの窓から、田所自身が目撃した。

「おウ、来よりましたで！」

「そうか！」

やがて、藤倉サヨ子が、何の動揺も見せない、落ちついた様子で、窓へ近寄ってきた。そして、セルロイドの通し札を、三枚、一列に並べた。それは、一組の客の註文ということを、意味する。

「ハム・サラ一、紅茶二……」

そういいながら、彼女は、素速く、奥で働いてる喜一の方へ、視線を送った。

喜一の顔は、紅潮していた。すべての反応が、紅ショーガの色になって、皮膚に表われる男なのである。

揚げ過ぎ

一

矢板喜一は、エビフライを揚げていた。

車体の動揺で、油がこぼれないように、内側へフチの曲ったフライ・パンの中に、パン粉をかぶった車エビが、六匹泳いでいる。二匹づけだから、三人前である。それを、一人前、百五十円で売るのだから、お座敷テンプラ屋で使うようなエビは、使えない。

煮え立つラードは、黒い鍋の色を映して海岸の洞窟へ流れ込んだ潮流のようである。〝陸〟のコック場とちがって、鍋の中の油が静止してる時は、一刻もない。ウカウカすれば、油の波が飛び出して、熱したストーブの鉄板で、パッと燃え上る心配がある。それでも、油が揺れるおかげで、あまり威勢のよくないエビも、まるで、海中にいる時のように、カッパツに泳いでいる。そして、鍋の底から、スーッと、浮き上ってきたエビは、火がとおりかけた証拠で、同様に、エビ特有の芳香を、放ち始めるのである。

喜一は、真ッ赤な顔をして、眼を据え、鍋の中を睨んでいた。額と、頸と、両手に大きな汗の玉が結んで、ツルツルと、流れ落ちる。いちいち、それを拭いていた日には、商売にならない。食堂車のコック場は、焦熱地獄と、相場がきまってるのである。今は、まだいい。夏場の辛さといったら、印度洋を航海する汽船のカマ場と変らない。

その上、喜一は、大光栄に浴しているのである。彼は、人呼んで〝助さん〟の身分であり、フライものを手がけるにしても、ジャガ芋が、せいぜいなのである。フライものばかりではない。ビフテキやポーク・チョップの焼き物も、手伝いしか許されない、コック助手なのである。

それが、今は、自分で料理バシを握って、ストーブ前に立ってる。白いコック帽も、一段と、反り返らざるをえない。

主任コックの渡瀬が、喜一に眼をかけて、時々、このような恩典を、与えてくれるのである。尤も、定食時間は大切であるから、渡瀬自身がストーブ前に立つが、一品料理の時間となると、弟子を教育するヒマも、出てくるのである。

といって、どのコックも、教育家であると思ったら、大まちがい。普通、コックというものは、日教組のパリパリよりも、勘定高い。いくらベース・アップしたって、生徒にものを教えようとしない。なるべく、弟子に料理のコツを知らせまいとして、隠すことを心がける。しかし、生徒の方も、心得たもので、油断なく、眼を見張って、師匠からコツを、盗むのである。一人前になったコックは、誰も、年月をかけて、料理のコツを盗んだ連中である。この封建制のために、コックも、日本料理人も、一人前になるには、長い時間を要する。

そういう社会にあって、渡瀬が喜一に示した温情は、並大抵のことではない。よほど、喜一を可愛がってるので、料理人封建制打破を志してるのではないらしい。

彼は、喜一に料理を任して、自分はタバコを喫ってるのではなかった。ハム・サラダの註文を聞いて、大きなハムの塊りを、冷蔵庫から出してきて、包丁を入れていた。ハムを切るなんて、ワケないと思われるが、その切り口を見ただけで、コックの年季がわかるそうで、ことに食堂車は、分量がやかましいから、機械のように、均等な薄さに、切らねばならない。

従って、彼は、手さきを遊ばせてるわけではないのだが、眼の方は、九〇度の転回をして、喜一に注がれていた。

「おい、何しとるんねん」

鋭い声が、喜一の方に、飛んだ。

「へ?」

「その匂い、わからへんのか」

「へ、匂い?」

喜一は、慌てて顔をあげて、鼻の穴を、大きく開閉した。

「阿呆! フライ・パンの中を、かいでみい!」

「な、鍋の中だすか」

「ウダウダいううちに、黒焦げになるわい」

と、一喝されて、喜一は、尻に火がついたような狼狽で、六匹のエビを、はさみ出そうとしたが、こうなると、フライにされたエビが、メダカよりも敏捷に逃げ回って、ハシにかからない。

「ど阿呆！　なぜ、鍋をおろしてから、せんのや」

そんなことは、百も承知の喜一であるが、気がテントウして、まるで、素人の奥さんのような、ヘマばかりやってる。

やっと、鍋からはさみ出されたフライは、やや褐色を呈したといっても、黒焦げの状態からは、遠かった。しかし、商売人の標準というものは、一段ちがうらしかった。

「見い！　まるで、ハンバーグ・ステーキのように、焦がしよって……」

「す、す、済んまへん……」

検事の前の被告のように、喜一は、首を垂れた。平常は、やさしいチーフさんだが、料理を教える時の厳格さは、人が変ったようである。

「触わってみい！」

「へい」

喜一は、オズオズと、自分で揚げたものを、二本指でつまみ、固さをためした。いけない——たしかに、スカスカの感じである。

「済んまへん。あ、揚げ過ぎだす」

彼は、六つのフライを、そのまま、ゴミ缶へ、投げ捨てようと、思った。材料の弁償は、自分でする覚悟だった。

「かまへん。それくらいの揚げ過ぎで、文句いうお客は、食堂車の料理なぞ、食わんわい……」

と、渡瀬は、少し語調を和らげた。それで、喜一も、エビフライを二つずつ皿にのせて、パントリの方へ送り、通し札を、籠の中へ投げ入れた。

しかし、気分は、重かった。

「なア、矢板……」

渡瀬の言葉は、平常のように、やさしくなった。

「わいはお前に、食堂車の料理だけを、教えとるんやないで……」

「へ、へい、わかっとります……」

「食堂車いうものは、何せ、こない狭い場所で、早場の料理せんならん。すべて、本式ちゅうわけには、いかんもんや。わいは、お前に、本式のことが、教えたいんや……」

「あ、ありがとうございます……」

「しかし、フライものやったら、車の中も、〝陸〟も、ちがいはないで……。あないな揚げ方して、どないするんや」

「こ、これから、気イつけますさかい……」

「いや、お前は、いつも、立派に揚げよるんや。今日は、なんで、あないヘマしよったのか、それが腑に落ちん。お前、少し、慢心し出したんと、ちがうか……」

二

喜一としては、慢心どころではなかった。反対に、自信喪失で、糸が切れた風船玉のように、フワフワ泳いでいく自分が、情けなくてならなかったところである。

甲賀親子が、乗り込んだという噂を聞いた時には、それほどでなかったが、食堂車へ現われたと知ってから、急に、心が乱れてきたのである。

——サヨ子さんは、大阪へ着くまでに、わしに返事せいと、いうとるくらいや。まさか、それまでに、甲賀の息子に、気移りすることはあるまい……。

彼は、そのように、正しい判断を下すのである。

しかし、その側から、すぐ、判断が崩れる。金力と、社会的位置と、学問とを持った強敵が、そうヤスヤスと、引き下るだろうか。藤倉サヨ子にしたって、亡父の跡をついで、街の食堂の再興なんていってるけれど、ウエートレスの全部が羨んでる縁談に、いつ乗り替えてしまうか、知れないではないか。

——そうなったら、それでも、ええのや。わしは、本望どおり、コックの修業を続けられるのや。

彼は、また、正しい判断を下すのである。

ところが、彼の心が、一向に、耳を傾けてくれない。甲賀親子が、大きな鷲のように、サヨ子の体をサラっていく姿が、眼に映ると、とても、我慢がしていられない。自分も、大きな鷹になって、空中に舞い上り、サヨ子を奪い返さなければ、心が収まらない。

——わしア、こないに、サヨ子さんに、惚れとったんかいな。

自分自身でも、意外だった。

彼は、もとより、サヨ子が好きだった。好きな上に、温和な性格の底に秘めた、シッカリした土性骨を、自分にないものとして、尊敬していた。細君に貰うのだったら、彼女以外の女は、考えられないほどだった。

しかし、コック修業の大望と、引き換えにしてまで、彼女と結婚したいとは、思わなかった。男と生まれて、生涯の大望は、捨てられない。それだから、彼女に返事を迫られた時に、迷ったのである。でも、彼とすれば、それほど、真剣に迷ったか、どうか。捨てられぬ大望の方へ、彼女を何とか妥協させることを、暗に信じていたのではないか。

——サヨ子さんかて、インチキな食堂やるより、名コックの嫁はんになる方が、オヤジさんの遺志にかなうやないか。

東京駅発車の頃から、ひとりぎめの希望も、湧いてきたのである。そして、大阪で下車したら、口不調法ながら、必死の弁をふるって、何とか、彼女を説得しようと、考えた。それでも、彼女が承知せず、アイノコ弁当屋開業を主張するならば、仕方がない。

「サ、サ、サヨ子さん。えらい、済まんこっちゃが、な、な、ない縁と、諦めて……」

と、立派に、彼女を思い切る口上まで、心の中で、用意したのである。

それが、大船駅通過の頃で、まだ、定食時間の忙がしい最中だったが、それでも、彼は精神動揺のために、仕事の手落ちを、見せはしなかった。むしろ、決心をしてからは、すっかり落ちついて、平常よりも、敏活に働いたくらいだった。

ところが、小田原近くなって、甲賀親子が食堂へ入ってきてから、ガラリと、情勢が変化しちまった。頭で考えていた時とちがって、甲賀の息子の実物が、喜一のいるところから、そう遠くないテーブルに坐り、自由に、藤倉サヨ子と話したり、顔を見たり、或いは、人に見えないように、ソッと、手でも握りはせぬかと思うと、満身が、カッと、熱くなってきたのである。

そこへ、生憎（あいにく）、相次いで、三皿のエビフライのオーダーがあって、渡瀬は、喜一に、

「お前、やっとけや」

と、自分は、甲賀の母親の註文した、ハム・サラダの準備に回った。

喜一は、親方の情けが、身に沁みているのだが、何分にも、火のように、頭が熱くなって、心臓も熱くなって、料理ストーブの方も、ひどく強火（つよび）にしたらしく、遂に、不手際（ふてぎわ）な揚げ過ぎを、やってしまったのである。何とも早や、申しわけがない。

しかし、慢心とは、情けない。

——慢心どころか、わしア、悲しゅうて、泣きとうて、涙を、一所懸命、こらえとるんや。

そして、彼は、すっかり、自信を喪失（そうしつ）してしまった。

ハッチの窓から、次ぎ次ぎと、註文がくるが、渡瀬に叱られてからは、カレー・ライスのカレーを、飯の上にかけることすら、手が縮むようだった。

――甲賀の親子はん、早う食べて、早う去んでくれ。そしたら、わしの気持は、きっと、落ちつくんや。

喜一は、心の中で、そう叫んだ。

そこへ、コック場の裏口の白いカーテンが、サッと、開いた。ゴミゴミして油臭いコック場に、花が咲いたように、今出川有女子の姿が、現われたのである。

「どうも、ご馳走さま……」

彼女は、同僚と共に食べた四皿のライスものの皿を、両手で抱えて、軽く、頭を下げた。半額値引きでも、とにかく、金を出してるのだから、お礼なぞいう必要はないのだが、そこは、同じ車で働く者の仁義である。そして、なるべく、コック場の人の手を煩わさないように、中へ歩み入って、配膳台の隅に、洗うばかりという位置に、持って行くのである。

それで、すぐ、引き揚げてしまえば、彼女の行儀も、満点だったが、帰りがけに、調理台の前にいた喜一の側で、歩みが止まった。

「矢板さん、知ってる？」

彼女の黒ブドーの濡れたような眼が、いたずらッぽく、笑いかけた。

「何を？」

「藤倉さんてば、とても、うれしそう……。今、見てきたの」

また、眼が笑う。

喜一は、首を垂れて、返事をしなかった。

「ダメじゃないの、あんた、しっかりしなけれア……。元気、出しなさいよ……」

「な、何いうとるんや。あんたこそ、こ、こ、甲賀の息子を……」

彼は、やっと、それだけ、いい返した。

「あら、あんな、ラッキョみたいな青年、あたしは、問題にしてないわよ。馬力かけてるのは、藤倉さんよ」

「ほんまに？」

「ホンマよ」

有女子は、わざと、大阪弁を使ったが、急に、気が変ったように、親密さをこめて、

「何でもいいわ。気分よく、働きましょうよ……　これ、お客さまに頂いたの。あんただけに、上げるわ」

彼女は、素早い動作で、舶来チョコレートらしいレッテルの包みを、喜一のコック服のポケットへ入れると、

「また、後でね……」

と、流し眼を残して、いなくなった。

ハイ・ボール

一

甲賀親子が、食堂車から帰ってきた頃に、岸和田社長が眼をさました。
ガ、ガ、ガという奇音のイビキをかいて、体が横揺れしたと思ったら、とたんに、パッチリ、眼を開いたのである。
隣りの席には、首相の車中談をとってきた新聞記者が、ケイのない原稿紙へ、鉛筆で、乱暴な、大きな字を書いて、記事をまとめてる最中だったが、イビキをかきながら、眼をさました不思議な男を、横眼で眺めた。

そんなことには、一向に頓着しない岸和田は、ワイシャツの両腕をひろげて、大アクビをした。

「あア、よう眠った……」

ひとり言も、並外(なみはず)れた、大声だった。

彼は、ナポレオンのように、睡眠術の心得があって、僅かの時間に、タップリ熟眠できる芸を持っていた。横浜へ着く前から、眠り始めて、先刻、甲賀母子が食堂へ行った後で、眼をさまし、折りよく通りかかった今出川有女子に、用意してきた舶来チョコレートを渡すと、また、グウグウやり始め、今度は、充分に眠り足りて、眼をさました。これで、昨夜、銀座裏で夜更しをしたのも、すっかり、差引きがついた。

「ええ天気だすな……」

彼は、隣りの記者に、話しかけた。

「ええ……」

対手は、鉛筆を走らすのに、忙がしい。

「ご旅行中に、えらい、勉強だすな」

「いや、熱海から、社へ電話で送る原稿ですよ」

「ほたら、あんた新聞の方だすかいな」

「そうです」

「そら、ご苦労さんだすな。何ぞ、事件おましたか」

「いや、この列車に、岡首相が乗ってるんで、その車中談ですよ」

「さよか。で、岡はん、どない、いうとられました？　中日貿易について、何ぞ、耳よりの話、出まへなんだか」

「いや、相変らず、ヒョータン・ナマズですよ……」

記者は、うるさそうに、冷淡な返事をした。

「明日、大阪商工会議所の午餐会で、総理の演説ありますねん。わしも、出席のつもりだすが……」

岸和田社長は、身分をほのめかして見せたが、対手は、返事もしなかった。

「あア、ええ天気やなア。陽が当りよって、暑うてかなわん。何や、喉が乾きよった……」

対手がないので、ひとり言を始めた。

「お呼びで……」

隔った席から、秘書が駆けつけた。

「うん、何ぞ、飲みたいのやが……」

「はい。何になさいますか。食堂から、とって参りますが……」

「いや、君に頼まんでもええ。〝ちどり・ガール〟に、持ってこさせい。ハイ・ボール。スコッチやで……」

「はい」

秘書は、今出川有女子を探しに、通路を去った。

その後で、社長は、つるした上着のポケットから、手帳をとり出した。自分の会社で、お歳暮用に使うので、社のマークが入ってる。その時、気づいて、ズボンの尻ポケットにも、手をやった。つるした上着に、大切なものを入れとくような、不注意な男ではない。ワニ革の紙入れは、確かに、尻のポケットで、ふくらんでいた。

彼は、手帳の小鉛筆を抜き出して、隣りの記者に敗けずに、書きものを始めた。

今夜十時に、南のこの前のバーで、お待ちします。もうこの上じらさんで、今度こそ、最後の返事聞かせて下さい。

わしの方は、いつでも、受入れたいせい、でけとります。

彼の方の記事は、ひどく、短かった。署名も、宛名も書かないから、手間はかからない。

書いたページを、彼は、破れないように、ゆっくり、手帳から剝(は)がして、更に、それを、小さく折り始めた。

「お待たせいたしました……」

その時、今出川有女子が、銀盆に氷塊入りのタンブラーと、ウイスキーを充(み)たしたダブルのグラスをのせ、タンサンは手に持って、彼の側(そば)へやってきた。

「えらい、済まんなア……」

忽ち、彼は相好を崩して、盆を受けとると、ウイスキーを、タンブラーに注(つ)いだ。その間に、有女子は、タンサンの栓(せん)を抜いて、渡そうとするのを、

「ちょっと、お酌してや……」

と、図々しくも、タンブラーをさし出した。

スチュワーデスは、食堂の女ではないから、お客さんのお酌をする義務はない。ウエートレスだって、最初の一杯はお酌するが、後は、手酌に任(まか)せるのが、例である。しか

し、有女子は、ニッコリ笑って、

「どれくらい、お注ぎしましょうか。社長さんは、濃い目がお好きでしたわね」

と、女のバーテンのようなことをいいながら、業務以上のサービスを、果した。

隣りの新聞記者が、ヤケてきたのか、ジロリと、有女子の方を、眺めた。

しかし、彼女も、バーの女ではないから、そういつまでも、側についているわけにいかない。お勘定は、いずれ、下車の時と、一礼して去ろうとするのを、

「あア、君、なんぼかいね」

と、社長が、声をかけた。

「あの、三百八十五円になります……」

いつの間にか、秘書が側にきていて、

「社長、お払いしときます」

と、ポケットへ手を入れるのを、

「君は、向うへ行っとれ」

語気荒く、追い払ってから、尻のポケットの紙入れを、とり出した。ワニ革の特大の品物で、紙幣もカサばっているが、他にも、重要な書類が入っているらしい。

その中から、彼は、千円紙幣を抜き出して、それを、四つ折りにしながら、人に見えないように、手品を使った。さっきの紙片を、うまく、包み込んだのである。

「釣り銭は、とっといてや……」

彼は、有女子に眼配せをしながら、金を渡した。

「ありがとうございます……」

美しい笑いが、ながし眼の視線に乗って、色よい返事ぶりだった。

二

喉が乾いてるところへ、お気に入りの娘さんが持ってきた、冷たい酒を、グッとやって、岸和田社長は、眼を細くした。

「おウ、うまいわい……」

黙って、飲んでればいいのに、精力絶倫の男というものは、とかく、口がききたくなるらしい。隣りの新聞記者も、酒好きの男とみえて、ウイスキーの匂いと、そのひとり言を聞いて、仕事の妨害になるのか、社長を一目睨んでから、横向きになって、鉛筆を走らし始めた。

そんなことに、神経を使うようでは、社長の役は勤まらないから、記者が向きを変えて、座席が広くなったのを幸い、両足を大の字にひろげて、社長室にフンぞり返る時の姿勢になった。

――あア、ええ気持や。

ハイ・ボールは、まだ半分しか飲まぬのに、昼間の酒は利きがよく、彼は、陶然として、瞼を赤くした。

——今夜は、何としても、話つけたるで……。

彼は、御堂筋(みどうすじ)に面した、南のあるバーで、今出川有女子と会う光景を、頭に描いた。そのバーは、大阪でも指折りの店で、値段の高いことと、上品なサービスで評判だったが、半月ほど前に、有女子を連れていったら、ひどく、喜んだのである。本来なら、彼は、同じ南にしても、少しイキ筋の家で、差し向いの酒が飲みたかったのであるが、彼女は、高級バーかキャバレを、所望した。或いは、岸和田を警戒して、密室の会合を避けてるのかも、知れなかった。

岸和田も、女にかけては剛(ごう)の者で、押しと金力でウムをいわさぬ手も、知らないではないが、有女子にだけは、遠慮したくなるのである。彼女を、一時の慰(なぐさ)みとするのだったら、問題は簡単だが、正夫人として迎え入れたいと思うと、後々まで軽蔑されるような手段を、とりたくない。

そこで、ガラにもなく、紳士的態度で、口説(くど)いてる。ホテルとか、お茶屋を避けて、客種のいいバーで、隣りのテーブルには、知らぬ客のいるところで、女を口説くのでは、ハカバカしく、話も進行しないが、それでも、三十三歳も年のちがう結婚を、彼女が、頭からハネつけてるわけでもないことは、確信を与えられているのである。

「かりに、あたし、あなたの奥さんになるとして、どれだけの自由を、許してくれるの」

と、この前、そのバーで会った時に、彼女が、まじめに、質問したほどである。

彼は、彼女が男さえこしらえなければ、どんな自由も許すと、答えたが、それは、昔、九州の銅御殿の主人が、華族出身の若い才媛を妻として、やがて、新進思想家にサラっていかれた故事を、思い出すからであろう。

「どんな自由もという言葉は、結局、空文よ。それより、あたしは、半分の自由で、結構だわ。あなたの現在の財産の半分だけ、あたしの名義にして下さることと、あなたの収入の半分だけ、あたしに使わして下さるだけで、あたしは、充分、満足なのよ」

「貞操も、半分だけかいな」

「いいえ、それは、全額出資にするわ。わたしの方は、文字通り、ベター・ハーフよ……」

彼女は、ピンク・レディーの酔いにまかせて、冗談をいってるようでもあり、冷静な取引きを進めてるようでもあった。

「よッしゃ。この次ぎ会うまでに、返事しまッせ……」

と、その晩は、悪く引き止めないで、別れた。

岸和田も、その後、いろいろ考えてみると、有女子の半分主義というのは、ずいぶん、高いものにつくのである。無論、彼は、是が非でも、彼女を妻に迎えたいのだから、財産と収入の半分を与えても、悔いはないのだが、そこは、商人であって、少しでも有利に、話を進めたい。半分を、三分の一に値切れば、金額も、かなり、ちがってくる。

そこで、次ぎに会った時は、その掛合いをするつもりでいたが、

——待てよ。

ふと、彼は、気づいた。

対手は、女である。娘である。税務署ではない。彼の財産がいくらで、どこにあるか、個人商店式な会社であるから、表面上貰ってる社長の月給以外に、どれだけ収入があるか、いくら調べたって、わかるわけがない。一番こわい税務署だって、多少はゴマかす腕を持ってるのに、たかが二十二歳の娘を、マンチャクできないわけはない。

——有女子はんに出す申告やったら、なんぼでも、細工でけるわい。

彼は、うまいところへ、気がついた。色恋（いろこい）の沙汰（さた）に、値引きの掛合いなぞしなくても、彼女の望み通り、半分を与えて、しかも、実際の金額は、四分の一、五分の一以下で、済ませる方法がある。その過少申告は、絶対に見破られる心配はない。

先刻、彼が手帳の一ページを割いて、〝わしの方は、受入れたいせい、でけとりま す〟と書いたのは、そういう腹づもりが、でき上ってるからだった。

そして、岸和田にとって、有利なことは、特急〝ちどり〟も、近く廃止となって、〝ちどり・ガール〟も、姿を消すことであった。有女子は、この前会った時も、そうなった暁（あかつき）のことを、嘆いていた。鉄道の方では、〝ちどり・ガール〟を廃止しても、彼女たちをクビにはせず、他の課へ配属するそうだが、有女子自身は、〝ちどり・ガール〟をやめて、ただのオフィス・ガールになる意志は毛頭なく、それを機会に、結婚の意志があることを、アリアリと、見せているのである。

——今夜会うたら、大方、話は手打ちになろうわい。

岸和田社長は、考えごとをしながら、ハイ・ボールも、みんな飲んでしまったので、一層、いい気持になって、ウーイと、炭酸のオクビを洩らした。

その時分には、隣席の新聞記者も、やっと、原稿を書き終えて、煙草に火をつけたところだった。

そこへ、他社の記者が、車内へ帰ってきて、彼に話しかけた。

「つまらん話だったな」

「いつも、そうだよ。ソツがねえってことは、実がねえことさ。もう、仕事済ましたのか」

「おれは、食堂で、書いてきたよ。ビール飲みながら……」

「そいつア、うまく考えたな。おれの方は、人が飲むのを、見せつけられて……」

「ところが、食堂に、ヘンなオヤジがいやがってね。ことによると、キチガイかな。この列車に、全学連の幹部が乗っていて、総理を狙ってるなんて、酒飲みながら、クダをまくんだ……」

「へえ、面白いじゃねえか。社会部へ、連絡してやろうかな」

「いや、あれア、きっと、アル中だよ。酒客譫妄症ってやつだ。しかし、君、興味があるなら、早く食堂へ行ってみろ。じきに、熱海だからな」

そういわれると、岸和田の隣りの記者も、バカバカしくなったらしく、腰は上げなかった。それに、トンネルが多くなってきたのは、熱海も間近い証拠だった。

金銭的風景

一

土一升、金一升という言葉があるが、この頃の銀座や新宿の土地は、それ以上の高値らしい。しかし、南仏のニースとか、モナコ王国あたりの海の値打ちも、それに似たものだろう。あの海景の美しさ、常春の気候、娯楽施設の完備をもってすれば、海水一升、金一升の換算は、何でもない。世界中の人が、金を捨てにくる場所となってる。

そのニース、モンテカルロに匹敵するのが、鹿児島の錦江湾と、真鶴から丹那トンネル入口へかけての沿岸であるが、前者は、景色と気候は最高であっても、まだ、設備に欠けてる。

そこへいくと、熱海を中心とする後者の発展はめざましいもので、泉越トンネルを出た途端に、金銭的風景が開けてくる。歴史に関係のないお城や、寸土もあまさず崖に建てたマンモス・ホテルの出現に、驚くには当らない。まだ、これから、何が建つかわからない。何しろ、強盗資本とピストル資本が、湘南から伊豆半島にかけて、組んず、ホグれつの最中である。

一口に、東京の裏座敷というが、東海道線で温泉地らしいのは、熱海だけで、それが日本一ということになってから、関西人も足をのばすのである。足をのばすというよりも、東京へ往復の一夜を、ここで明す方が、築地の宿屋へ泊るより、温泉があるだけトクであると、胸算用も立つのである。岸和田社長の如きも、今出川有女子に眼をつける前は、しばしば、その手を用いた。

しかし、さすがに、下りの〝ちどり〟に乗って、熱海の湯を浴びようという客は、めったにない。温泉準急が、何本も、東京を出てるからである。

だから、十三時五十七分に、〝ちどり〟が熱海駅フォームへ入っても、降りる人は皆無なのだが、今日は、九号車だけでも六名の下車客があった。首相の車中談をとりにきた、記者連中である。彼等は、無論、ついでに温泉へ入ろうという料簡はない。駅の付近から、電話で本社に原稿を送って、すぐ上りの湘南電車に乗るだろう。

しかし、彼等は、短距離に特急券を買ったのだから、チップまでハズむ必要はなく、旅行カバンも持たないのだから、〝ちどり・ガール〟の世話になりもしなかった。今出川有女子の方でも、その点は心得ているから、デッキへ出て、彼等を送る時も、ノー・チップの客に対する頭の下げ方をすれば、万事終了。

だが、入れちがいに乗り込んでくる客は、夫婦連れにしろ、男の四人組にしろ、いずれも、熱海で充分に金を使ったと見えて、旅館の番頭が、ペコペコ頭を下げて、見送りにきていたし、赤帽の運ぶ革カバンも、立派な品物だった。この頃は、新婚旅行も、熱海泊りだけでは満足せず、翌日は、京都見物に足を伸ばすという連中が多く、そうなると、〝ひばり〟では朝寝ができないので、〝ちどり〟を選ぶのである。そして、新婚さんは東京人、男連れは関西人と、大体、相場がきまっていた。尤も（もっと）、箱根から熱海へ出て、京阪見物に行く外人観光客も、必ず、一組や二組はあった。

今出川有女子は、デッキに立って、愛想よく、彼等を迎えた。

「我等の座席は、何所なりや」

と、外人から、特急券を示されても、

「こちらでございます、どうぞ（ジス・ウエィ・プリーズ）……」

発音鮮（あざや）かに、彼等を導いて行くのは、彼女だけの持ってる芸だった。

熱海駅は車中飲料水の給水も受けず、早版（はやばん）の夕刊を積み降（おろ）すのと、乗員人員通告券を駅に渡すぐらいのことだから、停車時間も、二分であって、じきに、発車となるのだが、ベルが鳴り出してから、駆け込んできた、一人の旅客があった。

二

「あら、やっと間に合ったわね。済みません……」

と、デッキで、一流旅館大堀荘（おおぼりそう）のハッピを着た番頭から、女客としては少い荷物の小カバン一個を、受けとると、とたんに、素早い手つきで、一枚の紙幣を、対手に渡した。

それが、百円紙幣でなかった証拠には、番頭忽ち驚喜の顔色を呈して、米つきバッタのお辞儀を始めた。

　同時に、十三時五十九分の発車。ゴットン、ゴットンと、動き出す。

　特急に乗る旅客は、早目にフォームで待ってるのが、例であって、呼吸を切らして、駆け込むなんて、よほど、アワテ者か、よほど旅慣れた人か、どっちかであろう。

「ちょいと、六番、教えて頂戴……」

　彼女は、落ちつき払って、有女子に切符を見せた。その指先きを見て、有女子が驚いた。指の形は太くて、白魚とは申しかねるが、中指と薬指を飾ったダイヤとエメラルドの大きさと、品質のよさが、ヨダレの垂れるほどだった。有女子も、宝石好きで、近頃の若い娘の持たない鑑識眼があるだけに、一見して、その高価さがわかった。あの半分の大きさでいいから、彼女自身の指を飾るものを、所有したかった。それだのに、貧乏公卿の家に生まれた悲しさで、貧弱なルビーの指環しか、持っていない。なまじ、眼がきくので、安物を身につけられず、といって、〝ちどり・ガール〟の月給では、高価な石に手は出なかった。彼女の生涯の願望は、戦前の某侯爵夫人のように、ギッシリ詰った宝石函を、いくつも、身辺に置きたいことで、岸和田社長と結婚してやろうかと、ムラ気が起きるのも、思う存分に、装身具を買い漁る身分になりたいからだった。

　有女子は、思わず、溜息をついて、お客の指に見惚れた。

「ちょいと、どうしたの？」

「はい、済みません。六番でいらっしゃいましたね、どうぞ……」

彼女は、ハッと、われに返った。そして、入口から二列目の山側、通路寄りの席に案内したが、そこは、熱海まで新聞記者の乗っていた席で、その隣りの窓側は、岸和田社長が、占めていた。しかし、彼は、ハイ・ボールの酔いが出たのか、またしても、睡眠術を応用して、窓ガラスに首をつけたまま、大きな口を開いて、眠っていた。

「京都までお越しでございますね」

有女子は型のように、訊いた。

その時、対手の顔を見て、まだ驚いた、先刻から、指環の方に気をとられて、顔の方は後回しになったが、どうも、スゴイ美人なのである。美人といっても、こういうタチは、現代青年に向かないかも知れないが、有女子のように、華族界の古典美人を見て育った者には、すぐ、そのお値打ちが、わかるのである。つまり、ファニー・フェースの反対であって、日本の伝統的美貌の諸条件を、完備している。尤も、富士額、ミドリの黒髪、花の唇までは、絵巻物の美人だが、肉が厚くて、首が少し短くて、眼つきがいやに色っぽくて、身長も、五尺ソコソコである点が、いささか品位に欠けてる。そして、年の頃も、どう見ても、三十をいくつも越していて、髪の形だって、テレビの〝事件記者〟に出てくる、おでん屋のおカミさんと、同じである。

——女優だろうか。

客種を見わけることには、いつも敏感な有女子も、首をひねった。これだけの美貌と、装身具と、衣裳の女優なら、一流にきまってるが、そういう連中は、よく、〝ちどり〟

に乗るから、彼女も見覚えがある。彼女が知らなければ、舞台にも、銀幕にも、登場してない女と、思っていい。

——すると、京都のバーのマダムかしら。

京都のバーのママさんには、恐るべき商才の持主がいて、銀座と祇園を、飛行機で往復して、文士や政治家を手玉にとると、聞いているが、その女かしら。しかし、彼女は飛行機に乗るのを、カンバンにしているのだから、〝ちどり〟に乗っては、名折れであろう。

——第一、言葉も、ハッキリした東京弁だし……。さて、何をしてる女だろう。ことによったら、女の浪花節語りかも知れないわ。

浪花節の方は、有女子も弱いので、美人で一流の大家がいたとしても、顔や名を知るわけがなかった。しかし、そうとも断定できないのは、

「一人旅ですからね。いろいろ、お世話になりますよ」

と、有女子に話しかけた調子は、シオカラ声どころか、ネットリと、情のこもった、女らしいツヤがあった。

「どうぞ、何でも、ご用をお申しつけ下さいませ」

有女子は、彼女の小カバンを、網棚の上へあげて、一礼して去ろうとすると、

「ちょっと……」

彼女が、呼び留めた。

「は？」

と、有女子が近寄ると、とたんに、彼女の手が伸びてきて、有女子の白手袋の中に、四つ折りの紙幣を、つかませた。

その動作の円滑で、素速かったこと——

スチュワーデスに、いつ、チップをやるかということは、一つの問題である。下車の間際に、ソッと渡すのは、上品な方法にはちがいないが、効果の点に、難がある。近頃の乗客は、ノー・チップが多いので、スチュワーデスの方でも、期待はしていない。降り際に貰ったところで、意外と驚くだけで、丁寧なお辞儀以上に、サービスのしようがない。

この間の事情に詳しい者は、乗った時に、すぐ、チップを出して置くのである。すると、目的地へ着くまでのサービスが、おのずから違ってくるし、また、降り際のカバンの世話や、アイサツの仕方も、念が入ってくる。チップ客とノー・チップ客の差別待遇は、ボーイほど露骨でないにしても、スチュワーデスだって、天女ではないから、お金を頂いた方を、大切にしたくなるだろう。

しかも、その女のくれたのは、五百円紙幣だった。チップの相場は、二百円で、岸和田社長のように、惚れた弱身のお客は、例外である。この女客は、有女子に同性愛を催したのでないとすると、この金額は、気前がよかった。

「ありがとうございます」

有女子は、甲賀恭雄に見せるような、とって置きの笑顔を、ほころばせた。

三

間もなく、〝ちどり〟は、電笛の音と共に、丹那トンネルに、突入した。

金銭的風景は、一瞬にして、闇の中に消えた。このトンネルは、東海道線のうちでも、竣工(しゅんこう)が新しいから、コンクリートの壁も、広くとってあり、有女子が点燈した蛍光燈の光りが映って、割合い、トンネル通過の陰気さがない。

しかし、全長七千八百四メートルもあると、入ったら最後、出るまでに時間が掛かる。旅客も、丹那へ入ったら、長いと心得ているから、眠くなくても、眼をつぶってみたり、週刊雑誌を読み始めてみたり、休息の態勢に入る。とたんに、お茶が飲みたくなるというようなのは、あまりいない。

従って、スチュワーデスも、丹那通過中は、ヒマであるから有女子も、個室へ入って、熱海乗車の客の行先きや切符番号を、通知表へ記入を始めた。しかし、やはり、印象に残るのは、京都下車の六番の女客である。

――とにかく、水商売の女にちがいないわ。さもなければ、あんな、ゼイタクな服装(みなり)はできないし、どことなしに、下品だし……。

そんなことを、考えてるうちに、ふと、その女が、岸和田社長の隣席にいることが、おかしくなってきた。

——社長さん、今に、眼をさまして、隣りに、あんな、キレイな人がいるんで、どんな顔をするだろうか。

彼女は、クスクス、笑い出した。

岸和田が、彼女にどれだけ打ち込んでいるか、彼女自身もよく承知してるが、また、彼が女好きで、現在、女をカコってることも、芸妓やバーの女に、手が早いことも、よく知ってるのである。たとえ、彼女が正妻となっても、その方の道楽がやむわけがないことも、見当がついてる。そんな覚悟があるから、彼女も、半分主義なぞを、持ち出したのである。

しかし、いくら、女好きの彼でも、あの年増（としま）美人に対しては、チョッカイも出せないだろう。なぜなら、有女子の眼があるからである。車中を、いつも往来する彼女に、気づかれぬように、対手を口説くのは、むつかしいし、それに、今夜、大阪のバーで、待ち合わせの約束をしてるのだから、名古屋で降りて、蒲郡（がまごおり）のホテルにシケ込むことも、女を追って京都下車することも、不可能なわけである。それだけに、岸和田が必死のガマンをするところが、ミモノであると、彼女は、チャップリンの新作映画でも観るような、期待をいだくのである。

そして、やっと、記入を終っても、まだ、トンネルの中なので、岸和田から貰ったチョコレートでも、食べようかと思ってるところへ、ドアを叩（たた）く音がした。

「はい」

と、開けてみると、専務車掌が立ってる。
「熱海で、君のところへ、電報がきていたよ」
彼は、旅客宛ての電報の中から、一通を抜き出した。

緑の家

一

その電報は、〝緑の家〟の佐川英二からきたものだった。

「キヨウオメニカカリテ、スベテヲ」サガワ」

それだけの電文で、今出川有女子には、彼の噴きあがる感情も、ひたむきな決意も、アリアリと、想像ができるのである。

「英二さん、思いつめたんだわ……」

彼女は、灰色の滝津瀬となって流れる、トンネルの壁を眺めながら、さすがに、真面目な表情になった。

食堂の喜イやんと、甲賀恭雄と、岸和田社長と、佐川と、彼女のアルバムに貼られた四人の男のうちで、一番、彼女にふさわしい対手といったら、佐川英二であろう。喜イやんには、イタズラ気から半分本気になったといっても、彼と結婚なんて、考えても見なかった。甲賀恭雄は、結婚の対手には適当してるが、男性的魅力ゼロであって、その上、あのオフクロさんに仕(つか)えて、いつまでも頭を抑(おさ)えられては、やりきれたものではない。あんな若々しいオフクロさまは、七十ぐらいまで、長生きするにきまっている。しかし、他にいい縁談もなく、〝ちどり・ガール〟をやめねばならないとなったら、あんな、ラッキョウが眼鏡をかけたような亭主でも、価値を生じてくるのである。何といっても、未来の大学教授だし、生活に不自由ないし、そして、食堂会計の藤倉サヨ子に熱中してるオフクロさんを、征服する快味だって、相当のものである。だから、半分は、慾と意地のようなものだが、岸和田社長に対しては、全部が慾といっていい。

あのハゲちゃんは、野獣であり、彼女は美女であって、色恋の沙汰が生まれるわけがないが、胸毛と金にかけては、長島も及ばないほどの男である。そんな男が彼女の半分主義を受け入れる態勢を、整えたというのである。そうなると、世間普通の結婚をするより、よほど面白くなってくるではないか。昔の白蘭女史も、同じ華族出身だが、せっかく金持の野獣のところへ嫁いでも、歌なんか読んで、泣きの涙で、日を送っていたのでは、モッタイない。思う存分、金を使って、野獣に敗けないほど、ハンサムな小羊を、食いちらかしてやったら、離婚なんかしないで、済んだのではないか。

その意味で、岸和田社長の求婚は、心も動かさずにいられないのだが、彼女も、生来の毒婦というわけではない。由緒正しい生まれであって、妲己のお百の血はひいていない。二十二歳の乙女ごころが、胸のどこかに、うずかないこともない。

そこへいくと、佐川英二は、申し分のない対手である。年も六つちがい、見るからスマートで、彼女と列んで歩いたら、きっと、オヒナサマといわれるにちがいない、美青年であり、ちょっと肋膜をやったといっても、関西の大学時代には、バスケットの選手も勤めた体格を持っている。性格も、健康的で、優しさにも欠けない。そして、富豪ではないが、不自由のない家庭の次男で、結婚すれば、両親は多少の補助をしてくれるという。

もし、彼と結婚すれば、神戸か大阪の郊外のアパートでも借りて、二人きりの生活——現代三種の神器ぐらいは、チャンとそろえて、テレビで教わったお料理をこしらえて、良人の帰りを待つというような、毎日を送ることができる。今の娘さんの多くは、そういう生活を望んでいるし、彼女とても、その辺が、身分につりあった良縁だと、思わぬでもない。

しかし、いかにも紋切型のところが、気に食わない。そんな幸福なんて、デパート食堂の料理のようなものではないか。彼女は、もう一段、美食を望んでいるのである。人が彼女を美人と呼ぶ以上、優れた結婚生活を望む権利があるではないか。まさか、天皇家に縁づきたいとは思わないけれど、正田美智子さんの十分の一くらいは、人に騒がれる結婚をしてみたいではないか。

その点が、佐川英二では、もの足りないのである。また、〝ミス・ちどり〟の成れの果てとしても、あんまり智慧がなさ過ぎるのである。なぜといって、〝緑の家〟と特急〝ちどり〟との関係は、一部の人には、あまりにも、知れ渡ったことなのである。

二

東海道線の大津駅から東寄り、琵琶湖と反対の側の線路沿いに、工場にしては煙突のない、アパートにしては平家建ての木造家屋が連なってるのを、記憶する旅客があるかも知れない。べつに、風情のある建物ではないが、全部が、青い洋瓦の屋根を頂いてるのが、やや、人目に立つぐらいのところだろう。

それが、〝緑の家〟なのである。

といって、青い瓦と名前とは、関係はないらしい。この付近の新緑は美しいし、安静と回春の色彩として、そんな名が選ばれたのでもあろう。〝緑の家〟は、関西の大紡績会社が、社員のために設けた、結核療養所なのである。

会社が大きく、各地に工場があり、社員は工場と事務の両方で、男女にわたって、数が多いから、結核患者も、少なからず出る。尤も、胸を患うというのに、爺さん婆さんは少く、その若い男女の社員も、重症のみとは限らない。ベッド数は、百を越えてるのだが、絶対安静で寝ついてる患者は少く、軽作業を許されたり、京都あたりまで遠足に行ったりする者さえある。

そういう患者たちが、男女とも、清潔な、白い衣服を着て、花を摘んだり、琵琶湖の景色を眺めたりしてるだけでは、物足りなくなって、遠くない東海道線の線路を、往来する列車に、手を振り始めたのである。

しかし、列車に乗ってる人間の方では、なかなか、それに答えてくれない。ローカル列車に乗ってる客は、結核療養所と知ってるせいか、まったく黙殺してしまう。急行に乗ってる旅客も、琵琶湖の景色に気をとられて、反対側の〝緑の家〟には、眼もくれない。

それでも、退屈と人恋しさで、患者たちは、列車に手を振り続けていた。そのうちに、昭和二十六年頃のことだった。上りの特急〝ちどり〟の通過する時に、食堂車の端の窓から、ウエートレスらしい服装の若い娘が、しきりに、手を振って彼らに答える姿が見えた。この時は、庭に出ていた患者の全部が、踊り上って、声をあげたほどだった。

上りの〝ちどり〟がこの辺を通過するのは、十三時十六分頃であって、それから、毎日、患者たちは、その時刻を待つようになった。〝ちどり〟からの応答は、日増しに、人数が殖えてきた。食堂車のウエートレスばかりではなかった。有名な〝ちどり・ガール〟も、手を振り始めた。しまいには、機関士さえも、笑顔と挙手を、彼らに贈ってきた。

患者さんとしても、対手が貨物列車やローカル列車でなくて、日本一の特急〝ちどり〟であることに満足して、その後は、他の列車に手を振らなくなったが、ある日のこと、〃ちどり〃の食堂車のコック場の窓から、一つのジャガ芋が、飛んできた。

ジャガ芋を投げつけるとは、無礼であると、患者さんたちの胸は傷つけられたが、そのジャガ芋を拾ってみると、ナイフで切れ目がついていて、その中に、紙片が入っていた。


皆さん、早く全快なさって、お元気にお働き下さい。〃ちどり〃食堂車全員

これには、患者さんたちが感激した。

いつか、〃ちどり〃の乗務員だけは、〃緑の家〃の正体を知って、慰問のために、あのように、手を振ってくれるのだと、わかったからである。

その後も、食堂車の窓から、いろいろな物が投げられた。赤いダルマさんが、投げられたのは、必ず起き上ってくれと、エンギをかついだのだろう。カン入りの梅干飴が投げられたのは、エプロンの娘さんが、車中販売の品を、原価で買って、贈物にしてくれたにちがいない。〃緑の家〃では、ベッドに臥ている患者までが、〃ちどり〃ファンになって、通過の時刻には、臥ながら、手を振った。〃ちどり〃の方でも、食堂車のウエートレスが、窓に折り重なって、手を振るばかりでなく、展望車の後部デッキに、美しい〃ちどり・ガール〃の全員が立って、列車の見えなくなるまで、交歓を続けるようになった。

いずれも、若い者同士の友情である。

ロカビリーで、発狂した猿のように、跳(は)ね回るのも、若い男女の生態であるが、かかる優しい感傷と友愛に、満足をわかち合うのも、青春のしるしであろう。

三

そのうちに、〝ちどり〟の乗務員の姿が、〝緑の家〟の病舎へ、現われることになった。ある年のクリスマス前に、全国食堂の重役と、数名のウエートレスが、患者の全部に宛てたクリスマス・カードと、東京や大阪の名産食品を携(たずさ)えて、慰問にきたのである。重役まで出動するとは、大ゲサであるが、或いは、従業員の美談佳話を、一層、世間に吹聴(ふいちょう)したかったのかも知れない。その頃は、大阪の大新聞も、この話を、大きく取り上げていた。

それから、毎年、七夕(たなばた)の頃と、クリスマス前に、〝ちどり〟の女子乗務員が、〝緑の家〟を慰問することが、慣例となった。食堂に敗けてなるものかと、〝ちどり・ガール〟たちも、足を運び始めた。しかし、両方一緒に出かけることは、滅多になく、〝陸(おか)〟へ上っても、彼女等は水臭い仲だった。

慰問に行くと、食堂兼講堂の広間に、患者たちと〝ちどり〟の娘だけが集まって、一しきり、話がはずむのだが、女の患者たちは、どちらかというと、食堂車の娘たちを喜び迎えた。患者の女工さんや、女子事務員は、生活感情からいっても、大阪の庶民の娘であるウエートレスたちに、親しみを感じるのだろう。また、食堂車の娘たちも、同じ気持で、同じ関西弁で、気軽く、話しかけることができた。ウエートレスたちが、花束など持って行くと、若い女工さんが、それを抱いて、泣き出すという風景も、珍らしくなかった。

そこへいくと、〝ちどり・ガール〟は、態度も、服装も、一段、洗練されてる上に、東京の上流語などを用いて、女の患者さんたちの劣等感をそそるきらいがあった。いくら、気のきいた慰問品を貰っても、ウエートレスたちのように、薄給を割いた贈物という気がしなかった。

しかし、男の患者たちの間では、逆の現象が起きていた。彼等は、工員よりも事務員や若い技師が多く、そんな連中は、大学出身で、インテリ好みで、東京趣味の所有者だった。そして、既婚者も独身男も、広間へ出てくる連中は、回復期の体とヒマをもてあましているので、美しく、知的な〝ちどり・ガール〟の来訪は、いかなる見舞客よりも、嬉しかった。話をしても、ウエートレスたちよりも、交流が尽きなかった。

結局、ウエートレスも、〝ちどり・ガール〟も、〝緑の家〟での人気は、勝敗がなかった。なぜなら、入院患者の男女別は、いつも、半数近かったからである。

それでも、男女の患者を通じて、人気のある〝ちどり〟の娘が、一人いた。食堂車会計係りの藤倉サヨ子だった。

彼女は、べつに、知的な魅力なぞ、持ち合わせてるわけではないのに、大学出の患者にも、評判がよかった。

「あの会計さんは、永遠の女性型だね」

そんなことをいう患者もいた。

「藤倉さんは、いっち好きや」

女性患者間では、例外なく、彼女が人気の的(まと)であって、彼女から貰ったクリスマス・カードを、退院しても、身辺を離さぬといってる十八娘もいた。

彼女が仲間と共に訪問する日は、〝緑の家〟の賑わいも、特別であって、帰りがけには、一同が玄関へ見送りをして、名残りを惜しんだ。男女を通じて、それほど人好きがするというのは、彼女も珍らしい女性であって、甲賀母堂の眼力のほど、敬服すべきであった。

彼女が、それほど〝緑の家〟でモテるという噂(うわさ)は、いつか、今出川有女子(うめこ)の耳に入った。有女子は、生まれつきの感傷ぎらいで、〝緑の家〟の前を、列車が通過しても、ロクに手も振らなかったが、その噂を聞いてから、自ら進んで、去年のクリスマス慰問の一行に、加わった。〝ちどり・ガール〟四人が、銀座で仕入れた小型のクリスマス・ツリーや、クリスマス・ケーキまで奮発して、食堂車の娘の及ばないところを見せに出かけたのである。

ところが、去年は〝緑の家〟の方で、豆電球つきの大きなツリーを飾り、ケーキの準備さえあったので、いささかアテ外(はず)れだったが、有女子の出動は、断じて、無意義でなかった。

「あの人が、〝ミス・ちどり〟！　まア、キレイやわ」

「映画女優にも、あれだけの美人は、少いよ。気品があるじゃないか。なに、華族のお嬢さんだって？　道理で……」

そんなササヤキが、早くも、患者たちの間に、起ったのである。

佐川英二は、その頃、やっと、安静度四度の患者として、病棟付近の散歩を許される程度だったから、広間へ出てきた時も、白衣の装(よそお)いだった。しかし、豊かな髪に、キチンと櫛目を入れ、栄養がいいので、血色も美しく、イヤ味のない好男子振りは、結核患者というよりは、そんな役を演じてる映画俳優のようだった。彼は、会話の仲間に加わらなかったが、明るい笑顔で、熱心に耳を傾けていた。

有女子の方では、女性患者を無視して、主(おも)に、男の患者に話しかけていた。藤倉サヨ子に敗けない人気を博するには、まず、この方面を開拓すべきだと、考えたのだろう。そのうちに、水際立った佐川英二の姿が、眼に入った。

「失礼ですが、もう、お長くていらっしゃるの。まるで、ご病人のように見えませんわ」

彼女は、攻撃力を、彼に集中し始めた。

美人徳あり

一

美人というものは、大がい、字がヘタで、文章だって、得意ではない。天、二物を与えず。文壇に、美しい才女が出現したけれど、美人の相場にかけるには、ちょっと、手数を要した。

そこへいくと、今出川有女子（うめこ）は、例外であって、水茎（みずぐき）の跡うるわしいというほどでなくても、ペン字の流れが、自由で、のびやかだった。字を書くことが、嫌いではなかった。幕末のお公卿（くげ）さんなんて、代書屋みたいなことをやってたろうから、その遺伝かも知れなかった。

文章の方も、歌や詩は苦手（にがて）だが、簡にして要を得る書き方を、心得てるのは、頭がいいせいだろう。そして、殺し文句に長じていることは、昔の吉原のオイラン文（ぶみ）を、思わせるほどだった。

そういう彼女だから、〝緑の家〟の最初の慰問をした直後に、佐川英二のところへ、手紙を書いた。それがキッカケで、二人の間に、文通が始まったのだが、佐川の手紙は、どちらかというと、文学的であり、次第に、抒情味（じょじょうみ）が勝ってきたのは、療養中の寂しさが、手伝ったのだろう。

そして、今年の七夕（たなばた）の前に、有女子が第二回目の慰問に出かけた時には、度重なる手紙の交換のおかげで、二人は、十年の知己（ちき）のように、隔（へだ）てない笑顔を、見せ合うことができた。

その頃、佐川は、軽作業を許されるほど、病気も軽快に向って、スポーツ・マンの過去を欺（あざむ）かない顔つきに返り、白い病衣も着ていなかった。そして、〝緑の家〟の構内を、有女子たちに見せるために、案内役を買って出た。

七月の始めというと、その付近の新緑の最も美しい時だった。琵琶湖も青が展（ひろ）がって快い微風を、送ってきた。各病棟の間に、軽作業の患者のつくった花壇は、あらゆる色彩を咲かせていた。年末にきた時とは、見ちがえるほどの美しさだった。

「まア、こんなに、線路に近かったんですの」

有女子は、前庭の金網垣根から、十メートルとは隔（へだ）ってない線路を、指さした。

「ええ、こんなに近くては、手も振りたくなりますよ」

佐川は、笑った。

「その上、こんなに、線路が高いとは、思わなかったわ」

「姫君は、高いところを、お通りになるものですよ」

「お上手ね。王子様も、この頃は、日が長くなって、下りの時も、まだ、薄明るいから、お手をお振り下さるわね」

〝ちどり〟の下りは、十九時十二分頃、〝緑の家〟の前を、通過するので、冬になると、まったく暗黒だった。それに、寒気をおそれて、庭に出る患者もなかった。でも、今出川有女子は、ちょっと頭を働かせて、出勤のハンド・バッグの中に、万年筆型懐中電燈を忍ばせ、展望車のデッキから、病棟の窓を目がけて、振って見せた。そのうちに、窓からも、懐中電燈で、応答があるようになった。それが、佐川英二の仕業であることが、手紙のやりとりで、わかってきた。

「でも、懐中電燈でアイサツする方が、愉しかったわ。誰も、知らないんですもの……」

「そうですか。ぼくの方も、ぼく一人ですよ。だから、懐中電燈で、E・Sという頭文字を、一所懸命、書いたんだけど……」

「あら、それは、気がつかなかったわ。でも、あたしの信号は、すぐ、わかったでしょう。U・Iだから、書きいいのよ」

「それが、わかったから、ぼくが応答したんですよ。他の人だったら、あんなことやったか、どうか……」

二人は、話に夢中になって、いつか、他の〝ちどり・ガール〟と距離ができるところまで、歩き続けた。それに気づいた佐川は、回れ右をしながら、素早い言葉で、

「有女子さん、ぼくも、この通り、回復したから、そう長くは、ここにいられませんよ」

「あたしも、〝ちどり〟が廃止されたら、勤務をやめるつもりですわ」

「今年の冬がきても、あなたとの光りの信号は、もう、できませんね。ぼくは、それだけが、残念なんです……」

「あたしも……」

「有女子さん、信号なんか要らない、二人きりの世界を、持てないもんでしょうか」

「と、仰有ると？」

「つまり、あなたと……」

と、彼はいいかけて、躊躇してしまった。

「あ、皆さんが、待ってます。詳しいことは、手紙で……」

そして、二人は、他の連中のところへ帰った。

その慰問の後で、佐川から有女子の許へくる手紙は、急に、回数が殖えた。そのすべてが、熱烈な求婚の手紙だった。彼自身の健康を保証する、医師の言を伝えてきた。彼の発病は、生来の強健を過信して、激務と不摂生を行ったからで、今後、普通の生活を送りさえすれば、何の懸念もないこと。そして、神戸の両親も、有女子の身許を聞いて、二人の結婚に賛成してくれてること。それから、会社に於ける彼自身の将来や、二人の生活の設計図を、多彩な希望に充ちて、書き送ってきた。回復期の病人の心ほど、明るく、愉しいものはないが、それに結婚の希望まで燃やしているので、彼の手紙が、情熱に溢れてるのは、当然だった。

有女子も、その文句に、心を動かされた。しかし、あまりに、同じような手紙を、度々、読まされると、たかぶりかけた心が、冷えてくるのが、不思議だった。佐川は、彼女としても、最も好もしい青年であるし、結婚すれば、世間的標準の幸福な家庭を持ち得るのは、わかっているが、そのわかりきったところが、魅力を感じさせなくなった。

世間から蔑（さげす）まれるような、岸和田社長との結婚の方が、彼女の興味をかきたてた。そのその上、コック場の喜イやんが、面白くなるし、甲賀恭雄（やすお）の出現もあって、彼女は、自分の身の振り方を、急にきめてしまうのが、惜しくなってきたのである。

彼女の態度が、アイマイになると、逆に、佐川の情熱は、募る一方だった。そして、彼女が、このところ、通信を怠った結果が、今日の彼の電報となって、表われたにちがいなかった。

佐川は、手紙では我慢ができなくなり、彼女に会って、結婚を承知させる気になったのであろう。彼は、もう退院間際（まぎわ）なのだから、外出も自由で、京都駅へでも出迎えるか、それとも、終点の大阪で待っているか、とにかく、今日のうちに、決着をつける気でいるのだろう。

——でも、京都だと、立ち話しかできないし、大阪だと、先約があるわ。岸和田さんと、南のバーで、会うんだもの。

彼女は、電報をひろげたまま、考え込んだ。しかし、少しも、窮地に立った顔つきではなかった。彼女は、冒険を好む少年の微笑で、眼を輝かせながら、

——そうね。ブリンナーさんに、少し待ちボウケさせても、いいわけだわ。

一晩のうちに、二人の男に会って、両方のいい分を比較してみるのも、面白いことにちがいなかった。

二

その時分に、〝ちどり〟は、六分間の夜を駆け抜けて、明るい、函南の高原に出た。

丹那は、たしかに長いトンネルであり、入る前と出た時では、まるで感じがちがう。熱海も、すでに静岡県なのだが、まだ、相模の地相が残っている。しかし、丹那を出ると、駿河路の気分が、ハッキリと、展けてくるのである。

昔は、トンネルを出た途端に、窓をパタパタ開けるのが、例だったが、電化された東海道線に、その必要はなくなったといっても、やはり、トンネルを出れば、何かしたくなる。第一に、音響の変化、そして、急に夜が明けた視界——それに調子を合わせて、両手をのばし、大きなノビぐらいは、やってみたくなる。

九号車の岸和田社長も、それをやった。彼は熱海発車前から、居睡りを始めて、トンネルに入ったことも知らなかったのだが、明るくなって、眼をさまし、大きな口を開いて、アクビをしながら、いい気持そうに、ノビを行って、その手を降そうとする時に、運動が硬化した。バンザイの姿勢のままで、手が止まってしまったのである。

——わッ、こないなベッピンはんが、いつの間に……。

不愛想で、日向くさかった新聞記者のいた隣席に、打って変って、天女のように美しい女が、坐っているのである。天女といっても、年増の天女で、美しい横顔の鼻つき、口もとの色ッぽさは、下界の経験も、ナミナミならずと、思わせた。もう、駿河の国へ入ったのだから、三保の羽衣の天女の後裔が、飛行をやめて、特急に乗ったのだろうか。

といって、いつまでも、両手をあげているわけにいかないから、カユくもない頭を搔いたりして、膝に降した。とたんに、えもいわれぬ香水の匂いが、隣席からただよってきて、いやでも、眼がそっちへ動くのである。

――そや、あの記者は、熱海で降りて、その後に、この女ゴが乗りよったんやな。そらア、相客としては、この方が、なんぼええか知れん。

彼も、今出川有女子と、今夜会って、彼女を獲得する希望に、胸がふくらんでいるものの、まだ六時間も残っている道中を、美人の隣りに坐って送る方が、割りドクであるという計算は、立つのである。

――しかし、女一人旅かいな。それとも、番号の離れた座席に、旦那はんが見張っとるのと、ちがうか。

人目を忍ぶ仲の二人が、別の座席をとるのは、よく行われるテであるから、岸和田も好奇心を起して、太い首を回転させながら、車中を眺め渡した。すると、遠くの方で、ラッキョウが眼鏡をかけたような青年が、彼を睨みつけていたが、まさか、あんなチンピラが、この美人の持主ではあるまい。それに、母親らしい中婆さんが、側に坐っている。

結局、それと覚ぼしき人物は、見当らなかった。すると、この女は、一人旅ということになるが、熱海から、こんな女が、単身で乗り込むとはどうも、穏かでない。昨夜は、旦那なり、情人なりと、温泉旅館で、シッポリと、一夜を送ったのであろう。そして、今朝はお疲れの寝坊をして午近くに朝飯を食べて、尽きぬ名残りを惜しみながら、男は東京、女は西の方へ、別れ別れになったのではないか。

見たところ、どうも、普通の奥さんではない。いずれは、水商売か、二号にきまってる。しかし、大阪や京都のイキ筋だったら、岸和田も、ほとんど、顔を知ってるし、これほど美しい二号だったら、その所有者も、彼の耳に入らぬ筈はない。恐らく、東京方面のそうした女が、関西へ用事があるのか、それにしては、服飾の好みが、少しコッテリしてるから、或いは、名古屋の芸妓上りで、富豪をパトロンにしてる女が、熱海の密会の帰りであろうと、見当をつけた。

何にしても、こういう女には、彼も、親近感を覚えるのである。今出川有女子などは、異国の花であり、それ故に、手折ってみたいのだが、隣りの女のようなのは、何を欲しているか、どの程度で満足するか、大体、見当がつくのである。月々のお手当さえ、タップリやれば、それで万事解決で、財産を半分よこせなどと、法外な要求はしないであろう。

――割烹旅館の女将か、ただの二号か、いずれ、旦那持ちの女にちがいないが、こんだけの衣裳着せさせるのは、よほどの金持やな。

彼は、名古屋の富豪の名を、あれこれと、頭へ列べていると、その女は、ふと、窓の外を眺めて、独り言を洩らした。

「まア、富士が、よく晴れて……」

その声は、若い女の持たない厚みと、精練さがあり、岸和田の快感をそそった。しかし、語調は、純粋な東京弁であり、オキャーセなまりは、どこにもなかった。

――ほたら、東京の女ゴかいな。

しかし、彼も、抜目のない男で、独り言をいう女を、そのままに捨てて置かなかった。

「ほんまに、今日の富士山は、よう見えますなア。こないに、雲一つないことは、珍らしいですわ」

彼は、わざと、眼を細めて、愛鷹山越しの富士を眺めた。わずかに新雪を頂いてるだけで、青い大きな山の姿は、たしかに、嘆賞に値いした。

「そうでございますか。あたくしは、運がいいのでございますね」

女は、クルリと、岸和田の方へ、顔を向けた。

横顔ばかりではない、正面の美しさが、また格別――

「わしも、月に三、四度は、東京を往復しとりますが、こないに、まる見えのことは、滅多にありまへんわ」

「まア、月に、三、四度も、東京へ。……それは、それは、お忙がしいことでございますね。道理で、旅慣れたお様子（ようす）だと、存じましたわ。あたくしは、また、滅多に、遠い旅をしませんものですから、勝手が知れず、心細くてなりません。どうぞ、よろしく……」

「いや、こちらこそ……。どちらまで、お越しで……」

「はい、京都へ参ります。京都も、子供の時に参りましただけで、駅に迎えの者がきているはずですけど、さもなかったら、迷子（まいご）になりそうですわ」

「そないご心配、いりまへんわ。大阪とちごうて、京都は、少しも変りまへんさかい……。秋の京都は、よろしいな。高雄（たかお）の紅葉は、少し早いか知らんが……。ご見物だすか」

「いえ、そんなことだと、よろしいんですけど、親戚の不幸がございまして……」

「そらア、あきまへんな」

二人の会話は、順調に進み出した。

公安官

一

鉄道公安官というものがある。

正しくいえば、鉄道公安職員。鉄道の職員であって、司法警察員に相当する職務を行う者である。警官が鉄道に頼まれて、働いてるわけではない。

中央線の終電などで、集団スリと格闘の末、捕縛したとか、取り逃がしたとか、公安官の武勇伝が、新聞に出たこともあるが、本職警官のように、武道の心得があるわけではない。警棒やピストルも、いつも持ってるわけではない。しかし、手錠は、必ずベルトのあたりに忍ばせているから、あまり甘く見てはいけない。

公安官も、服装だけは、普通の警官並みにして、悪人を威嚇したらどうかと、思うのだが、鉄道も客商売であって、旅客の神経を刺戟しないように、車掌さんに毛の生えたイデタチしか、許していない。毛の生えてるのは、どこだといえば、帽章がちょっと違うことと、制服の肩にエポレットがついてるぐらいのことである。これは、鉄道内部の者でないと、気がつかない。それでは、職務執行の際に、困ることもあるので、〝警乗〟と書いた腕章をつけさせることになってる。

だから、腕章を見て、やっと、公安官と車掌さんの区別が、つくようなものだが、もう一人、普通のお客さんと、ちっとも変らない公安官も、乗り込んでいる。公安官は二人連れが原則で、その一人は、私服を着てるのが、例である。

特急〝ちどり〟には、公安官は乗らない。〝ひばり〟にも、〝いそぎ〟にも、乗らない。特急のお客は、お上品だから、喧嘩もしないし、泥棒もしないと、保証はつけられないのだが、それらの特急の全部が、深夜を走らないので、安全と見ているのだろう。車内の犯罪の多くは、深夜に起り易い。だから、夜行の急行には、ほとんど、公安官が乗ることになってる。

しかし、今日の〝ちどり〟には、珍らしく、公安官の姿が見えた。これは、岡首相が、乗ってるためである。ソツのない総理には、手配もソツのないようにと、鉄道上層部の計らいかも知れない。尤も、本職警官の私服護衛も、一行に混ってるので、首相の身辺に近づく必要はないが、車中の安寧(あんねい)は、鉄道側として、公安官の眼を、光らせたいのである。

「どうですか、後部は……」

腕章を巻いた方の公安官は、専務車掌の個室で、体を休めていたが、そこへ、私服の同僚が、食堂車から後部の巡邏(じゅんら)を終って、帰ってきたのを見て、話しかけた。

「異状なし……。総理は、コンパートメントへ入って、午睡を始めたらしいですよ」

そういって、私服公安官も、イスへ腰を降(おろ)し、タバコに火をつけた。

「実際、〝ちどり〟や〝ひばり〟に、われわれを乗せても、意味ないよ」

「まったくさ。乗車賃が高くて、悪事を働く時間が、短いんですからね。犯人だって、ソロバンをはじきますよ」

「昔のスリだったら、一つ、総理大臣の紙入れを狙ってやれなんて、シャレ気があったが、近頃のは、多人数の暴力に訴えるんだから、スリというよりも、強盗(タタキ)だよ」

そこへ、食堂から二級ウエートレスが、サンドイッチと、紅茶をのせた盆を運んできた。

「何だい、これア。註文した覚えはないぜ」

「いいえ、これ、総理の秘書官さんが、皆さんに差し上げるようにと……」

「へえ、陣中見舞か。気がきいてるんだなア」

「じゃア、遠慮なく、頂戴しよう……」

二人は、サンドイッチをつまみ、紅茶に喉（のど）を潤（うるお）したが、酒とサカナでなくても、話ははずんだ。

「どうも、三等車の方が、事件が多いのは、どういうもんかな……。去年、ぼくが静岡の公安室にいた時に、下り三五列車の停車中に、迎えがきてさ。行ってみると、七輛目の三等車に、ひどいヨッパライがいてさ。ワメいたり、暴れたりしてるんだよ」

「泥酔なんか、始末がいい方でしょう」

「うん、泥酔は慣れてるから、いいようにナダめて、ともかく、フォームへ降（おろ）したんだよ。そこまではいいんだが、その男が、車中に荷物を忘れたから、とってこいと、威張るんだ」

「よくある奴ですよ」

「まア、聞き給え。そこで、車中へ入ると、大工の道具箱が、忘れ物なんだな。ヨッパライは、大工さんなんだ。それで、何気なく、道具箱を渡したのが、千慮の一失さ」

「どうしてですか」

「ヤニワに、道具箱の中から、ノミをとり出して、突きかかったんだよ……。見給え、その時の傷跡さ」

腕章の公安官の手の甲に、地図の河のような線が、薄光りしていた。

「ヨッパライと狂人は、思いがけないことを、やりますからね……。しかし、三等車に犯罪が多いってことは、三等の乗客の数が、一番多いからで、社会階級とは関係ないと思いますよ。現に、あたしは、特二で、置引きを、アゲましたからね」

「へえ、そいつは、珍らしい……」

「尤も、あたしの手柄ともいえないが……。下りの一三列車で、専務車掌が途中駅で、通信筒を落して、車中に怪しい奴がいると、報告してきたんですよ。あたしは、浜松から乗って、怪しい二人連れというのを、ズッと監視してたんですが、なかなか、手を出さない。これア、専務車掌の誤断かと思ってると、熱田近くへきてやりましたね。居睡り客のカバンを持って、下車しかけたところを……」

「抵抗しましたか」

「いや、一向……。しかし、二人とも、チャンと、特二の切符を持って、服装ときたら、カバンをとられた乗客より、ズッといいくらいで……」

「すると、〝常連(じようれん)〟ですな」

「それが、われわれのリストに乗ってない奴等で、九州から出稼ぎにきたらしいんです。東海道線関係でも、リストに乗ってるのは、五百人以上もいるんだから、九州の箱師(はこし)の顔までは、覚えきれませんよ、ハッハハハ」

　そこへ、専務車掌の影山が、ノッソリ入ってきた。

「専務さん、総理から陣中見舞が、きてますぜ。ツマみませんか」

「ありがとう……。それよりね、今、食堂長から申告があったんですが、妙なヨッパライが、食堂車にいるんですよ」

　影山が、薄ら笑いを洩らしたのは、重大事件でない証拠であろう。

「ヨッパライは、ニガ手ですよ。大工道具を、持ってやしませんでしたか」

　公安官も、冗談をいった。

「いや、食堂車にいるんだから、何も持ってやしません。そして、べつに暴れるわけでもないんですが、いうことが、ちょっと、不穏なんで……」

　専務車掌は、甲賀恭雄を悩ました、例の酔漢のことを、語り出した。彼は、まだ、食堂にネバってるらしく、そして、全学連の暴れ者がこの列車に乗っていて、首相の命を狙ってるというようなことを、隣りの席へ坐った客の誰にも、話しかけてるらしかった。

「気の弱いヨッパライに限って、そんなことをいって、人を驚かせたがるんですよ。しかし、まア、サンドイッチまで、頂戴してるんだから、一応、覗いてきますかね」

　私服の公安官が、ゆっくり、腰をあげた。

二

専務車掌室から食堂は、すぐ近くというよりも、同じ車輛の中にあるのだから、公安官は、一歩を踏み入れただけで、白布のテーブルの全部を、眺められた。

折りよく、食堂長が、入口に立っていた。

「何か、不穏なことをいう酔漢が、いるそうですが……」

公安官のささやきに、食堂長も、低い声で、

「一番テーブルにいる、神主(かんぬし)みたいな男です……」

軽く、うなずいて、公安官は、そのテーブルへ進んだ。酔漢一人で、席を占めていたのは、他の客から敬遠された結果であろう。

「紅茶を、一つ……」

公安官は、用を聞きにきた藤倉サヨ子に、一番安価な註文を発した。

やがて、紅茶が運ばれてくると、彼は、隣りの酔漢に、敗けないほど、チビチビ飲みをしながら、それとなく、観察を始めた。

「いい若い者が、紅茶なぞ飲みよって……」

果(はた)して、酔漢が、カランできた。こちらは、待っていましたとばかりに、

「ハハハ、だいぶごキゲンですな」

「何、ごキゲン？　何も、知らんで……」

と、早くも、例の唄い文句を始めた。

「え、何をです？　何を……」

「貴公、知りたいのか」

「ええ、是非。ぼくは、何でも、気になる性分なんで……。いかがです、お酌しましょう」

と、公安官が、一合ビンに手をかけようとすると、

「よけいなこと、せんでもええ。早く飲んだら、早く三等車へ帰らんならん」

「それは、失礼……。ところで、何も知らんでと、おっしゃいましたな。何のことですか。一つ、教えて頂けませんか」

「うム、貴公、若いに似合わず、運命を怖れることを、知っとるな。他の奴等は、半分聞かぬうちに、皆、逃げ出してしまうが……」

「ぼくは、大丈夫です」

「では、聞かせてやろう。耳を、こっちへ寄こしなさい……。今に、この列車で、大事件が起こる……」

「えッ、ほんとですか」

「わしのいうことは、大地を打つ槌と変らん。疑う奴は、死ぬか、怪我をするか……」

「いや、疑いません。どんな事件が、起こるんですか」

「そうだな。軽く済んでも、岡が、ヤられる！」

「え、総理がですか」

「こら、声が高いぞ。しかし、岡の身辺は、護衛が厳重で、犯人は近寄れんかも知れん。すると、犯人は、目的のために、手段を選ばなくなる。つまりだな、岡をヤるために、乗客全部を巻添えにして、列車の爆破、転覆……」

「うわッ、大変だ！」

「何しろ、対手(あいて)は、全学連反主流派のトロツキー亡霊親衛隊じゃ、鬼より怖(こわ)いぞ」

「そんな連中が、この列車に乗ってるのですか」

「乗っとる。東京駅から、わしと前後して、乗り込んだ……」

「どうして、彼等だと、おわかりになりましたか」

「わしの眼に、狂いはない。金ボタンの服を脱いで、巧みに変装をしても、黙(だま)って坐れば、ピタリと当てる……」

「で、どの辺に、乗ってるんです」

「彼等は、特二や一等に乗る奴等を、革命の敵として、憎(にく)んどる。だから、そんな車輛には、乗っとらん」

「すると、三等ですな。何号車でしょう」

「それは、いいたくても、いえん。天機を洩らすことは、神仏に畏(おそ)れあり……。絶秘、絶秘……」

　この辺で、公安官は、見切りをつけた。

どうも、正気な人間のいうことではない。人相、風采、挙動、言語に、警察眼を働かしてみると、まさしく精神異常者であって、危険なのは、むしろ、この男の方である。

彼は、席を立ち上って、食堂長の方に、近づいた。

「あれア、アル中らしいですね。凶暴性はないと思うけれど、ナイフ類は、なるべく、出さん方がいいですぜ」

そういう注意をしてから、彼は、入ってきた時と反対の出入口へ、歩き出した。つまり、列車の前方に向ってである。そっちの方は、先刻、腕章をつけた公安官が、一巡してきたのだが、もう一度、私服の眼で、見渡して来ようと、思った。ヨッパライの言は、とるに足らないにしても、念には念を入れて、三等車を、一応、回って置くことは、今日の警乗業務だと考えた。

三等車は、一号車から、五輛連結されていた。特二も五輛だが、三等車のうち一輛は、半車が荷物用であるから、正確にいえば、四輛半である。そして、べつに、一等の展望車がついてるから、編成の割合いからいっても、〝ちどり〟はブルジョア列車である。革命家が狙いたくなるわけであろう。

公安官は、五号車のドアを開けた。いつものことながら、開けたとたんに、車内の匂いが、ちがってくるのである。といって、二等車が芳香を発し、三等車が悪臭を放つというわけではない。一口にいえば、それは、人イキレの匂いである。同じ大きさの車輛に、特二は四十八席、三等車はその倍近くを、詰め込んでいる。乗客の頭数からいえば、断然、三等が優位で、〝ちどり〟は庶民列車と、見られる。だから、もうちっと、三等車をキレイにすればいいのに、座席も、照明も、陰気臭く、湘南電車の新型三等車に、遠く及ばない。

私服のおかげで、彼が、ゆっくり通路を歩き、片端から乗客の顔と、網棚の荷物を物色しても、誰も気がつく者はなかった。また、二等の客に見られない和気が、みなぎって、大声で話し合ってる連中が多く、細かに、監察の眼を働かすことができた。

しかし、五号車、四号車、三号車――いずれも、善良な市民面ばかり揃っていて、列車爆破の陰謀など企む危険人物は、乗っていそうもなかった。彼も、素人ではなく、犯人を嗅ぎつけるカンは、優秀なガイガーほどに発達しているのだが、一向、反応がなかった。

だが、二号車の前方席の山側のあたりで、突然、ガイガーが鳴り出した。そこに、二人の男が、並んで坐ってる。座席番号は9と10である。

どうも、その二人の眼つきが、面白くない。彼等の方でも、私服公安官の顔を見ると、ピタリと話をやめて、タバコなぞ吸い始めた。

富士に沿うて

一

これは、怪しいと思ったが、私服の時には、訊問なぞしない方がいい。さり気なく、その側を通り過ぎて、一号車まで足をのばし、ついでに、W・Cの中へ入って、時を稼ぎ、二号車の入口の扉を、細目に開けて、そこから、怪しい二人の様子を、監察することにした。

そうとも知らない二人は、また、額をくっつけるように接近して、ヒソヒソ話を始めた。前の席では、気のよさそうな五十女が、ダラシなく居睡りをしてるのに、二人が、声をひそませて、語り合ってるのは、よからぬことの相談と、考えていい。

二人の頭上の網棚を見てみると、小さなボストン・バッグが一つあるきりで何も持っていない。車中で犯罪を働く者は、必ず、持ち物が少いのを、例とする。尤も、あれが、強力な爆弾だとすると、容積は、あれくらいのものかも知れない。

しかし、二人の風体は、二人ともノー・ネクタイのスポーツ・シャツに、ガラはちがっても、荒いシマの上着と、変りズボンの姿。どちらかというと、学生よりヤクザに近い。髪も、一人は三島由紀夫のような刈り方で、もう一人は、石原裕次郎式である。眼つきは、二人とも鋭いけれど、最高学府に籍を置く青年の知的な眼光とは、およそ縁遠い。その代り、腕ッ節の方は、人並み優れているのか、肩の盛り上りを見ても、暴力バーの掠奪係りぐらいは、立派に勤まりそうである。――確かに、犯罪人素質者にちがいないが、全学連の猛者とは、受けとれんな。

公安官は、首をひねった。

しかし、もう一度、首をひねってみると、近頃の学生の風俗は、よほど、ヤクザに接近してきたし、精神生活の方だって、親類並みの連中が、新聞を賑わしているから、あの二人を学生でないと、断定するのは、早計であろう。それどころか、学生中の学生である尖端分子は、かえって、あのような風俗を、好むのかも知れない。そう考えると、あのヨッパライのいったような、変装ではなくて、大胆な平装で、大事を企んでいるのであろうか。

とにかく、公安官は、その二人の青年を、怪しい人物であると、目星をつけた。三等車四輛半の乗客のうちで、注目すべきは、彼等二人の外にいないと、監察の網をしぼることができた。

そこで、彼は、W・Cから帰りのフリで、扉を開けると、後方に向って、通路を歩き始めたが、二人の側を通る時には、わざと、側見をして、気取られぬように努めた。二人の方でも、話に夢中になっていた。

食堂車を、通り抜ける時には、例の酔漢が、側に寄りつく客もないと見えて、一人で、テーブルにフン反りかえっていた。酒ビンの中味は、先刻と、ほとんど同じくらいで、よほど、時間をかけて、飲む計画らしかった。しかし、公安官は、もう用は済んだので、会釈もしないで、側を通り抜けた。

専務車掌室へ帰ると、腕章をつけた公安官は、もういなかった。恐らく、後部でも、見回りに行ったのだろう。

「どうでした?」

専務車掌が、首をあげた。

「暫らく、話してきましたが、どうも、ツジツマの合わぬことばかりいって……」

「首相が乗っているのを知って、面白半分、人騒がせをやってるんじゃないですかな」

「まア、そんなところと、思いますけどね……。ところで、専務さん、二号車の9と10の乗客の下車駅は、どこですか。ちょっと、調べて下さい」

「承知しました」

専務車掌は、乗車人員報告表を手にとって、二号車の分を、指で追っていたが、

「9番と10番、どっちも、京都までです」

「ありがとう。そして、岡首相も、今日は、京都下車でしたね」

「そうです」

「フーム……」

公安官は、心の中で、あの二人の男に、要注意人物のハンコを、捺した。

二

東海道線でも、最も東海道線らしい風景——沼津から興津あたりまでは、富士と海がついてまわって、飽きない眺めだった。秋晴一碧の天候に恵まれて、富士が、実に、よく見えた。こんな日は、滅多にないので、専務車掌も、静岡着時間とフォームの下車側を、アナウンスするついでに、

「今日の富士山は、まことに、よく晴れております。お心置きなく、ご観覧下さい」

と、自分の所有物のようなことを、いっていた。

その富士山も次第に、後方に去って、十四時五十八分、静岡着。

「名物、ワサビ漬エ……」

「鯛めしに、お弁当オ……」

昔から、静岡は、駅売りの稼ぎ高では、全国有数であって、横浜駅のシューマイ出現のために、王座を譲ったといっても、ここへ停車すると、旅客は、何か買う習慣を脱していない。ワサビ漬なんて、今は、どこでも売っているが、静岡で買わないと、気分が出ないらしい。鯛めしも、ここが最初に売出したのだが、その頃は、鯛がよっぽど安かったのだろう。今は、どうやら、タの字のつく別な魚のご飯らしいが、それでも、よく売れる。一番ウマいのは、お茶であって、少くとも、ここのは、お茶の匂いがするから、お茶を使ってるだろう。

二分間停車。機関士交替。夕刊積み下し。食堂車給水。

食堂車は、水なしでは、仕事にならないので、使用の量も多いから、東京駅で、天井と床下の水槽に充満させても、この辺で補給を受ける必要があった。給水作業は、駅員がやってくれるが、食堂車の方でも、黙って見物はできず、二分間の短時間に、満水させるために、パントリさんが、大ワラワで、手伝う。発車ベルが鳴っても、まだ、給水の最中で、列車が動き出して、やっと、給水車のホースが離れるという仕組みである。

「ありがとう……。ご苦労さん……」

パントリが、給水係りに礼をいって、海側の扉を閉める頃には、コック場の気分も、何となく、ユッタリした。次ぎの給水駅は、名古屋であるが、目下はタンクも満水で、思う存分、水も使えるというものである。それに、午後三時といえば、客の註文も、手軽なものばかりで、五時の定食時間がくるまでは、少しは、息抜きができる。

その気分は、〝表〟の客席の方にも、共通だった。ウエートレスたちは手が空いたといっても、腰をおろすわけに行かないが、酒棚の前なぞに、寄りかかって、禁制のオシャベリを、小声でやってのける。ただ、車販の娘たちは、静岡発車後が、一番、ワサビ漬が売れる時間なので、休むわけにいかなかった。

会計の藤倉サヨ子は、三時になると、専務車掌室へ行って、マイクの前に跼みながら、

「ミ、ナ、サ、マ。こちらは、食堂でございます。毎度、ありがとうございます。これから、定食のお予約を、受けつけさせて頂きます。定食のお時間は、第一回が十七時、

第二回が十七時四十分、第三回が……」

と、アナウンスをしてきた。

〝ちどり〟の食堂も、そうラクな商売ではないのである。なぜといって、発車は十二時三十分だから、食事を済ませて乗り込んでくる客が多いし、夜食も、名古屋下車の客は食べに来ないし、京都下車の客だって、少し時間はおくれても、食堂車の洋食よりは、木屋町あたりで、京都風な料理で、一パイやりたいと思う。それなら、大阪終点まで行く客は、ゴッソリ食堂へきて頂けるかというと、何しろ、食い倒れの都が待ってるので、安価でウマいもののために、空腹を我慢する連中もある。要するに、出発と終着の時間が、悪いのである。工夫（くふう）一つで、車中で食事しないでも済む。これが、シベリア鉄道だったら、乗客全部が食堂車へくるのだが――

そこで、食堂車の方でも、何とかして、旅客の食慾をそそり、一人でも多く、テーブルへ呼び寄せたいので、定食予約のアナウンスには、声が可愛らしくて、用語丁寧で、純情が充満してる藤倉サヨ子を、起用するのである。

三

専務車掌室から、彼女が出てくると、もう、予約をとりに回る食堂長が、ウエートレスの加山キミ子を従えて、後部の二等車の方へ行くのと、すれちがった。

「ご苦労さん……」

「行ってらっしゃい……」

そして、彼女は、空いてる食堂車の通路を、会計台の方へ帰って行くと、いつの間にか、甲賀の母親が、一人で、先刻と同じテーブルに、坐っていた。

その光景は、ちょっと、目に立った。方々のテーブルが、明いてるのに、わざわざ、例のヨッパライのいる席を選ぶのは、モノズキに等しい。しかし、甲賀の母親としては、藤倉サヨ子の受持ちのテーブルでなければ、坐りたくないのであろう。尤も、ヨッパライ氏も、だいぶ酒が回ってきたと見えて、腕組みのまま、居眠りを始めたから、静かなものだった。

「少し、退屈しましたから、お茶を頂きに……」

甲賀母堂が、弁解らしいことをいった。

「ありがとう存じます。いま時分から、そろそろ、どなたも、お乗り飽きになります……。何を、差し上げましょうか」

多忙な時でも、愛想を忘れない女が、ヒマであるから、一層のサービス笑顔を、見せた。

「そうですね。やっぱり、お紅茶と、お菓子でも……」

「かしこまりました。お紅茶とお菓子、お一人さんで、よろしゅうございますね」

と、彼女が訊いたのも、いつになく、甲賀母堂一人で、食堂へきたためだろう。

「ええ、セガレも、追っつけ、来るかも知れませんが、今は、一人前で結構……」

実をいうと、彼女も、口を酸っぱくして、セガレに食堂行きを勧めたのだが、不快な酔漢がいることを口実に、断られてしまったのである。

「少々、お待ち下さいませ」

と、サヨ子が一礼して、通し窓の方へ行こうとするのを、

「あ、ちょいと……」

甲賀の母親が、低い声で呼び止めた。

「は？」

「お紅茶は、いつでもいいのよ。それより、今は、お客さまも少いようですから、少し、あたしの話を、聞いて下さいません？」

母親は、サヨ子の方に、体をねじ向けた。

「はア……」

サヨ子は、どっちつかずの返事をした。勤務規定によると、お客に対しては、サービスの精神を尽さねばならぬが、サービス以外にわたる応対は、避くべきこととなってる。しかし、どこまでがサービスであって、どこからがその外という解釈は、なかなか、むつかしい。

食事関係ばかりが、サービスではないので、例えば、お客さまが窓の外を眺めて、大変美しい風景だが、これは何県に属するかというようなことを話しかけられた場合には、沿線風俗地理のウンチクを傾けて、お返事申しあげていいが、ウエートレスの手を握っ

て、大変肌が美しい、全身到るところ、同様であるか、というような質問には、答えなくてもいいことになってる。とにかく、一応、お話をうかがって、見る外はない。

「藤倉さん、クドく申しあげなくても、あたしの気持は、もう、わかって下さってると、思いますが……」

甲賀の母親は、ジワジワと、切り出した。

「は？」

これは、どうも、食事関係でも、沿線風景の質問でも、ないらしい。

「あたし、今度、京都へ行きますのは、見物や遊山が、目的ではないんですよ」

「あの、失礼でございますが……」

サヨ子は、わざと、お客さまに対する反問の態度をとった。客の言語が聞きとれない場合には、恐縮の表情と共に、そのように、聞き返すべきである。

「あら、おわかりにならないの。京都に宿をとっても、大阪通い（がよ）ができないことはないでしょう。あたし、今度は、どうしても、あなたのお母さんや、お兄さんにお目にかかって、ご承諾を得てきたいんです。結婚と申すものは、やはり、家と家との話し合いが、基（もと）になりますからね……」

甲賀の母親の話は、明らかに、サービス関係以外に、わたってきた。もし、彼女が勤務規定に忠実なら、この辺で、ご免を蒙（こうむ）ってもいいのだが、対手（あいて）の厚意に対して、それもできない。

それに、ヒマな時間であり、食堂長や一級のウエートレスも、予約とりに回っているので、車内の眼を憚(はばか)ることもなかった。

「でも、わたくしの家のような、むさくるしいところへ、お出でを頂きましては……」

「そんなこと、問題じゃありませんよ。それより、あたしは、大阪は不案内ですから、お宅へ行く道を、カンタンに、地図でかいて下さいません？　番地は、大阪の営業所の所長さんから、知らせて頂きましたけど……」

「まあ、所長さんにまで？」

「ええ、調査は、すっかり済んでるんですよ。所長さんも、あなたなら、タイコ判をおすって、保証して下さいましたわ」

「あら、どうしましょう。あたくし、そんな資格は、ございませんのです。それに、ご子息さまは、あたくしなぞより、ある〝ちどり・ガール〟さんの方を……」

「飛んでもない。あんな、ハデな、尻の軽そうな娘を、何で、セガレの嫁に……」

美人対美人

一

その時分、九号車では、今出川有女子(うめこ)が、モップの長い柄(え)をつかんで、床掃除を始めていた。

〝ちどり・ガール〟の最も好まざる作業の一つである。拭き掃除が、いやだというのではない。それくらいのお手伝いは、家庭でもやってる。だが、あのスマートな制服を着て、公衆の面前で、雑役婦のような仕事をするのは、面白くない。まだ、窓拭きの方がいい。窓のワクの塵を、布で拭くだけだが、乗客は、自分の席をキレイにして貰うので、

「やア、ご苦労さん……」

と、礼をいう人もある。

ところが、通路のモップがけとくると、誰も、何ともいわないばかりか、煩そうに、眼をそむける客もいる。

だから、彼女たちも、床掃除は、なるべくサボりたい。また、ひどく列車が混んで、モップがけに手の回らない時もあり、そんな時のサボは黙認されるが、今日ぐらいの混み方では、静岡・浜松間ぐらいで、最初の床掃除を行わなければならない。

「失礼いたします……」

彼女は、通路に身を傾けたり、肘を出してる客に、いちいちアヤまって、棒を押していくのだが、これも、やり方があって、男給仕のやるように、客の足の下まで、モップを届かさせれば、時間を要するが、通路だけ、一路突破というテもあるのである。

彼女は、無論、後の方法を採用した。それだと、五分ぐらいで、仕事がかたづく。そして、雑役婦的な労働姿勢をとらないでも済む。何しろ、彼女は、モップの柄をつかむ

のでも、まっ白な手袋をはめてるので、優雅な体勢は、崩したくない。

しかし、海側の23と24の席の側まで行くと、急行掃除の足を、止めないでいられなかった。その席の一シートは、カラであり、甲賀恭雄がただ一人で、窓際で、雑誌を読んでいたが、彼女の姿に気がつくと、

「大変ですね」

と、眼鏡越しに、同情の視線を送った。

「いいえ、慣れておりますから」

彼女は、ニッコリ、笑いかけた。

「いや、あなたなんかの為すべき仕事ではない……」

「そんなことございませんわ。ご旅行中を、お気持よく、過ごして頂くのが、あたくしたちの仕事なんですもの……」

「ぼくはあなたに、雑巾がけして貰っても、嬉しくないな。一体、日本人は、雑巾をかけ過ぎますよ。ぼくの書斎なんか、誰の手も、触れさせません……」

「あら、奥さまを、お貰いになってもですか」

そういわれると、返事に困って、モジモジした挙句に、

「特定の人が、例外をつくることは、あり得るんです」

と、むつかしいことをいった。

「あたくしも、どうせ、お掃除をするなら、客車の床より、高級なご本の塵を払う方が、

結構ですわ」

「ほんとですか」

　恭雄が、席から乗り出すと、

「ご免遊ばせ」

　彼女は、モップの雑巾を、恭雄の足の下へ、届かせて、シート下の掃除を始めた。これは、特別サービスであって、それまで、他の席ではやらなかったのだから、不公平待遇と、客から文句が出てもいいのだが、幸い、誰も気がつかなかった。有女子とすれば、そんなサービスでもしなければ、恭雄と会話を交わす時間を、稼げないのである。

「あの、お母さまは？」

「母は、ひとりで、食堂へ出かけました」

「まア、あなたを、お残しになって……」

「ええ、母は食堂が好きなんです」

「あなただって、お嫌いじゃないはずですわ」

「ぼくは、食堂車なんて、何の興味もありません」

「そうおっしゃらないで……。食堂の食物は、お気に召さないかも知れませんけど、それをサービスする人は、また、別でございましょう」

「何の意味ですか、それは……。ぼくの気持、あなたがおわかりにならんわけはありません」

「でも、藤倉さんみたいに、おしとやかで、献身的で、古風な日本的女性は、きっと、学者の良人を、心から、満足させますわ。いつも、静かで、書斎の良人を妨げるようなことは、絶対にしませんもの」

「ぼくは、女のドレイなんか、欲しくないんです。ぼくの望んでいるのは……」

「あら、お可哀そうに……。あの方だって、立派な、現代の働く女性ですわ。会計さんて、優秀な人でなければ、なれないんですよ」

「そういう優秀さは、ぼくは、興味ないんです。ぼくは、優秀な美の所有者であり、同時に、美の精神と感受性の優秀な……」

「でも、藤倉さんは、誰にでも、好かれますわ。文字通りの八方美人なんですの。お母さまだって、あんなに……」

「母は、嫁を家具だと、思ってるんです。あの人は、使いいい家具なんでしょう」

「お母さまばかりでなく、食堂車のコック助手さんだって……」

「コックの助手が、どうしたのですか」

「とても、藤倉さんに、夢中なんですもの、藤倉さんの方でも、大アツ、アツ……。どちらかといえば、藤倉さんの方が、熱度を上げてるかも知れないわ」

「それア、好一対だ。ご両人のために、乾盃（かんぱい）しますよ」

「まア、お口の悪い。……でも、あたくし、こんなことをお話しして、いけなかったわ。従業員の間の秘密を、お客さまの耳に入れるなんて……」

「いや、いいことを、聞かしてくれました。早速、母に話してやりますよ。お気に入りの家具が、すでに、売約済みであることを……ハッハハ」

「あら、いけませんわ。それだけは、ごかんべん……」

有女子が、あまり長く、恭雄と話し込んでるものだから、周囲の客たちも、ジロジロと、二人の方を眺め出した。しかし、彼女は、一向、平気だった。もともと、大胆な生まれであるが、その上に、〝ちどり・ガール〟の廃止も、間近しという腹がある。模範的サービスなんかやっても、何のタシにならないではないか。それよりも、カブキ役者が、千秋楽の日にフザけるように、最後の舞台を、自分の気の向くままに、勝手なことをしてやりたかった。

彼女は、藤倉サヨ子と喜イやんのことを、告げ口して、サヨ子の縁談の妨害をしてやるのも、愉快だったが、彼と打ち解けた長話をして、岸和田社長のケンセイを試みる必要も、生じていた。

岸和田は、九号車の乗客のうちで、最も見事なハゲ頭を持ってるから、後部の席からも、よく目立つのである。特二の天井には、読書用の小さな個燈があり、それは活字も照らすけれど、ハゲ頭をもっとよく照らすことで、〝ちどり・ガール〟たちの忍び笑いを誘うのだが、今は、だいぶ傾いた車窓の太陽を反射して、燈台のような光芒を、放っていた。だから、誰の目にも立つのだが、有女子は、恭雄と話しながらも、何度となく、輝く後頭部へ、視線を送っていた。

熟した杏のような、円い頭が、動かなければいいのだが、とかく、隣席の方へ向けられ、頭に似合わぬ若々しい顔が、ニコニコ相好を崩して、何か、話しかけているのである。隣席の客の方も、すっかり、話に興が乗ってるらしく、体をねじ向けて、身振り手振りで、シャべっているが、その横顔の濃艶な、色ッぽさ！

女の有女子が、そう思うくらいだから、その隣りに坐って、ムンムンと、魅力を吐きかけられる岸和田の身となったら、被害なしに、済むわけのものではない。

——よっぽど、お話がモテてるわ！

彼女は、熱海から乗った美人と、岸和田との間に、どういう情勢が生まれてるかを、判断できた。どちらが、先きにモチかけたか知らないが、あれだけ意気投合するのは、よくよくである。普通、知らない同士が隣り合わせて、話がハズむといっても、男女の乗客だったら、もう少し、遠慮があるべきである。あれでは、まるで、遠出のお客と芸妓のようではないか。

といって、有女子は、極微量のヤキモチも、焼いてるわけではなかった。反対に、何か、世の中が面白くなってきた、感じであった。

——よウし、京都へ着くまでに、勝負するか。

彼女は、武者振いを起した剣士に似ていた。確かに、対手は強敵だった。岸和田社長の年頃では、あのような女の手練手管が、一番、シビレさすのである。それだけに、有女子としては、やりがいのある試合であり、勝つ快感が、ゾクゾクするほど、血を湧かせるのである。

二

有女子の観察どおり、岸和田社長と隣席の女との友好関係は、僅かな時間に、めざましく進展していた。

「そうだすか。杉野を、ご存じだすか。あれは、おもろい奴で、わしら、よう、北で飲みよりますわい」

女は、子供の時に京都へ行ったきりだというのに、関西の名ある実業家と、ずいぶん面識があるようだった。大阪の大きな製薬会社の社長の杉野とも、懇意の仲だと、いうことだった。

「まア、それは、不思議なご縁で……。それから、浪速（なにわ）証券の淀見さん――あの方も、ご懇意に願っておりますわ」

「ほウ、淀見なら、親友だす。毎日曜、茨木（いばらき）で、一緒にゴルフしよりますわ。しかし、あなたは、また、よう、わし等の仲間をご存じのようだすが、ご主人が、大阪とお取引のあるお方で？」

「はア、日本橋で、薬種問屋をしておりました関係で……。でも、主人は、三年前に亡くなりまして……」

「ほウ、そら、お気の毒な……」

「子供はございませんし、女の手一つで、大きな店もやって参れませんから、ただ今は、丸ビルに、小さなオフィスを借りまして、お恥かしい仕事をやっております」

「失礼やが、どないなお仕事を？」

「お笑いになってはいけませんよ。金融業でございます」

「へ？　あなたが、あの……」

岸和田も、この美人が、高利貸しとは、想像もつかなかった。道理で、金ずくめの服装をしてると思ったが、金利や金儲けに明るい女なら、アカの他人とは思えなくなった。

「あんたはんのような、お美しい方が、そないなご商売してはりますなら、わしも、是非、一口、融通して頂かんならん……」

「ご冗談ですわ。あたくしどものお得意さまは、ほんの小口で、短期の方ばかりで。でも、何かの折りに、ご贔屓をお願い致しますわ。丸ビル金融の伊藤ヤエ子と、申します……」

「こらア、申しおくれまして……。わしは岸和田繊維産業の……」

と、彼も、吊した上着のポケットから名刺をとり出した。

「まア、岸和田さまでいらっしゃいますか。何も存じませんで、失礼なことばかり……」

彼女は、襟もとをかき合わせ、改めて、低く頭を下げた。まるで、大実業家の前に出たように――

「いや、つまらん会社やっとりますわ……。しかし、あんたも、女のお身で、金融業とは、えらいこっちゃ。いずれ、シッカリした、男の顧問役がついとられますのやろけれど……」

　岸和田は、サグリを入れた。

「それが、あなた、社長のあたくしも、事務員たちも、皆、女性なんでございます。一切、男気なしで、そんな仕事を始めたのが、珍らしいとかで、いつかも、〝週刊慎重〟へとりあげられまして……」

「へえ、そら、知りまへなんだ。……ほたら、お客はんも、女ゴはんだけだすか」

「なるべく、そう致しております。バーのマダムとか、B・Gさんとか……。時には、堅いサラリー・マンにも、ご融通致しますが、男の方は、油断がなりませんから……。おや、これは失礼……」

「いや、わしのようなジジやったら、ご心配いらんですが、今の青年は賢いよって、美人で金持の未亡人を、捨てときまへんわ」

「あら、いやですわ。こんな、お婆さんを、おからかいになって……」

「わしは、お追従よういわん方ですが、あんたはお見かけした時に、どこの女優さんやろかと……」

「まア、お口のうまい。まさか、本気には致しませんけど、お礼だけは、申しあげなくちゃ……。社長さん、コニャックを、召上りますか」

彼女は、突然、妙なことをいい出した。

「へえ、そら、飲みますけど……」

「いえね、あるバーのマダムに融通しましたら、今月の利息が払えないからといって、代りに、特別上等のコニャックを、持ちこまれましてね。そのうち一本を、カバンに……」

と、いって、彼女は、席を立って、網棚のうちに手を伸ばそうとするのを、男たるもの、見ていられないから、岸和田は、

「いや、わしが降しますわ」

と、自分も立ち上った時に、ふと、後部の車内の風景が、目に入った。背の高い、今出川有女子の姿が、腰を折り曲げるようにして、何か、愉しそうに、眼鏡をかけた青年の乗客と、話し込んでいるばかりでなく、彼女の視線は、岸和田に向けられ、

——そっちがそうなら、こっちもこうよ。

と、挑戦の信号を、送ってきていた。

牽制球

一

——こら、いけん。シモた！

岸和田社長は、うろたえた。

すっかり、今出川有女子（うめこ）の存在を、忘れていたのである。彼女は、九号車の受持ちだから、車内のどこかにはいるのは、当然である。それを、念頭に置かずに、見知らぬ女にデレついていたのは、何という不覚であったか。しかも、今度は、大阪で、彼女と重大な会見をする約束をしたばかりなのに——

尤（もっと）も、彼女が、いかにも親しげに、話し合ってる眼鏡の男に対しては、あまり、ヤキモチも感じなかった。その男が、ラッキョに似た顔立ちでなく、美男映画俳優そっくりであったとしても、彼は、それほど気を揉（も）まなかったろう。有女子に対して、彼が自信を持つのは、金力であって、その方の競争者が現われたのなら、平静ではいられないのだが——

「お一つ、いかがでございます。ヘネシイのエキストラとか申して、品物は悪くないようでございますよ」

隣席の女は、カバンの中から、平べったい酒ビンをとり出すと、器用に、口金を破り、携帯用のリキュール・グラスを、添えて出した。

「大けに……。しかし、わしは、どちらかいうと、日本酒党の方で……」

と、急に、岸和田が尻込みを始めたのも、有女子の投げたケンセイ球が、効いたからであろう。

「まア、そうおっしゃらず……。せっかく、口を開けたんですから、お一つだけ……」

と、ムリに、グラスを握らせようとするのを、岸和田は、押し戻して、

「いや、あまり、厚かましゅうて……」

「何をおっしゃるんでございますよ。それとも、こんなお婆さんのお酌では……」

「めっそうな。バチが当りはせんか、思うて……」

岸和田も、進退両難であった。有女子の眼もコワいが、こんな美人から、上等の酒を強いられるのを、断るのは、骨が折れた。

「さア、お注ぎ致しますよ。こぼれますと、お召物が……」

いつか、握らされた小さなグラスに、彼女は、車の動揺にも拘らず、ナミナミと、酒を充たした。

「やア、こらア、恐縮で……」

もう、拒む力もなく、彼は度胸をすえて、グラスに口をつけた。ところが、その味のすばらしいことといったら、トロリと舌にからまるコクと、喉から鼻へ抜ける芳香が、

えもいわれず、まるで、注いでくれた女を、そっくり、口の中へ入れてしまったようで、思わず、

「うム、何ともいえん、ええ酒だすわ……」

と、嘆声を洩らした。

「お気に入って、何よりでございますわ。どうぞ、たんと召上って、下さいませね」

「いや、そないには、飲めまへん。わしは、洋酒みたいなハイカラなもんは、よう飲まんのですが、こらア、西洋の灘（なだ）ちゅうのだすかいな」

「あたくしも、フランス語の方は……」

と、彼女は、ビンの文字を眺めただけで、重ねて、お酌をしようとするのを、

「今度は、一つ、ご返盃を……」

これは、日本の礼儀である。

「あら、あたくしは、不調法で……」

「何を、おっしゃります。カバンの中に、こないなもの、お持ちの方が、飲めんちゅうことは……」

「でも、生憎（あいにく）、グラスが一つで、あたくしが口をつけたら、あなたさまにお返しするのが、失礼に当りますもの……」

「いや、こっちは、本望だすがなア」

言葉のハズミで、そんなことを口走ったとたんに、有女子のことが気になってきた。

そして、隣りの女に、グラスを渡しながらも、ソッと、背後を振り返って見ると、驚いたことに、いつか、彼女の姿が、すぐ近くに、迫っていた。

大きな体に、G・I帽をかぶってるのが、進駐軍の女士官のようだった。両手で握ったモップの棒は、自動銃でも提げてるようだった。岸和田は、短い首を、一段と縮めた。

「失礼致します」

有女子は、切口上で、そう宣言すると、岸和田と女の足許に、棒をつきこんできた。恭雄の席でやったように、特別サービスの掃除を、始めるつもりらしかった。女の方は、いち早く、草履の足をもち上げたが、マゴマゴしてる岸和田の靴のさきを、モップの横木が、したたかに、突いた。

「あら、ご免あそばせ」

「いや、かめへん、かめへん……痛いことあらへん」

二

女は、生来、策略を好むものであって、今出川有女子が、同じ車中の恭雄と岸和田に、あの手この手を用いたのも、驚くには足りないのだが、食堂車の藤倉サヨ子のような女でも、女である限り、無策無為は、天性が許さなかった。

甲賀げんが、ヒマな時間を狙って、彼女を口説きにきた時に、自分には、想う男があるからと、断乎、謝絶するかと思ったら、ヌラリクラリの返事しかしなかった。甲賀の母親の方では、この縁談、下から上へ貰ってやるのだから、嫁さんに不服はあるまいと、頭から、きめてかかってるので、サヨ子の態度を羞らいと見て、いい気持で、座席へ帰った。しかし、それが、サヨ子の策略だったのである。

彼女としては、今日こそ、喜イやんから、最終的回答を聞こうと、思い詰めているのである。だが、その喜イやんが、コック場へ入ったら最後、料理の鬼となって、すべてを忘れてしまう。まったく、頼りないが、また、その一本気に惚れて、彼を生涯の良人に選んだのだから、文句もいえない。ただ、腹の立つのは、今出川有女子に対して、態度を変えたことである。有女子には、職場のストーブ前を離れて、コソコソと、愉しげに、語り合ったではないか。

サヨ子も、会計台にいながら、午飯の皿を返しにきた有女子が、喜イやんと立ち話をして、チョコレートまでやったことを、チャーンと、見届けているのである。そのチョコレートを、喜イやんが、コック場の隅で、丁寧に銀紙を剝きながら、さもウマそうに、口へ入れたところまで、実見しているのである。

これでは、腹が立たずにいられない。しかし、コック場へ駆け込んで、彼の胸倉をとったって、何の効力もないことを、悧巧な彼女は、よく知ってる。男ごころというのは、女が追えば逃げ、逃げれば追ってくるのだから、ムキになるだけ、損である。

そこで、彼女は、策略を思いついた。甲賀の母親の目的は、食堂車中、誰知らぬ者もないのだから、あの縁談に色気のあるフリをして、喜イやんをケンセイしようという考えである。彼だって、サヨ子に気がないわけではないのだから、そうされれば、男性の競争心を燃やしてくるだろう。少くとも、今夜、返事しなければならぬことぐらい、思い出すだろう。万一、それらの希望的観測が、全部外(はず)れたら、いっそ、喜イやんへの面当てに、甲賀の母親に、ウンと答えてやろうか――と、これは、策略というより、温和な女の悲しいヤケであるが、そんな気持にも、なっているのである。

列車は、大井川近くを、走っていた。線路の山側に、小さな水車小屋があり、旅客の誰の眼にもつかない、平凡な風景なのだが、サヨ子は、下りの時に、必ず、視線を吸い寄せられた。勤務のヒマな時間であるためだろうが、古ぼけた、小さな水車が、いつも、コトンコトンと、孤独な回転を続けてるのが、彼女の心を惹(ひ)いた。そして、今日は、それが、自分の姿であるかのように、涙ぐましく、眼に映った。

――うちも、長くは、乗車しとれんわ。

彼女は、満十八歳の最低就職年齢で、全国食堂に入ったのだから、もう、足かけ六年目の勤務だった。〝ちどり・ガール〟のように、廃止の運命こそ、待っていないが、もう、隠退の時機なのである。普通は、結婚で退社するが、営業所勤めに変る者もある。とにかく、会計さんという、ウエートレスの最高位置に、五年も、十年も、居据(いず)わった例はない。

車販の見習いを振り出しに、今日の地位へくるまでに、つらいことは沢山あったが、彼女は、この商売をやめる気を、一度も、起さなかった。客がタテこんで、通し窓との往復に、足が棒になることがあっても、いつか、自分も店を持って、そんな繁昌ぶりを見せるかと、愉しい幻影が、チラつくのである。

――どないしても、一軒の店を持って……。

父親が生きてた頃のように、街の食堂で、名を売りたいのだが、その相棒として、また、良人として、喜イやんの他に、頼るべき男はなかった。その喜イやんが、彼女の期待に添って、乗り気になってくれたら、会社をやめるのも、車を降りるのも、どんなに、嬉しいことだろう。

といって、彼女も、喜イやんの気持が、わからない女でもなかった。あれほど打ち込んだコックの修業を、途中で阻止するのは、どんなにか、苦痛であろう。列車食堂の勤めさえ、コックの本筋とはいえないのに、まして、街の食堂のオヤジとなって、カツ丼やオムライスのようなものばかり、こしらえる身となったら、コックの落伍者というより、完全な失格となるのである。二度と再び、コックの出世街道は、歩けないのである。

そこの事情は、素人でないだけに、彼女も、よくわかっているから、愛する喜イやんのために、自分の望みを捨てて、彼の内助の妻となろうかと、何度、思い直したか、知れないのだが、何としても、思い切れなかった。東京の女性だったら、愛情のために、すべてを忘れるのが常だが、土性骨の原産地で生まれたおかげで、一度思い込んだら、手軽な転向が、むつかしいのである。そして、商売と恋愛とは、同じ重さであって、東京女のように、薄ッペラな精神主義で、人生を生きたくはない。喜イやんに、コックの出世を諦めさせるのは、気の毒であるが、それで、二人が幸福になったら、結局、彼の利益ではないか。人間、何も、名コックにならなければ、不幸というものではない。もし、彼が街の食堂を始めてくれれば、その代りに、彼女は、身を粉にしても、あらゆる献身とサービスを、彼のために提供して、大阪で最も幸福な良人に、仕立てあげる用意がある。そして、商売繁昌、一家安全の理想を達成すれば、その上に、何を望む必要があるのか。

――それやのに、喜イやんは……。

彼女が、それほど、着実な思想で、二人の将来を考えてるのに、喜イやんは、今夜の最後的回答をヨソにして、ビー・ビーちゃんなんかの見え透いた誘惑に乗って、喜んでる形跡がある。いっそ、彼のことは、諦めた方がいいのであろうか。

――いや、いや。そない短気なことしたら、あかんわ。

一度、狙いをつけた男というものは、それだけの値打ちがあったらこそである。彼女も、長い勤続期間のうちに、いろいろの男を見た。政治家も、実業家も、プロ野球選手も、映画俳優も、〝ちどり〟へ乗れば、必ず、食堂へくるから、顔も、言動も、眼に映らずにいない。しかし、どれも、これも、威張ったり、気取ったり、悪く砕けて見せたり、ほんとに不行儀だったり、ロクな男はいなかった。少くとも、喜イやんほどの誠実さと、頼もしさを感じさせた男は、一人もいなかった。ちっとはドモる欠点はあっても、喜イやんほどの男は、お目にかかったことがない。だから、生涯の良人と、狙いをつけたのである。滅多なことで、手放してなるものか。

——そや、今日のお茶の時間に、様子見届けんならん。悲しみのうちにも、彼女は、心の張りを、とりもどした。

一時間後に、一つの機会が待ってる。十六時を過ぎると、食堂は、一時営業を中止して、従業員全部が、お茶を飲むのである。それくらいの休息時間がなければ、ウエートレスたちも、コック場の者も、七時間半、立ち続けの労働となって、堪えきれるものではない。

そこで、三十分間、食堂も、〝ただ今準備中〟ということになるのだが、食堂の人間ばかり、一息入れるというのは、やはり、車中の仁義にそむくので、〝ちどり・ガール〟諸嬢も、共に、卓につくことになってる。彼女たちも、その間は、公認の休憩時間である。

つまり、お茶の時間には、彼女自身も、喜イやんも、今出川有女子も、顔を合わせることになる。そこが、藤倉サヨ子のつけ目である。隠しても、色に出るものがあれば、断じて、見脱さないだろう。場合によっては、人々の前で、痛い一矢を、酬いてやることも、辞しはしない。

——ええわ、今日限り、車を降りる気やったら、どないなことも、いうてやれるわ。彼女が、そう腹をきめた時に、〝ちどり〟は、浜松駅を通過した。

その道は遠く、長し

一

　コック場といっても、配膳室に半分とられているから、ほんとの意味のコック場は、料理ストーブ前の二坪ほどの空間だが、幸いにして、働く者は二人だけで、夫婦なら差し向い、主従なら、ドン・キホーテとサンチョ・パンザの気易さがあった。

「喜イやん、お前も、少し、休みいな」

　チーフ・コックの渡瀬は、調理台の前に、小さな脚立のようなものを、引き寄せて、一服始めた。

「へい、大けに……」

　そういわれても、すぐ、言葉に乗るようでは、〝助さん〟らしい態度でない。手空きの時には、自分の包丁の脂でも拭いて置くのが、治に居て乱を忘れざる、武士の心がけというべきだろう。

　矢板喜一だって、自前の包丁は、一通り持っている。野菜皮剝きのペテナイフ、獣肉用と鶏肉用の骨スキ・ナイフ二丁、筋ひきナイフ、平切りと、五丁の切れものは、大切にして、いつも、車中へ持ち込むのである。会社支給の包丁を使うようでは、一人前の職人といえない。尤も、彼は、まだ〝助さん〟であって、半人前の部なのだが、料理ナイフを自前で持ってるのは、敢えてナマイキというわけではない。二軍の野球選手でも、自分用のバットぐらいは持ってる。ことに、日本料理人となると、包丁が生命で、自分の道具に人の手が触れれば、喧嘩沙汰になるが、コックの方も、日本人である限り、職人気質は、オサオサそれに譲らない。暇を見ては、自分の料理ナイフを、磨いたり、手入れしたり、この上なく、大切にする。ただ、悲しいことに、〝助さん〟の身分だと、ペテナイフで、ジャガ芋を剝くことはあっても、平切りで、スカッと、肉を切るのは、チーフさんの受持ちだから、宝の持ち腐れである。それでも、喜一は、使わない平切りを、最も気を入れて、磨いたり、拭いたりしているのである。

「喜イやん、お前、今年で、何年目やったかな」

チーフの渡瀬は、やさしく、話しかけた。喜一には、特別、目をかけてくれる男だが、こんなに、猫撫声の時は、珍らしい。それだけ、つけ上るのは、慎まなければならない。

「へい、足かけ、七年目だす」

「そうか。七年目にしては、よう覚えたな」

「へい、万事、チーフさんのお蔭だす」

「いや、お前の筋が、ええからや。その上、よう精出したさかい。お前ほど、根気ようて、仕事熱心な奴は、見たことないわい……」

そういわれると、喜一も、うれしくなって、言葉が、せき込んできた。

「わ、わしみたいな阿呆は、そ、そないしまへんと……」

「お前、一向、阿呆なことないわ。まア、少し、先きの見えんところはあるが……」

「何も、見えしまへん」

「お前は、本乗務を、よほど、偉いもんと、思うとるやろ」

「へい、早う、チーフさんみたいになりたいと、それが、わしの一番の望みで……」

「それやから、先きが見えんちゅうのや」

「へ、何でござります？」

喜一は、シンから驚いた。

列車食堂のコック長のことを、本乗務というが、これを少将の位とすれば、特急食堂のコック長は、大将とまでいかなくても、中将の位は、確実である。喜一も、名コックになりたいというのは、ヤマヤマであるが、特急の本乗務になることは、辛抱しさえすれば、実現可能の希望であり、目下の最大目標である。その金的を、価値なきもののようにいわれては、開いた口がフサがらない。

「お前、七時間半の〝ちどり〟かて、時代おくれの世の中やぜ。六時間五十分の〝いそぎ〟に追い越されたやないか」

「そら、知っとります。そやけど……」

〝ちどり〟が、そのうち廃止になって、第二〝ひばり〟にかわることは、喜一も、知らないではない。それは、東京・大阪間を、六時間半で走るらしい。食堂の模様も変って、ビュッフェ式と、新しい食堂形式を併用するらしい。しかし、コック長の地位は、そんなことで、変りはしない。いつもながらに、中将の位である。

「いや、七時間半ちゅうのは、たとえ話や。東京・大阪を、そんだけの速さで走る列車が、日本一と、いつまでも思うとったら、まちがいやいうのや……」

「そ、そら、なんぼでも、速い特急は、でけますやろ。そやけど、特急のチーフはんいうものは……」

「井の中の蛙には、そない見えるんや。特急のコック長なら、何でもでけて、何でも知っとると……」

「ほんまに、そん通りやおまへんか」

「大ちがいや。わいの料理なぞ、ゴマカシや。手の抜き放題やがな。あれが、本格洋食や思うとったら、東京や神戸のええコックに、頭ドヤされるで……」

喜一は、いよいよ驚いた。その価値顚倒を宣言するのは、特急コック長自身なのである。

「大体、こない狭いとこで、ほんまの仕事がでけるわけがないが、その上、鉄道が会社に、価格を限定しよるし、会社はわいらに材料を限定しよるし、高級料理を望むのがムリいうもんや。わいらはコックやのうて、料理製造機の歯車やがな……。しかし、昔は、こないことなかったんやで……。汽車の食堂いうたら、ホテルに敗けんほどのもの食わしよったし、テーブルの上には、紅印のフランス・ブドウ酒が、必ず、列べてあったもんや……」

といって、食堂車創設の頃の明治時代を、渡瀬が知ってる筈もないのだが、先輩のグチの受け売りをやってるのだろう。

「船のコック長やったら、陸でハバもきくが、列車食堂の肩書きは、サッパリやな。世間で、通用せんわい」

「そやけど、チーフさん、列車食堂かて、いつかの特別メニューのような……」

喜一は、自分の幻影を壊されたのが悲しいので、強いて、過去の輝かしい記憶を、呼び起した。去年、アメリカの石油会社の一行を、鳥羽観光に連れていく貸切り列車があり、食堂車も連結されたが、メニューも、一人前二千円の料理で、豪華をきわめた。その時のコック長は、渡瀬であり、喜一も、助さんとして、乗り込んだのだが、黒いキャビアとか、フォアグラとかいうものを、実見したのは、その時が最初だった。そんなものの盛りつけは、車中でやったが、甘鯛のクリーム煮だとか、家鴨のスタッフ入りローストなぞは、営業所の料理場で、大半の料理を済ませた。

その時の渡瀬の身の入れ方は特別で、仕事を手伝いながら、喜一は、ウットリと、親方の腕に見惚れたものだが、あれもゴマカシで、手の抜き放題の料理というのだろうか——

「うん、あん時は、ちいとはマシな仕事ができたが、よう考えてみい、あないなことは、年に一度あるかなしや。七夕はんの逢瀬より、まだ頼りないわい」

渡瀬は、モズのような尖（とが）った頬に、自嘲の笑いを浮かべた。

二

食堂車は、天下の美味を提供する場所ではない。ほんとに、ウマイ洋食が食いたかったら、列車を降りてからのことだ。食堂車の料理は、あの値段にしてはとか、あの短時間にしてはとか、車中の食事としてはとか、但（ただ）し書きをつけた上で、味わうべきものである。また、メニューや料理法も、万人向きを狙ってるので、洋食通の気に入ろうとは、考えていない。大量生産の料理であり、毎日のメニューも、ほとんど、決まっている。毎日、客が変るから、それで、結構なのである。

しかし、料理をつくる側の人間からいったら、あまり、張合いのある仕事ではない。まして、料理修業の志を持つ者には、決して、よい道場ではない。基本もほんとには身につかないし、料理の数も覚えない。渡瀬のように、ホテルやレストオランを渡り歩いて、一人前になってから、全国食堂へ入った者はいいが、喜一のように、ここを振り出しに、ここで腕を磨いたって、よい本乗務にはなれても、よいコックになれる見込みは薄い。コックの本道は遠く、また、長いのである。

渡瀬のように、もう、中学へ行く子供が、二人もあり、生活が保証されれば、コックとして伸びようとする気もない男はいいが、喜一は、大志を懐（いだ）いているのである。出発点が、誤ってはいないか。

彼なぞは、もう一度出直して、大ホテルのコック場で、皿洗いから叩き上げた方がいいのである。その理窟は、よくわかってるのだが、渡瀬は、今まで、一度だって、喜一に、そんな忠告をしたことはなかった。むしろ、食堂車料理を教え込むことに、熱意を注いでいた。今日に限って、急に、掌を返すようなことをいうのは、どうしたわけだろう——

「なア、喜イやん、お前はまだ本乗務でこそないが、陸でいうたら、二番コックや。二番いうたら、どないなもんか、お前、知っとるか」

「へえ、よう知りまへん」

渡瀬は、言葉を続けた。

「そやろう。知っとったら、恐ろしゅなって、そないボヤッと、立っとれんわい……」

渡瀬は、また、気味の悪いことをいった。

彼のいうところでは、ほんとのコックの階段は、八通りもあって、列車食堂の比ではない。下から算えると、まず皿洗い、次ぎが野菜剝き、それからデシャップ、これは、盛りつけが役目で、列車食堂なら、パントリさんである。その上が、略称ストー前、つまり、ストーブで熱い料理をこしらえる役目だが、これも、助手と主任の二階級がある。助手はソースの仕込み、スープの取り方を扱い、主任は、焼物、煮物、揚げ物を扱う。主任のことを、ケチンという。ケチンになったら、一人前かというと、そうはいかない。その上に、〝切り出し〟がいる。

煮たり、焼いたりが、料理ではない。材料に眼が利き、ロスを出さずに、体裁よく、しかも値段を食い込まずに、材料をいかにサバき、いかに割りつけるか、という役目である。

一匹の牛の肉のおろし方、骨の外し方、筋のひき方まで知らないと、〝切り出し〟は勤まらない。

また、ムダをしないという料理の真髄も、摑めない。つまり、コックの大学教育であるが、これを卒業しても、まだ、コック長にはなれない。やっと、二番コックに、就任できるだけである。

「そやけど、〝二番〟になったら、もう安心や。海軍やったら、副艦長ちゅうとこや、いつでも、艦長の代理が勤まるのやで……」

そして、〝二番〟になって、始めて、メニューが書ける。定食の献立を、毎日変えていく知識と経験が、持てる。メニューを出すのは、コック長であるが、宴会でもないと、怠ける場合がある。そんな時には、〝二番〟が書く。書く腕がなければ、〝二番〟ではない。それも、カタカナでなく、フランス語でなければ——

「フ、フランス語だすか」

喜一は、飛び上った。

フランス語どころか、英語も怪しい男なのである。

「世間の〝二番〟いうたら、それくらいのもんや。どやね、〝ちどり〟の二番はん？」

渡瀬が、痛いことをいった。

「す、済んまへん。ほ、ほんまに、井の中の蛙だした……」

喜一は、熱湯を注がれたホウレン草のように、萎れてしまった。

「いや、お前が悪いことないわい。わいのような職人でも、チーフ面して、永年、勤めとるんや。ありがたいところやで、列車食堂ちゅうたら……」

そんな慰めは、何のタシにもならなかった。喜一は、悲しくて、涙がこぼれそうだった。突然、目の前に、黒い幕が降りて、わが道を遮断してしまったような、気がするのである。

あれほど、毎日、打ち込んだ仕事が、コック修業の本道と、遠く外れていたのでは、これから、何をしていいのかわからない。

それに、本格コックは、フランス語が読めたり、書けたりしなければならぬ、とあっては、絶望の宣告にひとしかった。

「そやけどなア、喜イやん、お前は、筋もええ。覚えもええ。お前の腹の持ちよう一つで、立派に、コックで、飯が食うていけるのやで……」

渡瀬が、語調を変えた。

「へッ、ま、まだ、望みおますか」

「あらいでか、お前が、帝国ホテルのコック長になる気さえ、捨てたら……」

「て、て、帝国ホテルでのうても、大阪ホテルでかめしまへん」

「いや、ホテルは、あきらめるんやな。レストオランも、ついでに、思い切ったらええ」

「ほたら、どこのコック長です」

「そやな、コック長が、自分で、出前箱下げて歩くような店があるやろう……」

「チーフさん、そ、そない殺生な……」

「何が、殺生や。そこから始めて、腕上げたら、ええやないか。お客さんから月謝貰うて、勉強するんや。フランス料理は知らんでも、アイノコ弁当やとか、カツ丼やとか……」

「そ、そないなもの、洋食やあらへん」

「洋食でのうても、ウマいものつくったら、ええやないか。大阪で、二つとないウマいアイノコ弁当や、カツ丼つくったら……」

夕食準備中

一

浜名湖横断といっても、間に弁天島があって多少インチキであるが、その辺から、湖と海の景色を、両側に眺めて、車中の客は、しばしの退屈を忘れる。それに、あの辺の眺めは、日本の東部風景とのお別れでもある。山あり、河あり、海ありの変化も、この辺から、緩慢になってくる。そして、東京の支配力というものも、次第に、弱まってくる。現に、松と砂の弁天島に、密集する旅館の資本も、名古屋や豊橋からきている。浜名湖を境（さかい）に、関西へ帰る客が威張り出し、内ベンケイの江戸ッ子が小さくなる現象も、なきにしもあらずである。

やがて、〝三河に奇山なし〟の平凡な田野となって、豊橋着、十六時二十八分。

以前は、豊橋の駅で、ものを買う客は少なかったが、近頃、ここでチクワを求めるのが、流行となった。小田原のカマボコと列（なら）んで、魚肉製チューイング・ガムが、車中のお慰みとなるのだろう。しかし、昔の豊橋チクワと比べると、ずいぶん痩（や）せちまったものので、〝緑の家〟にでも入れて、療養させる必要がある。それでも、お客さんは、争って買ってくれるから、ありがたいが、一分間停車だから、たいがい、〝ちどり・ガール〟の手を煩（わずら）わす。おかげで、彼女等は、チクワを抱えて、危（あやう）く飛び乗りという芸当も、演じなければならない。

そこへいくと、食堂従業員は、豊橋は恵みの駅であって、発車ベルと同時に、気分がノンビリしてしまう。それから三十分間、食堂はお休みとなるからである。

その時間間際に、入ってきたお客さんには、

「大変、失礼でございますが、夕食準備のため、五時まで休ませて、頂きますので……」

と、お断り申しあげるのだが、ずっと前から、食堂にネバって——例えば、東京発以来、飲み続けている、かの怪漢のような客には、処置に窮するのである。お客を追い立てるという扱いは、全国食堂の方針に反するので、恐る恐る、予告を発するより、仕方がない。

藤倉サヨ子の下で、同じテーブルを受けもってる三級のウエートレスが、これも一つの実習であるので、会計さんの代りに、ヨッパライ氏のテーブルに、近づいた。

「あの、恐れ入りますが、これから三十分間、食堂を休みますので、その間は、ご註文をお受け致しかねますのですが、改めて、お出で頂けますならば……」

と、新兵さんが、軍曹に対するように、コチコチになって、懇願したが、先方は、蚊が食ったほどにも、感じない。

「何、三十分間の休憩？」

「はい……」

「その間は、サービスせん？」

「さようで……」

「それは、結構だな。わしは、ゆっくり飲むのが、好きなタチでな。どうか、おかまい下さるな。決して、お酒のお代りはしません。ここに残ってる酒を、三十分間に、チビチビと……」

泰然として、動かざること、山のごとくだった。

こうなっては、仕方がない。なまじ、強く押して、ヘソでも曲げられると、かえって厄介なので、この客一人は、テーブルに残したまま、〝ただ今準備中〟の札を、出すことにした。一番隅のテーブルに、坐っているので、邪魔にならないことも、確かだった。

二

午定食（ひる）から、ズッと、一品料理時間で、テーブル・クロスも、方々に、シミがついてきた。夕食時間に備えて、クロスを替えるべきであるが、自分たちがお茶を飲む前にやっては、お客に失礼だろう。シミだらけの布の上の献立表や、薬味台は、どうせ片づけるのだから、一応、とり払って、ここへ一組、あすこへ一組と、都合四組の席が、設けられた。

といって、食堂従業員の口にするものは、紅茶とトーストだけである。しかし、彼等彼女等にとって、どんなゼイタクな菓子よりも、三十分間、イスに腰を降（おろ）して休息できることが、うれしいのである。

会計台から、二側目のテーブル二つに、食堂女性群が、分れて坐った。ウエートレスと、車販の係りであるが、配膳室から紅茶を運んできたのは、前者のうちの後輩（こうはい）だった。

「おう、シンド。今日は、ずいぶん、歩いたわ。熱海・静岡間が、よう売れよって……」

車販主任の谷村ケイ子は、イスの上で、思う存分、手足を伸ばして、色気のない姿になった。

「前部で、よう売れたわ……」

車販の助手も、いかにも、疲れた表情だった。

彼女等のいう前部とは、一号車から七号車までのことだが、三等車が大部分である。車販の品物を買ってくれるのは、三等客が一番である。三等客は、食堂車へくる比率が、二等客より遥かに少く、その代り、車販の弁当やスシやサンドイッチ、菓子類や、ミカンを、沢山、買ってくれる。それも、売れる区間があって、下りでいえば、横浜あたりから、静岡ぐらいまでが、最も多忙である。前部を一往復するのに、三十分ぐらいかかる。売れない区間なら、十五分で済む。弁当類や、ビール、ジュースのような重量のあるものを、片手にバスケットさげて、ゆっくり歩かなければならぬから、手は抜けそう、足は棒となるのが常だが、それでも、売上げが多ければ、荷が軽くなるばかりでなく、心も軽くなるのである。

というのは、車販主任の女の子は、可憐な行商人に見えて、あれで一端（いっぱし）の事業家なのである。どの区間で、何を、どれだけ、車内倉庫から出して、売って歩くか、一切、主任の彼女の裁量に、任（まか）されてある。区間や時間に応じて、品物を変えていくところに、彼女の腕の見せ場がある。ウエートレスになって、お客のキゲンを気にするよりも、こっちの方が面白いと、車販を望む女の子もいる。今出川有女子（うめこ）と、よく喧嘩をする谷村ケイ子なども、気が強いから、車販主任向きであろう。そして、彼女たちの鼻ッ張りが、強くなるのも、売上げの点でバカにならないからであろう。食堂車では、あれだけの人数と、手数をかけて、一日十万ぐらいの稼ぎだが、たった二人の女の子で、車販の売上げが、その半ばに達することも珍らしくない。会社側としては、こんなウマい稼ぎをしてくれる車販の娘が、可愛らしくて、堪らないわけである。

従って、彼女たちは、いつも朗か。

「九号車に、熱海から乗りよったお客さん、美人やなア」

「ほんまに、美人や。この列車のナンバー・ワンに、ちがいなしや。少し、年がいっとるけど、ミス・ちどりより、一段上やわ」

「無論、上やわ。ほて、隣りの社長はん、だいぶ、イカレとる様子やないの」

「あの社長はん、ミス・ちどりを追い駆けとったのと、ちがうか」

「そや、そや。あのビー・ビーの乗るハコへ、きまって、乗っとったもんね。すると、社長はん、ビー・ビーのこと忘れて、浮気起しなはったんや。こら、面白うなってきたわ」

「そやけどあの人のことやから、負けとらへんで……」

まだ、〝ちどり・ガール〟は食堂車へきていなかったので、車販の二人は、遠慮なく、今出川有女子の悪口をいった。

それを聞いて、ウエートレスたちも、いい茶話の材料ができたと、乗り出してきた。今日に限らず、車中のニュースは、車販係りが、いつも、運んでくるのである。

「そんでも、ビー・ビーかて、対手がお客はんやったら、うち等に対するように、大けな顔でけへんわ。ええ気味やな」

一級の加山キミ子が、口を出した。

「どないするやろ、あの人」

二級の武宮ヒロ子も、すっかり、面白がってる。

「どないもせんやろ。自分の方が、美人やと思うとるさかい、デンとしとるわ、きっと……。それに、あの人、候補者は一人や二人やないんやで。同じ九号車に、甲賀の息子はんも、乗っとりなはるわ。その方に、乗り替えたら、済むやないの」

「そやな。数でコナす人は、こないな時に、便利やな」

「ほんまに、ホッホホ」

と、大合唱で、笑い声をあげたが、藤倉サヨ子だけは、何も聞えないフリで、会計台に残って、計算を続けていた。

彼女は、無論、今出川有女子の噂に、無関心でいられなかった。美人の乗客が、有女子の鼻を明しそうな話は、痛快でもあった。といって、一がいに、喜んでもいられないではないか。

有女子のことだから、必ず、失地回復に出てくるだろう。その攻勢が、大阪の社長さんだけに向けられればいいが、有女子の性格からいって、熟練した釣師のように、河岸を変えてくるにちがいない。そうなると、甲賀恭雄と、喜イやんに、圧力が加わってくる。恭雄の方は、どうでもいいが、喜イやんにシワ寄せされるのは、迷惑である。今まで、有女子が喜イやんに加えていた攻撃力を、かりに、三十三円ぐらいのものだとすると、今度は、五十円の力になる。それだけ、サヨ子にとって、形勢は不利なのである。そして、もし、恭雄を見切って、喜イやんだけとなると、百円の全力を傾けるのだから、果して、敵対できるか、どうか――と、そこは、会計さんだけあって、数字的な不安が、胸にこみあげてきた。

――こら、あまり、喜イやんに、むつかしい条件つけたら、いかんのやないか。

彼女も、弱気になってくるのである。

お茶の時間には、喜一の面前で、有女子に一矢酬いてやろうかとまで、闘志を燃やしたのであるが、そんなことをしたら、かえって、ヤブヘビになりはしないかと、不安になってきた。

それよりも、いっそ、喜イやんの望みを、通してやった方が、よくはないか。彼に、コックの本格的修業をさせて、彼女は、内助の妻として、彼の影身に添ってやったら

――

三

「会計はん、お茶の用意でけましたで……」

その声に、ハッと、気がつくと、ウエートレスも、車販係りも、全部、テーブルにつ

いてるばかりでなく、コック場の連中も、白い服の姿を、通路に現わしてるところだった。

「はい、ありがとう……」

彼女は、わざと、男の連中を見ないようにして、席に向った。

朝飯の時もそうであったが、食堂従業員は、男女席を同じゅうせず――海側と山側のテーブルに分れて、お茶を飲むのであるが、男の連中は、お茶よりも、ムダ話よりも、まず、一プクが愉(たの)しみで、席へつく前から、煙草をくわえてるほどである。

矢板喜一も、煙草好きで、禁煙の勤務中でも、〝新生〟をいつも、コック服のポケットに入れてるのだが、不思議と、彼だけが、テーブルについても、煙を吐かなかった。煙草も喫わず、お茶も飲まず、キッと、眼を据えて、何か、考え込んでるところはまるで、喧嘩か、自殺か、どっちかを敢行(かんこう)する前のような、不穏な表情だった。

「喜イやん、気分でも、悪いんか」

食堂長が、不審そうに、話しかけたが、彼は、不愛想に、首を振るだけだった。しかし、チーフの渡瀬は、すべての事情を知ってるらしく、ニヤニヤ笑っていた。

その時に、後部の方から、ドヤドヤと、〝ちどり・ガール〟たちが、入ってきた。

「お茶、頂きにきました」

今出川有女子が、先頭だった。

彼女たちは、食堂の中央の海側に、陣取った。いつも、そこに坐るのだが、食堂従業員たちが、いわば台所に近い場所に固まるのに、彼女たちは、お客さま然と、よい席を占領した。その上、食堂従業員は、紅茶とトーストであるのに、〝ちどり・ガール〟には、その他に、カスタード・プディングがつくのである。明らかに、差別待遇であるが、これは、食堂側のモテナシのつもりなのだろう。別な言葉でいえば、他人行儀である。

しかし、サービスまではしてくれないので、紅茶と菓子を受けとるために、今出川有女子と、七号車の望月みち子が、配膳室へ入って行った。

有女子は、いつもに変らず、孔雀（くじゃく）のように、誇らしく、歩いていた。

車販係りの伝えた噂は、ウソとしか思われないほど、彼女は、悠然（ゆうぜん）と、ニコやかに、

「今日は、お疲れになったでしょう」

と、お愛想をいった。しかし、彼女の眼は、藤倉サヨ子に注がれていたから、列車が混雑して、食堂従業員が疲労したとの意味とは関係のない、皮肉をこめたのかも知れなかった。

「あなたこそ……」

会計さんも、敗けてはいなかった。

有女子は、配膳室から、運び盆を両手で持って、再び、姿を現わした。皮肉な微笑を、口もとに湛（たた）えた彼女は、常よりも、一層、美しくさえ見えた。

彼女は、コック場連中のいるテーブルの側で、歩みを止めた。血相を変えてる喜イや

んの顔が、眼についたからであろう。

「矢板さん……」

彼女は、優しく、呼びかけた。しかし喜一は、何も耳に入らぬのか、返事もしなかった。

「どうなすったの、お顔色がよくないわ」

すると、喜一は、繋がれた猛犬が、石でも投げつけられたように、跳び上って、咆えた。

「ほ、ほ、放っとけ！」

正と従

一

チーフ・コックの渡瀬は、ウソをいったのではなかった。食堂車の料理に熟練したって、世間のハクがつくわけでもなく、それよりも、日本的洋食のウマさを売物にする、街の食堂の主人になれというのも、親切な忠告というべきだった。

しかし、渡瀬の腹の奥には、もう一つの親切が、隠されていた。それは、喜一が、藤倉サヨ子の生涯の望みに、添ってやって、彼女の良人となると同時に、夫婦で、小さな店から始めていくことが、どんな観点からも、二人の幸福を保証すると、考えてるからであった。

渡瀬は、喜一を愛してるように、サヨ子にも、目をかけていた。この数年来、喜一とサヨ子は、いつも、渡瀬組として、列車に乗り込んでいた。一列車の食堂従業員は、十一、二人であるが、いつも、その中核になるのが、チーフ・コックと、会計と、助手コックと、ウエートレス一人、パントリー一人だった。この五人が、一つの組を形成し、他は、その都度、配属される仕組みだった。

だから、組頭として、配下の者には、人情も移るわけであるが、直系の弟子である喜一のみならず、表方の古参のサヨ子も、一緒に働いてるうちに、シッカリした彼女の気性に、惚れ込んだのである。その点は、甲賀の母親にも劣らず、自分の息子の嫁に欲しいと思うほどだったが、あいにく、長男は、まだ、中学生だった。

そのうち、渡瀬は、彼女が喜一を慕っていることを知り、ヒイキの二人が一緒になれば、彼も大満足だった。しかし、喜一が、名コックになりたいとか、本格の修業とかいって、血道をあげてることが、二人の結婚の妨げとなってるのを知ると、喜一のはかない夢を、打ち砕いてやりたかった。

実際、彼のような、その道の経験者から見ると、喜一の夢は、バカらしいのである。どんな優れた才能を持っていても、日本人である限り、フランスの名コックと同列には立てない。では、日本で指折りのコックになろうとしても、喜一が出発点を誤ったのは、明らかである。列車食堂なんかで、何年働いても、修業にはならない。まだ、彼も若いのだから、大ホテルの皿洗いから、出直す道もあるが、同じ苦労をするなら、サヨ子のようなよい女房と、共稼ぎで、一旗あげる方が、どれだけ幸福だかわからない。喜一の現在の腕前も知識も、変則ではあるが、もう素人ではなく、大衆洋食の包丁や味つけに、困難することはあるまい。それに、商売道に賢しであって、店を開きながら、腕をあげるというのも、心がけ一つである。むつかしいフランス語の料理はできなくても、オムライスなんて、西洋にもない洋食だって、やり方一つで、人に真似られない味も出れば、店の看板料理にもなるのである。

それでいいではないか。ウマいものを、客に提供すれば、料理人の本懐ではないか。そして、店がはやれば、経営者として、成功ではないか。実のところ、彼自身も、大阪の場末に、そんな店を始めたい望みが、ないでもないが、いかんせん、もう、年をとり過ぎてる。

そういう気持があったので、彼は、先刻、コック場で、喜一をいろいろと説得し、サヨ子と生涯を共にすることも、ほのかに勧めたのだが、どうやら、薬がきき過ぎた結果となってしまった。

喜一は、新しい希望を見出す前に、年来の夢の崩れた打撃で、茫然となり、やや発狂状態を、呈しているのである。かねてから、一本気な男とは、知っていたが、これほどとは、思わなかった。

お茶の時間に、喜一が、今出川有女子を、ど鳴りつけたまではよかった。渡瀬としても、有女子がイタズラ半分で、喜一を誘惑してるのを、ニガニガしく思ってたところだから、むしろ、よくやったと、手を叩きたかった。

ところが、あまりな喜一の昂奮に、心を傷めた藤倉サヨ子が、人前も忘れて、自分の席を立ち上り、彼の側へ行って、肩に手をかけた。

彼女は、渡瀬が何をいったか、知らないから、自分が、大阪着までに返事をしてくれと、難題をもちかけたために、彼が煩悶して、常軌を失ったと考えたのである。そこで、もう、あのことは、取消すから、心をしずめてくれという気持を含めて、

「矢板さん、もう、ええの。何も、心配せんでええの……」

と、やさしく、彼の耳もとで、ささやいたのだが、

「ほ、ほ、放っとけ！」

喜一は、有女子をど鳴りつけた言葉を、そっくりそのまま、サヨ子にも、浴せかけたのである。

これには、彼女も驚いたが、渡瀬は、すっかり計算が狂って、眼をキョロキョロさせるばかりだった。

一座は、シンと、白けてしまった。誰も、会計さんと喜一との行きがかりは知っていた。ことに、ウエートレスは、自分たちの部隊長であるサヨ子が、面目を失い、悲しみに沈む気持が、よくわかるので、顔もあげられなかった。活気を盛り返したのは、今出

川有女子だけだった。

その時に、意外な場所から、発言者があった。食堂休憩中も、仕方なしに、隅ッこのテーブルを占拠することを許された、例の酔漢であった。彼も、サービス中止をいいことにして、盃を重ねはしなかったのだが、それまでの酔いが出たらしく、ダラシない頬杖をついて、居睡りを始めていたのである。そして、従業員たちが話し合ってる間は、高いイビキをかいていたのだが、シンと、静まりかえったら、ムックリ、首をもちあげた。とたんに、彼は、口を開いた。

「ハッハッハ、何も知らんで……」

二

小春日和の典型のような一日も、しだいに、夕色を呈してきた。渥美湾の静かな海が、展けてきて、ホテルの見える蒲郡の山のあたりに、斜陽が赤かった。東京駅を出てから、すでに、四時間半余を過ぎて、旅程は、あますところ、三時間弱だった。

「ええお日和だしたなア、今日は……」

岸和田社長が、隣席の女に話しかけた。

彼は、車内掃除中の今出川有女子に、モップの尖きで、突っつかれてから、大いに反省して、隣りの美人の存在に、眼をつぶっていたのだが、有女子が休憩のために、長いこと、姿を見せないので、また、ヨリが戻ってきたのも、是非がなかった。

といって、彼は、有女子に秋風を立てたのでは、毛頭なかった。今夜のデートの約束は、最大の愉しみであり、そして、彼女の半分主義を容れても、正妻として迎える熱意に、変化はなかった。

しかし、先方の条件を容れるのであるから、契約は、もう成立したのも、同然である。すでに、正妻となったのと、同然である。しからば、次ぎには、二号のことを、考える段階ではないか。

妻としての彼女は、どこまでも、大切にする。財産も、収入も、半分を与えるつもりである。そういう寛大で、甲斐性のある良人というものは、二号三号を所持する権利がある。もし、その二号を持つならば、隣りに坐ってる美人のような女に、きめたいものだ。なぜといって、有女子を、格式ある〝吉兆〟の料理とするならば、隣りの年増美人の気サクで、コッテリしたところは、京都〝大市〟のスッポン鍋の味であり、時に応じて、両方食わなければ、胃袋に申しわけない。

金儲けの上手な男は、ものに拘らないので、そんな風な考え方のもとに、行動を再開した。

すると、年増美人――いや、丸ビル金融の伊藤ヤエ子さんは、ニッコリと、彼の方に、顔を向けた。社長の反省期間には、去る者を追わずの態度で、経済雑誌を読んでいたのであるが、それを、静かに置いて、

「ほんとに、珍らしいお天気でございましたわね。それに、あなた様のような方と、お

ちかづきになれまして……」

「いや、こちらこそ。……いつも、往復の汽車は、退屈しましてな」

「そうでもございませんでしょう。さっき、お掃除にきたような、美人の給仕さんも、乗っておりますもの……ホッホホ」

「こら、恐れ入りました」

「だいぶ、お馴染みらしゅうございますね」

「なんの、あんた、あの娘に限らず、〝ちどり〟のメレボやったら、誰も彼も、顔なじみだすわ。なんせ、よう往復しよりますさかい……」

「うまく、お逃げ遊ばしますわね。でも、メレボって、何でございますの」

「列車ボーイのことを、略してレ・ボ。女給仕は、雌のレボやさかい、メ・レ・ボ。こら、鉄道語でおまんね」

「ホッホホ、何でもよくご存じで……。あなた様なんか、ほんとの特急の通でいらっしゃいますわ。そういうお方と道連れにさして頂いて、どれだけ心丈夫だか知れません……。ところで、そろそろ、お夕飯の時刻でございますが、あたくし、勝手が知れませんので、どこで、お弁当買ってよろしいやら……」

「そら、メレボにお頼みなはったら、停車駅で買うてくれますが、一個百円やさかい、あまり、ウマいことおまへんで……」

「そうでございましょうね。でも、あたくし、一人で食堂へ参りますのも、キマリが悪うございますもの……」

「そやったら、わしが、お供しまひょうか」

「まア、ほんとでございますか。そう願えましたら、大安心で……」

「いや、おやすいことだすわ。しかし、それやったら、定食時間の予約をしとくんやったな」

「そんなものが、要りますんですか」

「定食は、五時から始まって、三回ありますねん。そのどれかに行くと、予約しとかなあきまへん。先刻、食堂長がキップ持って、回ってきよりましたろが……」

「旅慣れないもんですから、一向……」

「まア、ええですわ。最初の時間やったら、空いとりますで、どうにかなりますわ、食堂長も、顔見知りやし……」

「ほんとに、お手数かけて、あいすみません」

「いや、あんたはんのようなベッピンはん連れて、食堂へいたら、こっちの肩身が広うおますわ」

「まア、どうして、そうお口がお上手なんでしょう。ツネりますよ」

「あ、痛た……。無茶なお人やなア」

「あら、ご免あそばせ。でも、さっきのメレボさんには、痛くないと、おっしゃったでしょう。それを見ても、あちらがごヒイキということが、わかりますわ」

「いや、あれは……」

岸和田は、眼を白黒して、弁解しようとしたが、うまく、いえなかった。弁護の言葉が、見つからないというよりも、うれしさの方が、こみあげてきたからである。

伊藤ヤエ子は、まるで、もう二号になったような所業をするではないか。ヤキモチは、なにも本妻の専売とは限らないので、二号は二号で、本妻のことを、やくのである。岸和田も、過去に、その経験を持っているので、こんな仕草をされると、錯覚を起すのも、無理はなかった。

――しかし、この女連れて、食堂へいたら、また、後で、有女子が、うるさいな。

それは、当然の推理である。二号だって、ヤクのだから、本妻は、もっと、ヤクのである。そのヤキ方は、最も、うるさいのである。といって、それを恐れていては、浮気はできない。

それに、ヤカれるということ自体が、男にとって、最大の苦痛とも、いいきれない。両方でヤカれるとは、別な言葉でいえば、両方にモテるということである。無論、ツネられたり、ひっ搔かれたりすれば、皮膚に苦痛を感じるが、精神の方は、何か、ユッタリするのである。優秀な男性であればこそ、二人の女から、争奪戦が起るのではないか。

そう考えてくると、有女子の嫉妬を、恐れる必要はなかった。

「食堂も、これというて、ウマいものあらしめへんが、少しは、気分が変って、よろしいわ。それに、あんたはんに、いろいろ、話聞いて貰わんならん……」

「あら、お話なら、ここでもできますわ」

「そう、そやけど、一パイ飲まんことには、口に出にくい話もあるさかい……」

「では、もっと、コニャックさしあげましょうか」

「いや、いや、わざわざ、カバン降(おろ)しなはらんでも、よろし。でも、あんたはんが、そういうて下はるなら、わしも、思いきって、ここで、いいまひょか」

「どうぞ、どうぞ、是非、うかがいたいわ」

「あのな、厚かましいようやが、わしは、あなたはんと、京都でお別れするのが、辛(つろ)うなりましたんや」

「まア、うれしいこと、おっしゃるわ。それなら、あなたも、ご一緒に、京都でお降りになったら？」

「それが、そういきまへんのや。今夜、大阪で、会社の重役会議がありましてな」

「まア、夜分にですか」

「夜でも、精出しますねん。それで、今夜は抜けられんけど、明日、あんたはん、京都から、わしの会社へ、電話して貰えまへんか。すぐ、車飛ばして、京都へ行きますさかい……」

「きっと、そう致しますわ。まア、うれしい。明日も、お目にかかれるなんて……。でも、そんな、うまいことおっしゃって、あたしを、お騙(だま)しになるんじゃありませんか」

「めっそうもない。何で、わしが……」

と、岸和田が、せきイキリ立った時に、拡声器に、電流の入る音がした。

「ミ、ナ、サ、マ。食堂のご案内を、申しあげます。ただ今、ご夕食の用意がととのいました。お食事は、お定食の外に、幕の内、ウナギ弁当……」

後は知らない

一

甲賀恭雄(やすお)も、美学と恋愛を専攻中であっても、飯時になれば、腹がへった。それに、鉄道旅行というものは、妙に、消化を助ける。その点、飛行機や自動車の旅と、大変ちがうのである。動揺によって、腹がへるなら、バス旅行が一番ということになるが、決して、そうではない。鉄道旅行と消化の関係は、研究に値いするが、全国食堂は、そんなことに頓着なく、莫大(ばくだい)な利潤をあげてる。

「恭雄さん、食堂が始まったらしいよ」

母親のげんは、第一回定食のアナウンスを聞くと、息子に話しかけた。

「ええ……」

恭雄は、空腹を感じてるくせに、ナマ返事をしたのは、心中、迷いがあるからだった。

腹を満たすのに、二つの方法があり、一つは、食堂に出かけることだが、もう一つは、今出川有女子の手を煩わして、名古屋駅で弁当を買って貰うことである。後者は、魅力的な方法であるが、美人の手を煩わしてから後が、面白くない。膝の上に、折詰めを置いて、バクバクやらかすのは、田舎の婆さんみたいであり、インテリにして、且つ紳士の所業ではない。それに、カマボコに食いついてるところなぞ、有女子に見られるのは、ちょっと、差し控えたい。といって、母親の思惑どおりに、食堂へ行くのもと、迷っていたのである。

「今のアナウンスの声、とても、可愛らしかったわね。言葉使いがよくて、情があって……」

と、母親は、マイクに立ったのは、藤倉サヨ子であることが、すぐ、わかった。

「なアに、印刷したような文句を、蓄音機のように、暗誦してるだけですよ」

「いいえ、頭がよくて、人間がデキてなければ、あんな風には、シャベれませんよ……。さア、行きましょう。予約がしてあるんですからね」

母親は、急き立てたが、息子の方は、何とか文句をつけないと、収まらぬ性分らしい。

「それア、行ってもいいけど、また、あのヨッパライと同じテーブルじゃ、やりきれませんよ」

「まさか、そういつまでも、飲んではいないでしょうよ。それに、定食の時間だから、こっちの好きな席に、坐るわけにもいかないしね……」

ウッカリ、母親は、口をすべらした。いつも、何気なく装って、会計台の側の席を、選んでいたのである。

「じゃア、まア、行ってみましょう……」

十二分にモッタイをつけて、息子が、席を立ち上った。

食堂は、八号車だから、ほんの一跨ぎである。だが、甲賀親子が、デッキへ出る前に、前方の座席から、一組の男女が立ち上って、先きに立った。岸和田社長と、自称伊藤ヤエ子さんである。いかにも、睦まじそうに、私語しながら、食堂の方へ、進んで行った。岸和田の秘書は、社長の行状を心得てるとみえて、遠くの席で、居睡りのマネをしていた。

恭雄は、すぐ前を行く二人を観察して、

――下劣な奴だ。隣席の女を、誘惑したのだな。

と、心の中で、岸和田を罵ったが、不快を感じたわけではなかった。岸和田が好色漢で、他の女に手を出してくれれば、競争者としての恭雄は、たいへん有利な立場に置かれるのである。そのような浮気者を、今出川有女子が、許容するはずがない。すると、彼女自身の独走ということも、考えられる。事態は、急に、好変してきたのではないか。

彼は、歩みも軽くなって、前の二人を、追い越しそうになったが、通路は狭いから、実行はむつかしかった。しかし、背後にいたから、面白い光景を、見ることができた。デッキへ出る前の右方に、スチュワーデスの個室があるが、その扉が、ガラリと、開いたのである。今出川有女子は、化粧直しか何かのために、ちょっと、個室へ入っていたのであろう。そして、部屋を出る出合い頭に、女を連れた岸和田社長と、衝突しそうになったのである。

「わッ」

驚いたのは、社長の方で、まるで、彼女が、故意に、もの蔭から現われたように、慌てた。そして、狼狽しながらも、事態を収拾するために、片眼をパチパチやって、不器用にウインクを送った。それは、心配することはない、今夜、会った時に、すべてを話すという意味のつもりだったが、果して、対手に通じたか、どうか。

有女子の方は、極めて冷静だった。とっさに、岸和田と伊藤ヤエ子の顔に、鋭い視線を送って、成り行きを覚ると、今度は、これ以上優雅なスチュワーデスの態度は、望まれないほど、インギンに、頭を下げて、

「失礼いたしました……」

と、一歩、室内に、身を退いた。その瞬間の彼女の微笑の上品さと美しさといったら、後方の恭雄が、ブルブルと、身を震わせるほどだった。やがて、岸和田たちが歩き出して、彼と母親が有女子の前を過ぎることになった。すると、彼女は、再び、優雅なお辞儀を始めた。だが、顔をあげた時に、ジッと、恭雄を眺めながら、口もとに浮かべた微笑は、前と打って変って、アダっぽい、誘惑的な、口紅と白い歯の魔術だった。恭雄は、また震えたが、今度は、美学の範疇を逸脱した、感動らしかった。

二

第一回の夕定食が、比較的、空(す)いてるのは、京都や大阪まで、まだ時間があるから、急いで食わなくてもという乗客の心理らしい。尤(もっと)も、神経質なお客は、食器が汚(よご)れないうちにと、第一回を選ぶが、なアに、ナイフやフォークも、午食の時に使用したのと、別物を出すわけではない。

岸和田たちは、予約券なしで、食堂へ入ったが、果して、空席があって、食堂長は、後方の山側の席に、二人を案内した。しかし、甲賀親子に対しては、前もって、席が準備され、イスが傾けられ、予約札が卓上に出ている。

「どうぞ、こちらへ……お席がとってございます」

食堂長は、大いに、気をきかしたのである。最前列の山側で、会計台のすぐ前だった。お茶を飲みにきた時と、反対のテーブルであるが、藤倉サヨ子の受持ちであることに、変りはなかった。

「どうも、恐れ入ります」

母親はホクホクしたが、息子の方は、フクれ面だった。

「恭雄さん、あんたの嫌いなヨッパライさんは、別のテーブルだから、よかったね」

母親が、笑顔でささやいたが、彼は、返事もしなかった。酒くさい呼吸(いき)を、吹きかけられる心配はなくても、人形のように生気のない、古風な大阪娘のサービスを、受けなければならないのである。

案の定、人形が、近寄ってきた。

「入らっしゃいませ。ご註文は、プルニエ定食と、テンダーロイン定食でございました
ね」

「そうですよ。お魚の方はあたしで、この人がお肉……」

「かしこまりました。お飲みものは？」

「そうですね。恭雄さん、何がいいの」

「水です」

「ホッホホ。この人ったら、お酒もビールも、頂かないんですよ。そうかといって、おサイダーは、甘いからイヤだなんて……。ほんとのヤボの堅人で――」

と、母親は、少しでも、サヨ子と息子を、結びつける努力を、惜しまなかった。それと知って、恭雄は、かえって顔をそむけたが、いつも、愛想のいいサヨ子が、彼に負けない仏頂面を見せたのは、不思議だった。

「そう致しますと、お飲物は、およろしいのでございますね」

「あら、いいえ、あたしは、おジュースを頂きますよ」

「かしこまりました」

彼女は、テーブル伝票に、記入を始めたが、その手は震え、眼は釣り上っていた。

その上、彼女は、二つのサービス用語を、忘れていた。おなじみのお客様には、〝毎

度ありがとうございます〟というべきだった。それを、ただ、〝入らっしゃいませ〟といったのは、まだいいとして、テンダーロイン・ステーキの註文があった時には、焼き方について、ナマ焼けか、半焼きか、充分火を通すか、客の好みを聞かなければならなかった。それを忘れたのは、最長経験者として、大きな失態だった。

甲賀の母親は、その失態には気づかなかったが、藤倉サヨ子が、三時間前と、すっかり様子がちがってることを、見のがしはしなかった。

――どうしたというんだろう、あの娘は。

彼女は、首を傾けた。やがて、サヨ子は、二人の前に、ロール・パンをのせた皿を運んできたが、テーブルへ置く時に、音を立てるほど、扱いが荒かった。そして、一言も、口をきかなかった。

恭雄は、その不作法を冷笑して、母親の顔を眺め、さらに、隣りのテーブルに、眼を転じた。

そこでは、例のヨッパライが、定食時間がきても、平気な顔で、酒を飲んでいたが、さすがに、だいぶ酔ってきたらしく、眼つきが、トロンとして、上半身の動きも、怪しかった。恭雄は、安全区域のテーブルにいるので、遠慮なく、彼を眺めていたが、先方で、それに気づくと、

「フン、何も知らんで……」

と、遠くから、カラんできた。

「わしは、間もなく、この車を降りる。名古屋で降りる……」

彼は、大声で、宣言した。それを聞いて、大いに喜んだのは、酒棚の前に立っていた、食堂長だった。第二回の定食時間には、このジャマ者は、いなくなるらしいのである。

「わしの乗ってる間は、この車は、安全じゃ。しかし、降りた後は、知らんぞ。何が起こるか、わしは知らんぞ……」

彼は、明らかに、恭雄を脅迫するのが、目的らしく、彼に向って、ゲンコを振り上げるような、素振りを見せた。

恭雄は、キマリが悪くなって、慌てて、顔を車窓の方に向けたが、ヨッパライは容赦(ようしゃ)しなかった。

「わしのいうことを、信ぜぬ奴ほど、わしを軽蔑する奴ほど、今に、今に……」

彼は、いよいよ、声を大きくして、恭雄を罵(ののし)り始めた時に、意外な助け船が現われてきた。

前部の通路から、二人の青年が、ツカツカと、入ってきた。二号車に乗っていて、鉄道公安官が、要注意のマークをした三等客である。

「おい、どっか明いてるか」

G・I刈りの男が、デニムの細いズボンに、手をつっこんだままで、藤倉サヨ子に話しかけた。話しかけるというよりも、ど鳴りつけるという調子である。

「予約券を、お持ちでしょうか」

「何、予約券？　そんなの、要るのか」

「はア、さきほど、予約を承りに、係りの者がうかがった筈でございますが……」

「来やしねえぞ、そんなもん……」

　それで、彼等が三等客であることがわかった。第一回定食の予約は、二等車だけを、とりに歩いたのである。

「まことに恐れ入りますが、第一回の予約券をお持ちでないお客さまは、後の定食時間にお願いしたいんでございますが――」

「何いってやがんでえ。せっかく、ここまで、歩いてきたんじゃねえか。食わせろよ、何とかして……」

　もう一人の青年が、歯を剝き出した。この男の方が、もっと、乱暴者らしかった。

「はア、でも、ご予約の方で、一ぱいなんですから……」

「じゃあ、ここは、どうしたんだ。チャーンと、二つ、明いてるじゃねえか」

　彼は、甲賀親子のテーブルに、二つの空席があるのを、指さした。

「そこは、ほどなく、お出でになるかも知れませんので……」

「おれたちの方が、先きにきたんだぞ。この食堂は、おれたちにケジメを食わせるっていうのか」

　声が大きいので、騒ぎも大きくなった。食堂長が、しきりに、頭を下げて、二人をなだめた。そうなると、二人は、いよいよ居丈高になって、腕力でも振いそうな剣幕だったが、急に、水をかけられた火のように、シュンと、おとなしくなった。そればかりではない。二人は、眼配せをして、もときた道を、引き揚げていったのである。

何のことだか、わからなかった。誰も呆気にとられた。しかし、もし、その少し前に、岸和田社長と睦まじく食事をしていた例の美人が、ナプキンを床に落して、それを拾うために、イスを立ち上った時に、チラリと、二人の暴漢の方へ、眼をやったという事実があった。暴漢たちも、彼女を見た。しかし、それだけの事実で、暴漢の態度が、急変するとは、不可解であって、むしろ、彼等は公安官の出現でも、おそれたのかも知れない。

しかし、その時に、今までおとなしかったヨッパライ氏が、突然、口をききだした。

「全学連は、わしを恐れたな。わしが、ここにいるのを見て、シッポを巻いて、帰っていったわい、ハッハハ」

彼は、愉快そうに、笑い声をあげた。

「じゃが、これからは、あの連中の天下じゃ。わしは、名古屋で、降りるからな。後は知らんぞ、後は……。おい、姐さん、勘定をしておくれ」

東京駅から、腰かけ続けた重い尻を、彼は、やっと、もちあげた。

五分間停車

一

名古屋へ着いたのが、十七時二十三分。

秋晴れの美しい日も、ついに暮れて、市中の燈火、駅前大ビルのネオン、そして、フォームの明るさが、東京を出てから、最初の大都会へ着いたことを、知らせた。

〝ちどり〟の下車客も、相当あって、九号車だけでも、八つの席が空(あ)いたが、その代り、五人も乗ってきたから、今出川有女子(うめこ)は、忙がしかった。フォームでも、人の往来が多く、列車の後部へ駆けていく連中が目立ったが、恐らく、岡首相が展望車のデッキに現われて、ソツのない挨拶(あいさつ)でもしてるのだろう。そっちの方角は、黒山の人だった。そんなに、フォームが混雑するから、例のヨッパライ氏が、信玄袋をひっかついで意気揚々と階段を降りていく姿なぞ、誰も注意する者はなかった。

ここは、停車も五分間。

納屋橋(なやばし)マンジュウ。ういろう。干しキシメン。守口漬――と、駅売りの声も、何度か窓外を過ぎる。それに、特急の客ともなれば、停車時間にフォームを散歩するのも、ミエみたいなもので、その序(ついで)に、売店で何か買ってくるから、〝ちどり〟の停車駅で、一番、金の落ちるのは、名古屋かも知れない。

そして、ここで、機関士も、運転車掌も、交替する。慣れた区間を、慣れた人間が走らせるのが、安全だからだろう。

交替する機関士は、もう関東人ではない。下り〝ちどり〟も、名古屋で国境を越すようなもので、これから先きは、大づかみにいって、もう関西の領分である。

食堂車だって、ここで、水の補給を受けておかないと、タンクを空にする心配がある。しかし、第一回の定食時間が終るスレスレで、まだお客さんがテーブルに残ってるから、コック場も忙がしいのに、給水の手伝いをせねばならない。列車は止まっていても、コック場の中は、大混雑だった。

そこへもってきて、〝助さん〟の矢板喜一が、サボを始めたのである。当人としては、罷業的意志はなかったらしいが、豊橋駅前後から、体がいうことをきかなくなった。頭はボンヤリ、胸はモヤモヤして、働きたいと思っても、手が動いてくれない。溜息ばかり連発して、まるで、ツワリの起った妊婦のように、生気を失ってしまった。

料理ストーブの側に、シェリー酒の入ったビンが置いてある。口に管がついていて、酒が飛び出す仕組みになっている。ビフテキでも、ロースト・チキンでも、その他、大ていの料理に、これを振りかけるのは、〝助さん〟の役目である。チーフ・コックの渡瀬が、フライ・パンから皿へ肉を移すと、とたんに喜一が、シェリーを振りかけるのが、いつもの順序である。

さっきも、サーロインが焼け上って、皿へのせられた時に、喜一がビンをとって、茶色の液体を振りかけたのはいいが、いつまで経っても、止めようとしない。

「おい、喜イやん、何しとるんや。肉が、泳ぎ出すやないか」

と、渡瀬に叱られて、彼は、ハッとなった。

「す、す、済んまへん……」

一振りか、二振りすればいいものを、ビンをカラにするほど、注いでしまったのである。

ふだんなら、頭をドヤしてやってもいいのだが、渡瀬は、喜一をそんな心理におとしいれたのが、自分であることを知っているから、

「早よ、皿替えとけ」

と、いっただけだった。

そんな喜一の呆心状態は、いよいよ烈しくなって、名古屋停車中も、まったく、コック場の邪魔者でしかなかった。

「もう、お前は、仕事せんでもええから、隅の方へ、すッ込んどれ」

渡瀬も、しまいには、サジを投げた。

しかし、喜一としては、敗戦当時の日本人と同じことで、最大の権威と目標を、一ペンに真ッ黒く塗り潰されたのだから、虚脱に落ち入るのは、当然である。といって、戦場のように忙がしい、コック場の中で、隅の方へ引っ込んでもいられないから、給水の

手伝いでもしようと、開けられた裏ドアの方へ近づくと、パントリ助手の田所が、もうその仕事をやっていた。その側に、顔見知りの名古屋営業所の男が、線路の砂利(じゃり)の上に、シャガんでいた。食堂車で、物の欠乏を来(きた)した場合には、停車駅の営業所へ、途中から連絡して補給を受けるのだが、今日は、その必要はなかった。従って、営業所員も、手ブラだったが、喜一を見ると車の下まできて、話しかけた。

「おい、矢板君、こっちの調理部は、すっかり結束ができたぞ。君の方は、どうだ?」

名古屋営業所で、ベース・アップの争議が始まってることは、従業員の誰も知っていた。東京や大阪が、すぐ呼応しないので、名古屋のリーダーは、ヤッキとなっていた。

喜一は、返事をする気力もなかった。すべては、遠い世界の出来事のように、興味がなかった。

「おい、聞えんのかい、矢板君……」

営業所の男は、気を悪くして、声を高めた。

それでも、喜一は、答えなかった。

すると、給水を手伝っていた田所が、営業所員の側へやってきて、

「あんた、うちの〝助さん〟に、何いうたかてあかんで」

「なぜだい」

「もともと、うちの〝助さん〟は、封建的なんや。チーフはんに仕(つか)える徒弟(とてい)意識で、頭の中一ぱいの男やよって……」

田所は、仕事がグズで、服装が不潔で、いつも、渡瀬から叱言を食ってるが、年が一番若いだけに、理窟ッぽくて、コック場随一のインテリだった。

「いや、チーフだって、雇傭者なのだから、共に、戦列に立って貰えば……」

「いや、もう、資本家が敵ちゅうことが、どないしても、わからへんのやからね。まだ、東京の連中は、眼ざめとるが、大阪所属ときよったら……」

と、田所は、先覚者の嘆きを洩らしたが、喜一は聞えたのか、聞えないのか、相変らず、無表情で、ドアのところに立ったままだった。

「それにやな、うちの助さん、目下、個人的恋愛で夢中なんや。この列車の会計はん、知っとるやろ、田中絹代に似とる……」

「うん、うん」

「あの娘に、惚れられとって、文句ないはずやのに、今度は、ミス・ちどりを、追いかけよって……」

と、田所は調子に乗って、シャベリかけたとたんに、ドサンと、重量の落下物があった。車の上から、喜一が飛び降りてきたのである。

飛び降りただけならいいが、満面朱をそそいで、仁王のような巨きな男が、何が叫ぼうとして、生来のドモリが、昂奮のあまり、一語も発せられなくなったのを、更に怒って、腕力に訴えたのだから、たまらない。田所の体は、〝ちどり〟の機関車に跳ねられた、三輪トラックのように、すっ飛んでしまった。

二

一方、食堂車の中でも、いろいろのことが起きていた。

第二回の定食時間が、終りに近づいたので、気の早い第二回の予約者が、ポツポツ入ってきて、ウエートレスの神経もいらだっていた。

それなのに、甲賀親子は、容易に、席を立とうとしなかった。いや、息子の方は、デザートも食べ、コーヒーも飲み終って、早く、九号車へ帰りたがって、モジモジしてるのだが、おふくろさんが、ネバリ出したのである。彼女は、プルニエ定食のボイルのヒラメを、できるだけ手間をかけて、骨から身をはなし、魚用フォークの上にのせて、口のあたりへ持っていったかと思うと、また、皿へもどしてみたり、時をかせぐことに専念したのは、どうも、藤倉サヨ子の挙動が不審で、真相をつきとめたかったからである。いつも、模範的に愛想がよくて、サービスの行き届く彼女が、急に、ムッツリして、口数をきかなくなったばかりでなく、まるで、見習いウエートレスのように、皿の置き方、持ち運び方が、乱暴なのである。

——おかしいわ。まるで、人間が変ったようじゃないの。ことによると、急に、サワリにでもなったのか知ら。

そこは、女だけに、ウガった観察も、生まれるのであるが、何しろ、明日は、京都から大阪へ出かけて、サヨ子の実家を訪ねようという決心なのだから、セガレの未来の嫁の突然変異に対して、気がもめること、一通りではない。そして、一刻でも長く、席にネバっていれば、何とか、原因がつかめそうに思えて、

「あたしは、ケーキが食べたくなったから、別に、持ってきて頂戴」

と、追加註文まで、始めたのである。

　そして、彼女が、極めて速度を落して、ケーキを食べてるうちに、列車は、名古屋駅へ入ったわけであるが、車が止まりかけると、幾組もの客が、席を立ち出した。実際、動いてればこそ、食堂車であって、フォームに止まっても、パクパク口を動かしてるのは、何となく、工合が悪い。

　岸和田社長と、例の美人も、お揃いで、チキン定食を註文したのだが、話に夢中になって、添物(そえもの)のサラダに、手が回らないうちに、名古屋近くになった。

　岸和田は、慌(あわ)てて、

「まだ、コーヒーがくるんやけど、もう、去(い)のやありませんか」

「まア、何か、お急ぎのことでも……」

「いや、なに、網棚の上のカバンが、気になりますんや。停車中は、よう、悪い奴が入ってきますよってな……」

「でも、秘書さんが、見張ってらっしゃいますでしょう」

「どうだすか、あいつ、気のきかん男で……。金は、わしが持っとりますが、重要書類は、カバンに入れときましたんや。他人には、一文にもならんものやけど、今度、東京

で手に入れた認可証や、その外、会社に大切な書類が、入っとりますんや」

「そうでございますか。それでは、早く、お帰りになった方が、よろしゅうございますわ……。ちょいと、あんた、お勘定……」

美人は、通りかかったウエートレスに、声をかけた。

「あきまへん、そないなこと。今度は、わしに、払わして貰わんと……」

岸和田は、大急ぎで、内ポケットから、紙入れをとり出した。

「今度はと、おっしゃいますけど、わたくし、何も……」

「いや、先刻、結構なコニャックを、頂戴したやおまへんか」

「まア、何てお堅いことを……ホッホホ」

美人が、笑ってる間に、社長は、モロッコ革の紙入れから、千円紙幣が何枚もあるのに、一万円紙幣を、抜き出した。社長ともなれば、ちょっと旅行をするのに、一万円紙幣が五十枚ぐらい必要なのか、革の財布のふくらみは、辞書のように、厚かった。そして、その厚さを、女性の前で誇示したくなるのも、働きある男の人情だろう。彼は、ウエートレスが、釣り銭を持ってくる間、紙入れを開けたままで陳列していた。果して、美人は、うらやましそうに、ジッと、革の間を覗き込んでいたが、彼女も、金融業者として、これだけの金を遊ばせて置かずに、天引き三割に回したらと、計算を始めたにちがいなかった。

そして、二人が、ソソクサと、九号車へ帰っていくと、第一回の客は、甲賀親子だけになった。

「お母さん、もう、そろそろ、行きましょう」

恭雄（やすお）は、我慢ができなくなった。

「まだ、食べてるんですよ、あたしア……」

「だって、後のお客が、ドシドシ詰めかけてくるじゃありませんか」

「かまいませんよ。ものは、ゆっくり食べないと、胃にさわりますからね」

そういいながらも、ケーキのフォークは動かさないで、会計台からテーブルへと、藤倉サヨ子の往来する後に、眼が追っていた。

彼女も、第一回の予約客の勘定を、やっと終ったと思うと、二回目の客の註文を聞きに歩かねばならず、この替り目は、一番忙がしい時であった。しかし、彼女の身の動きは、いつもほど敏捷（びんしょう）でなく、顔つきも、心臓のムクミでもできたように、光沢を失って、フクれていた。

そこへ、展望車から、至急の註文があった。岡首相の一行の用命らしいので、ビールに冷肉五人前という註文は、即座に整えられた。ビールとコップは、展望車ボーイの広田が持ち、料理の皿は、本来なら食堂長自身が持っていくべきであるが、女の方が総理大臣の気に入るだろうと、妙に気をきかして、ピカ一の藤倉サヨ子を、派遣することになった。

気の進まない彼女も、仕方なしに、新しいダスターを腕にかけ、皿ワクを入れた五人分の皿を、両手に抱えて、ハッチから通路へ出ようとする時だった。どうしたハズミか、彼女は、甲賀の母親の腰かけたイスに、足をひっかけて、前へつんのめった。

「キャア!」

声をあげたのは、彼女ではなくて、他のウエートレスたちだった。皿は砕け、肉は飛び、食事中のすべての客が、驚いて立ち上る——というような大失態を、誰あろう、彼女等の部隊長が、演じてしまったからである。

それは、コック場の裏扉から、喜一が飛び下りて、田所を殴りつけたのと、ほとんど同時刻だった。

ミス

一

〝ちどり〟は、定時に、名古屋駅を発車したが、食堂車に関する限り、別な列車に乗替えたように、空気が変ってしまった。

ウエートレスたちは、全部が、悲しい表情を、浮かべている。食堂長さえも、苦りきった顔で、口をへの字に結んでいる。彼は、藤倉サヨ子の過失があったので、代りの冷肉の皿を、自分自身で、展望車へ届けてきたのだが、もう、その時には、壊れた皿の破片も、きれいに取りかたづけられ、一見、何事もなかった様子だった。しかし、一分もたたないうちに、何ともいえない、重苦しい空気が充満してるのを、気づいた。

といって、ウエートレスたちは、いつもと同じように、忙がしく、ハッチとテーブルの間を往復して、働いていた。機械としての働き振りは、少しも、変らなかった。ただ、若い娘としては、もちまえの明るさとか、ハツラツさとかを、どこかへ置き忘れてきた、顔つきなのである。

仕事の上の過失のことを、彼女等の仲間では〝ミス〟と呼ぶ。見習い時代は、ミスの連続である。フォークを床に落したり、コップをひっくり返したりするが、

「また、ミスやってしもた……」

と、後でペロリと、舌を出せば、済んでしまう。尤も、破損の場合、罰則として、その価格の幾分を、ウエートレスが弁償する場合もあるが、べつに、大したことではない。スープを、お客の頭から、ブッかけてしまうような大ミスは、めったにあるものではない。そして、ミスを怖れていては、仕事にならないほど、定食時間の彼女らは、戦場の忙がしさなのである。

それなのに、彼女たちが、藤倉サヨ子のミスに対して、こんな、重苦しい、悲しい気持になるのは、どうしたことだろうか。

——見とられんわ。どない術（じゅつ）ない気持やろ。

彼女たちは、会計さんの心中を推（お）しはかって、そんな気持になるのである。藤倉サヨ

子は、曾て一度もミスをしたことのない女として、評判だったのである。

「こないしたら、ミスせんわ」

「こないな気持でおると、決して、ミスせんものよ」

彼女は、いつも、新しい見習いウエートレスを、そういって、教育していた。その彼女が、自分で、大きなミスをやってしまったのである。

勿論、上手の手から水が洩るというコトワザもあって、ただ、ミスをやっただけでは、いくら人望があったにしても、彼女に対して、こうも同情が集まる道理はなかった。しかし、ウエートレスたちは、会計さんの胸中を、よく知っていた。喜イやんに対する気持も、甲賀の母親のことも、今出川有女子のチョッカイも、みんな知っていた。そして、会計さんの心が、麻のように乱れるのは当然であり、従って、ミスをするのも当然であると、女ごころの同情が、集中してきたのであろう。

一番古参のウエートレス加山キミ子なぞは、皿の持ち運びをしながら、頭の中では、推理小説家のような判断さえ、働かせていた。

——あれは、ミスやないかも、知れんわ。会計はんは、わざと、あないことしやはったんとちがうか。

彼女は、そこまで、同情心を高めた。

会計さんのような熟練家が、料理の皿を落すようなミスをするわけがない。あれは、煩さくつきまとう甲賀の母親から、愛想をつかされたい策略なのではないか。あんな醜態を見せれば、嫁に欲しいという執念を、あきらめるかも知れない。そこで、会計さんが、芝居を打ったのであろう。その証拠に、彼女は、甲賀の母親のイスにつまずいて、その眼の前で、皿は砕け、肉は飛ぶという大醜態を、演じてみせたではないか——

そういえば、彼女は、ミスをやった時に、わりと、冷静であった。

「飛んだ粗相をいたしまして、相済みません」

起き上って、すぐ姿勢を正して、周囲の客に詫びた態度も、他のウエートレスと共に、手早く、乱れ散ったものを、とりかたづけた様子も、少しも、悪びれたところがなかった。長年の勤務中、最初のミスを演じたのなら、も少し、取り乱してもいいようなものだった。

といって、彼女が、わざと、そんな芸の細かい芝居を打ったとも断定できなかった。皿を壊したぐらいで、甲賀の母親が断念するか、どうか、知れたものではないからである。

ただ、重苦しい空気の中で、彼女だけが、影響を受けてないように見えた。彼女の顔色は、青ざめていたが、伝票を見る眼も、金銭を算える手つきも、平素と変りがなかった。むしろ、ミスする前より、落ちつきをとり戻したようだった。

「毎度、ありがとうございます」

甲賀の母親の前に、釣り銭を持って行った時も、静かな微笑が、頰にただよっていた。

二

コック場の方でも、空気は、まったく一変してしまった。

定食時間中の忙がしさを、食堂従業員は、戦場のようだとか、戦闘開始とかいうのが、口癖だが、眼の回る忙がしさは、そのとおりだが、まるで、サイレント映画の戦争場面のように、誰も、口をきかないのである。

「ええ、P二！」

「特A、一つ！」

ウエートレスが、通し窓へきて、セルロイドの札を出すと共に、そう声をかける。Pがプルニエ定食、特Aはテンダーロイン定食の略称だが、そう通じれば、配膳係りが、了承（りょうしょう）の声を出すのが、通例である。それを、誰も、何とも答えない。聞えないかと思うと、通し札は、チャーンと、規定の場所に運ばれる。

誰も、声を発しない。ただ、肉を焼く音、皿を動かす音、水の音などが、車輪の響きに、混（まじ）るだけである。そのくせ仕事は忙がしさを通り越して、死にもの狂いである。チーフ・コックの渡瀬と、パントリの若山だけしか、働く者がない。いつもは四人で働くところを、二人でやるのだから、倍以上、手が掛かるのである。

コックの〝助さん〟と、パントリの助手とが、取っ組合いの喧嘩を始めて、やっと、引き分けたとたんに、発車ベル。喧嘩する者も、仲裁人も、名古屋に残されては大変だから、すぐ、車へ飛び乗ったが、腕力に負けた方が、口が達者で、社会主義もカジってるから、容易にオサまるものではない。

「チーフはん、言論の自由を、ぼ、暴力をもって……」

と、田所は、喜一のおカブを奪って、ドモるくらい昂奮して、渡瀬に訴えた。ドモリの本尊の方は、まったく、口がきけなくなって、ブルブル体を震わし、またもや、手を振り上げそうな気色である。

「よさんか。お前ら、勤務中に、何ちゅうことや」

渡瀬は、きびしく、叱りつけた。

「ぼくは、勤務中や思うて、低姿勢でおると、こやつ、ええ気になって、頭ドヤしつけよりましたんや。チーフはん、こやつのような帝国主義者と、ぼく、一緒によう働きまへん」

「そうか。わかった。しかしな、今は、定食時間やよって、後に話つけたるわ」

「いや、即時解決して下はらんうちは、ぼく、就業しまへん」

「お前、人の足もとを見よるな。よッしゃ。それやったら、もう、働かんでええ。勝手に、遊んどれ」

渡瀬は、こわい眼つきをした。

田所は、フクれて、隅の方へ引っ込んだが、喜一に対しては、喧嘩の前から、すでに、隅へ引っ込んどれと、申し渡してある。この際、それを、取消すわけにもいかない。

そんなわけで、コック場では、二人の助手を失い、そうでなくても、切りつめた人数なのだから、まったくのテンテコマイ。口はきかなくても、渡瀬も、パントリの若山も、額からボタボタ汗を流して、千手観音のような働き振りを見せてる。しかし、それでも、仕事が停滞するのは、是非もなく、

「さっきのP一、まだですか。お客さんが、せいとられますわ」

と、通し窓に、ウエートレスが、催促にきた。

「なんぼ、せかれても、体は一つ、手は二本……」

若山が、配膳台で、ヤケ気味の返事をした。

どうも、コック場の様子がおかしいと、そのウエートレスが、食堂長に報告した。

食堂長が、すぐ、コック場の入口から、姿を現わした。

「チーフ、何ぞ、あったんか」

「いや、もう、ムチャクチャにござります」

漫才の口調を真似て、渡瀬が苦笑を浮かべながら、大略を話した。話す間も、フライ・パンから、手の放されぬほど、仕事が溜っていた。

「悪い時に、喧嘩始めよって……」

と、食堂長は、舌打ちしながら、喜一の方へ近づいた。

「なア、矢板君、あまり、チーフに世話やかしたら、あかんで。夕定食の時間いうこと、忘れんでな……」

「へ、へい。チーフはんさえ、こらえて下はったら、すぐ、働かせて貰います」

喜一は、教室の隅に立たされた小学生のように、手の甲で、流れ出る涙を拭った。彼も、田所を殴ってから、よほど、心境が変ってきたらしい。

「あんたが、働くないうたんか」

食堂長は、不審そうな顔だった。

「いや、これには、いろいろワケがあるんやが、まア、ええわ。喜イやん、仕事する気あるのやったら、お前の好きにせいや」

渡瀬の言葉は、回りくどく、実意を包んでいた。しかし、それは、すぐ、喜一に通じたようだった。

「へ、へい。すッ、すッ、済んまへん……」

彼は、飛ぶようにして、料理台に近づくと、折りから、渡瀬が焼き上げた、二人前のテンダーロインに、手早く、シェリー酒を振りかけた。今度は、正確に振りかけたから、分量も、ティ・スプーン半杯ぐらいで済んだ。

これで、〝助さん〟の方は、かたづいたので、食堂長は、配膳室の方へ回って、田所の説得にかかった。

「なア、田所、君もいい分は、いろいろあろうが、皆がキリキリ舞いしよる時や。機嫌直して、働いたらどうや」

「食堂長さん、この取扱いは、不公平やおまへんか」

「なんで？」

「なんでいうて、暴力をふるうたのは、矢板君だっせ。ぼく、被害者だっせ。それやのに、犯人を何ら所罰することなく、被害者と同様に……」

「わかっとるがな。そないなことは、大阪着の上で、解決つけたるわ。今は、お客さん第一や。早よ、働いてや」

「いや、こないな時やないと、ぼくの主張、貫徹せんです。名古屋の同志の立ち上ったのも、元来、会社が……」

と、この忙がしい時に、アジ演説をやられては堪らないので、食堂長も、腹を立て、

「もう、ええ。君は隅へすっこんどれ」

と、チーフ・コックと、同じことを、いい出した。始めから、隅へ引っ込んでるのだから、田所も、行先きがなかった。

食堂長は、決心して、上着を脱いで、壁の釘にかけた。白シャツに、黒の蝶ネクタイで、ちょっと、バーテンに似た姿になったが、今度は、腕まくりをして、

「さア、わしが手伝うで……」

と、勇ましく、配膳台の前に立った。

彼だって、昔は、パントリ見習いで、会社へ入ったのだから、仕事にマゴつくことはなかった。むしろ、グズの田所より、手際はよかった。

やっと、コック場の機能も、順調にかえって、お客の催促の声も、聞かれなくなった。

一つには、喜一の馬力のかけ方が、すごかったせいもあるだろう。

彼は、東京駅出発の時と、同じように——ことによったら、それ以上な一心不乱さで、働き始めた。暫時休止したために、ひどく調子がよくなった機械に、似ていた。といって、胸の中のモヤモヤが、少しだって、取り除かれたわけではないのに——

客の註文も、次第に、少くなってくると、ヤレヤレといった調子で、食堂長が、配膳台の向う側から、渡瀬に話しかけた。

「ほんまに、今日は、ケッタイな日やったなア。この列車、ケツネでもつきよったんかいな」

「なぜや」

「コック場では、えらくモメよるし、食堂は食堂で、珍らしいこっちゃが、会計はんが、えらいミスしよって……」

「へえ、釣り銭でも、よけい出したんかいな」

「それどころかいな。名古屋停車中に、コールド・ミートの皿持って、コケよったんや」

「えらい音がしよったが、藤倉はんがやったんか。そらア、滅多にないことや。わしの組になってから、一度も、ミスなしやったが……」

「いや、入社以来一度もないのや。ミスしようかて、でけん女ゴと、思うとったが……」

「わからんもんやな」

「わからんもんや」

一心不乱に働き出した喜一が、その時、仕事の手を休めて、耳を傾けていた。

ゴミカン

一

もう、日はトップリ、暮れてしまった。

車窓は、黒い幕を張られたようで、外の見晴らしもきかなくなったし、食堂で腹ごしらえはできたし、旅客も、そろそろ、下車駅のことを、考え始めた。

次ぎの停車駅は京都で、岡総理一行をはじめ、そこで降りる人は、沢山ある。特急半日の旅も、終りに近づいてきた感じで、カバンの整理をする人もあり、大アクビをして、下車を待ちかねる者もあった。

岐阜、大垣も、パッと明るく、フォームが眼に映って、また、パッと通過したが、その頃、上りの第二〝いそぎ〟とすれちがった時には、赤とクリームの線が、瞬間の幻で、消えてしまった。まったく、速い。七時間半と六時間五〇分の特急が、すれちがったのだから、将来の三時間超特急に乗ったのと、同じスピード感である。

しかし、旅客の大部分は、何も、気づかなかった。気づいた者も、特急の旅に飽きてきたので、かくべつの興味はなかった。そして、また、アクビの連発となったのだが、その時分、甲賀の母親は、ふと、前の席の二人連れの会話に、聞き耳を立てた。

実は、それまで、彼女は、思案にふけっていたので、人の話どころではなかったのである。藤倉サヨ子が、眼の前で、あんな失敗を演じたので、

——ああ見えて、あの娘は、案外、ソソッカシイのではないか知ら。うちには、大切なお茶道具が、かなりあるけれど、あの調子で、ガシャンとやられちゃ、たまらないね。

と、いささか将来が案じられ、女だてらに、腕ぐみをして、考え込んでいたのである。

ところが、前のシートで、会社員らしい二人の男が、ヒソヒソ話してるのは、

「冗談じゃないよ、ほんとかい?」

「それア、わからん。デマであることを、希っているが、とにかく、対手は、全学連だからね。岡と全学連は、吉良上野と四十七士の関係みたいなもんだから、いつ討入りがあるか、予断を許さんよ」

「討入りは、お勝手だが、近所に迷惑を及ぼさないように、やって貰いたいよ。この列車の中で、事件を起されたら、何しろ、時速七三キロで、飛ばしてるんだからね。どんな惨事になるかも、知れないよ」

「それがね、前部の三等車あたりが、怪しいというんだ。時限爆弾のようなものでも、しかけてあるんじゃないか、と……」

「だって、君、若い革命家が、いかに勇猛なりとしても、列車を爆破すれば、自分の命も、スッ飛ぶんだぜ」

「いや、名古屋で下車するテもある。時限爆弾だけ残して……」

「そうか。すると、犠牲者は、おれたちだぜ。おれは、日米条約なんて、賛成でも、反対でもないんだ、自分の安全保障の方が、忙がしくて、あんな問題、どうでもよかったんだ。そういう穏健な人間を、巻添えにするつもりか」

「ぼくを、責めたって、しようがないよ。ぼくだって、政治不感症で、天下の良民だよ。総理と心中なんて、まっぴらごめんだ」

「逃げるなら、今のうちだが、特急から飛び降りれば、やっぱり、命はないしな……。一体、君は、そんな話を、誰から聞いたんだ」

「誰だか、わからないが、ぼくが、さっき、便所へいってる時に、扉の外で、ヒソヒソ話してる奴があるんだ……」

と、半分は冗談、半分は臆病風に襲われてるらしく、時々、声がウワずった。

甲賀の母親も、それを聞いて、ギョッとしたが、よく考えてみると、その不穏なデマは、名古屋まで食堂車にネバっていた、奇妙な酔漢の言葉から、発生したにちがいなかった。

あの時は、酒で身を持ち崩した貧乏人のタワゴトと聞いていたが、こうやって、車中の客が騒ぎ出してみると、少し、気になってきた。

「恭雄さん、聞いた？」

彼女は、ソッと、息子に話しかけた。

「ええ。でも、問題にすることはありませんよ」

「そんなら、いいけどね。あたしは、何だか、気味が悪くなってきたよ」

「バカな。群集心理に巻きこまれるのは、最も恥かしいことです」

恭雄は、学者らしく、落ちつきを見せた。現代は、デマの時代であることを知らなければ、新聞一つ読めはしない。

その上、彼は、べつなことで、頭が一ぱいだった。さっき、食堂から帰ってくると、特二のシートの背についてる、ビニールの袋の中に、折り畳まれた、小さな紙片が入っていた。そこは、挿し込みテーブルや、雑誌や新聞の入れ場に、使われるので、彼の読みかけのドイツ語の雑誌が、斜めに挿し込んであるのは、彼の仕業であるが、その下の小さな紙片は、心覚えがなかった。

何心なく、彼は、それをとりだして、拡げてみると、鉛筆の走り書きながら、忘れられない、今出川有女子の筆跡だった。彼は、母親に知れないように、体をねじ向けて、座席燈の射光で、文字を読み下した。

同じ車中にありながら、しみじみお話もできないなんて、あたしの胸の中を、お察しあそばせ。

ああ、こんな勤務も、もう長いことありません。〝ちどり〟は声も悲しく、そのうち死んでしまいますもの。そして、あたくしはどこへ行くのでしょう。だって、あなたのお言葉が、あまり優しくて、あたくしには信じられないんですわ。

もっと具体的に、そして、確約的なお声が聞けたら、あたくしの小さな胸は、きっと、休まりますわ。

京都には、いつまでご滞在？　お宿はどこ？　あたくしのお休みは、明後日から二日間ですわ。もし、静かな東山の裏道でも、ご一緒に歩けたら……。

ご返事は、九号車のゴミカンへ。

悩める、U

そういう手紙を、受けとった直後だから、恭雄も、列車爆破なんて、荒唐無稽のデマには、耳が傾かないのである。

それよりも、東山の寺々へ通ずる静かな道を、有女子と手をたずさえて、歩く希望で、胸が一ぱいである。

母親は、大阪へ行くとかいっているから、なるべく、その日を、有女子の休暇の日と一致させて、京都で彼女と語り、具体的で確約的なところへ持っていけたら、今度の旅行は、大成功となるではないか。

〝ちどり・ガール〟は、一往復毎に、非番の休み日があり、もう一往復すれば、非番日と公休日が続いて、二日間の連休となるので、彼女が京都へくることは、難事でなかった。休暇が多いということが、〝ちどり・ガール〟の特権で、それ故に、志望者が多いといえるのである。

恭雄は、内ポケットから、手帳を出して、一枚を割き、返事を書き出した。

「恭雄さん、時限爆弾の方は、大丈夫かね」

母親は、まだ気になると見えて、息子の顔をのぞき込んだ。

「うるさいですね。いま、論文のアイデアを、メモしてるところだから、黙って下さいよ」

二

人目を忍ぶ恋路というものは、切なく、悲しいのが常で、お染と久松なぞも、どんなにか、心を砕いたと思われるが、その代り、恋知らぬ者には、考えつかぬような智慧も、生み出すのである。

今出川有女子が、多数の乗客の眼につかぬように、座席の物入れ袋に、ラブ・レターを忍ばせたというのも、天晴れの智慧であったが、更に、恭雄からの返事を、ゴミカンの中に入れて置けと、指定したに至っては、頭のよさに、舌を巻く外はないのである。

各客車をつなぐデッキの隅に、円筒型のブリキ缶が置いてあるのを、気のつく旅客は少いかも知れぬが、あれも、欠くことのできぬ、急行列車の備品である。日本人旅客の習性で、紙屑といわず、ミカンの皮といわず、やたらに、その辺に散らかす。鈍行列車だったら、停車の長い駅で、車外に掃き出すこともできるが、〝ちどり〟のような特急では、そうもいかない。といって、不潔を放置できないから、〝ちどり・ガール〟が小箒とゴミトリを持って、始末をしては、デッキのゴミカンに入れるのである。この仕事とモップがけは、彼女等にとって、最もうれしくないものだが、メレボの肩書からいって、回避を許されない。

従って、彼女たちがゴミカンの蓋をあけることは、誰に怪しまれる所業でもなく、また、受持ちの車に一つ宛ゴミカンがあるのだから、そこに何を入れて置いても、他の〝ちどり・ガール〟の眼にふれる心配はない。

しかし、お客さんがゴミカンの蓋をあけては、ハシタないだろうというのは、昔のことで、今は反対である。近頃は、モデル列車というものがあって、旅客の日本人的習性の反省をうながすことになってる。ステテコを人前に出すとか、前の座席に脚をのせるとか、勝手にトランジスター・ラジオを鳴らすとか、やたらに屑を散らかすとかは、禁断であって、旅客専務車掌が注意して差支えないことになってる。

そういう世の中になってきたのだから、一人の旅客が、紙屑のようなものを、座席の下に投げ捨てず、自ら、デッキのゴミカンへ持っていくというのは、天晴れな、紳士のタシナミである。専務車掌がそれを見たら、挙手の礼でも行いたくなるかも知れない。

まったく、今出川有女子の智慧は、空恐ろしいほどであるが、何といっても、ゴミカンであるから、食べ残しの弁当とか、果物の皮とか、多少臭気をともなうものが、内容となってるのは、やむをえない。そこを、ラブ・レターのポストに代用するのは、殺風景であるが、そこが、人目を忍ぶ恋路の切なさであろう。

それにしても、彼女が急に、甲賀恭雄に働きかけてきたのは、岸和田社長が、美人旅客に悩殺されて、食堂へ同伴したことの腹癒(はらい)せだろうか。或いはまた、今夜、大阪駅で彼女と待ち合わせるはずの佐川英二よりも、恭雄の方に、主力をそそぐことに、方針を改めたのだろうか。頭のいい美人の胸中というものは、凡慮(ぼんりょ)の及ぶところではないのである。

とにかく、恭雄は、すっかり元気づいた。気に入らない花嫁候補者は、大ミスを演じて、母親の信用を損じたようであるし、意中の今出川有女子は、京都に於(お)けるデートを望んでくるし、急に、旅行が愉しくなってきたのも、当然である。そして、イソイソと、秘密通信の文章を書き終ると、それを四つ折りにして、手の中に握って、席を立ち上った。

「あら、どこへ行くの」

母親が、首をあげた。

「ちょっと、便所……」

「食堂の帰りがけに、行ったばかりなのに……」

母親は、息子の泌尿器(ひにょうき)のことを、心配したが、彼は、平然として、通路を進んだ。

その行手に、岸和田社長の後頭部が、座席燈に輝いていた。彼も、隣りの美人と、また、コニャックを飲み始めたらしく、挿し込みテーブルの上に、壜とコップが置いてあり、顔は、ゆでダコのように、赤かった。

――ふん、低級な奴等が……。

恭雄は、あふれる優越感をもって、その側を通り過ぎた。

母親に、そういった手前、ともかく便所へ入ろうと思ったが、いい工合に、使用中の標識が出ているので、すぐ、デッキへ出た。ゴミカンは、薄暗い隅に、うずくまっていた。

彼は、紙屑を捨てる行儀のいい紳士として、蓋をとったが、とたんに、甘酸っぱい匂いが、鼻を打った。ゴミカンも、体裁を考えて、以前より小型になった代りに、下りの〝ちどり〟では、米原付近で一ぱいになってしまう。今日も、九分通りの入りで、ひしゃげた折詰めや、黄色いミカンの食べカスや、得体の知れぬ濡れ紙なぞが、充満している。それらが、蓋をされて、ムレたので、こんな異臭を発散するのだろう。その上へ、恋しき人におくる玉章を載せるのは、情として忍びなかったが、なるべく乾燥した、つまみ易い箇所に、ソッと、紙片を置くより、方法がなかった。

蓋をすると、彼は、急いで、洗面所へ駆け込んだ。黴菌恐怖症の彼は、水シャボンを沢山、手にふりかけて、入念に手洗いを始めた。

五分間も洗って、やっと、気が済んで、手を拭いてると、洗面所の外で、誰か、ヒソヒソと、立ち話をしてる声が、聞えた。

「おい、どうだ、様子は？」

「うん、そろそろ、始めるだろう」

「早く、やっちまわねえかな、シビレが、切れらア」

凶　兆

一

関ケ原、醒ケ井（さめがい）――そのあたりの山峡を、走り抜ける時は、夜気が、冷え冷えと、車窓に迫り、ヒーターを入れて貰いたいほどだった。関西という語は、このあたりから西を指すのだろうが、米原（まいばら）は、その入口でもあろうか。線路沿いの家々も、暗い視界のうちにも、ハッキリと、関東と異った建て方が、認められた。〝ちどり〟の旅路も、終りが見えてきて、京都までだったら、後一時間を要さないから、いつもだったら、気の早い人は、下車支度にかかるのである。

「お定食の時間も、終りまして、軽いお食事、お飲み物も、とりそろえてございます。まだ、京都、大阪までは、よほどご時間もございますから、皆様のお出でを……」

と、この辺で、食堂のアナウンスがあるのだが、席を立つ者は、至って少いのが、常だった。食堂側としては、よほどお時間があるらしいが、お客の方は、気分的に、そんな余裕がない。

しかし、今日のザワつきは、いつもと、ちがった急迫さがあった。食堂のアナウンスは、食堂長のシワがれ声で、行われたが、いかにも義務的で、文句も短かった。

実をいうと、食堂長も、少し度を失って、アナウンスを忘れていたのだが、専務車掌から、

「食堂従業員は、特に注意して、平素と変らないように、冷静に頼みますよ」

と、いわれてから、やっと、アナウンスのことを、思いだしたほどである。

この列車が、京都へ着くまでの間に、不穏な事件が起るというデマは、いつともなしに、車中の全部に、伝わってしまった。尤も、デマはいろいろであって、岡首相を狙う全学連が、時限爆弾をしかけたというのが、大部分であるが、電気機関車のブレーキがきかなくなって、どこまで走るか知れないので、京都駅の近くで、土嚢を積んで、進行を止めるというのや、琵琶湖の中心に、地震が起って、津波が瀬田川鉄橋を押し流したというのまで、まことしやかに、伝播しつつあるのである。

勿論、今日の〝ちどり〟に、オッチョコチョイで、慌て者の日本人ばかり、乗り合わせたわけではないが、速い乗物に乗る時は、潜在的な不安が、どこかで、働いているらしい。一番速い乗物の飛行機へ乗れば、途中は大丈夫かと、誰しも、一応の心配をする。特急は、その次ぎに速いから、やはりノンキにもしていられない。それに、もう夜の暗

いかと、底に沈んだ不安が、大きな黒い鯉のように、水面へ浮かび上ってくる。これは、不可抗力であって、最高学府を出たとか、模範的良識の父親だとか、平素の肩書きは、通用しないのである。

甲賀恭雄なども、群集心理学の勉強もしたのだから、デマに動かされるわけもないのだが、車内のザワつきは、気味が悪かった。尤も、口から口へのデマだけだったら、彼も、平然と聞き流したかも知れないが、さっき、洗面所の中で、ふと、耳にした声が、気にかかるのである。

「早く、やらねえかな」

「シビレが切れらア」

というような、下賤な言葉使いの末に、

「京都へ着くまでに、やっつけねえと、仕事にならねえぜ。もう、一時間もねえんだ。こっちで、口火をつけてやろうか」

と、不穏な一語を、聞いてしまったのである。

――何を、やるのか。何の火を、つけるのか。

恭雄は、その時から、臆病風に襲われてしまった。

無論、それだけのことで、列車爆破の陰謀が行われてると、推定は立たない。〝やっつける〟ということは、〝行動する〟の意であり、〝口火をつける〟ということは、〝端緒を起さしめる〟の義であるから、ダイナマイトと直接関係ありとは、断言できない。しかし、この列車に、何事をか謀み、京都着以前に、悪事を敢行せんとする徒党が、乗り込んでることは、確かである。それに、恭雄は、食堂車で、気味の悪い酔漢の予言を、サンザン聞かされていた。

——とにかく、不穏なことが、行われるらしい。それは、恐らく、岡総理を狙って起される行動であろうが、運命は、われわれにも波及してくるだろう。しかも、その行動は、九号車内で、起されるかも知れない。

恭雄が、そう判断したのも、ムリはなかった。なぜかといえば、洗面所の外の二人は、どうやら、九号車の通路ドアから、内部を窺いながら、そんな会話を交わしてる様子なのである。

恭雄は、そう考えただけで、体はブルブル、脚はガタガタして、とても、外へ出て、その人物をたしかめる勇気はなかった。しかし、誰か、ドアを開けて、出てくる気配がしたらしく、外の二人は、サッと、身を翻して、食堂車の方へ、姿を消した。洗面所の入口から、恭雄は、辛うじて、その後姿を、眼に捉えることができた。

二人とも、ハデなスポーツ・シャツを着ていたので、その色と模様に、見覚えがあった。それは、第一回の定食時間に、三等車から食堂へやってきて、予約券がないのに、食事をさせろと、ウエートレスに食ってかかった、あの二人にちがいなかった。

二

恭雄は、席へ帰ったが、別人のように、緊張した表情になっていた。先刻、席を立った時には、恋と希望にふくらんでいたが、十分間もたたないうちに、意外な事態を迎えたのである。恋も、希望も、生命あっての話で、列車顚覆の騒ぎでも起きたら、軽く済んでも、ビッコをひかねばならず、東山の散歩も、不可能ではないか。

「ずいぶん、長いお便所だったのね」

何も知らないから、母親は、ノンキな質問を発した。

「いや……時に、お母さん、その後、何も聞かなかったですか」

息子の方から、会話を求めるのは、珍らしいことだった。

「何もって、何を？」

「さっき、この人たちが話していたようなこと……」

息子は、声をひそめて、前の乗客の背を、指さした。

「ああ、あのことかい。いえね、どうも、様子が変なんだよ。あっちでも、こっちでも、お客が、ヒソヒソ話を始めてね。声が低いから、よくわからないんだけど、何でも、電気機関車の故障だとか、地震だとか、津波だとか……」

「そんなデマまで、飛んでるんですか。それは、荒唐無稽(こうとうむけい)ですよ。機関車の故障なら、大きな駅へ停(と)まって、調べるでしょうし、天変地異なら、通過駅で危険信号を出すでしようし……」

「それも、そうだね。でも、あたしア、こんな汽車は、いやだよ。物騒なことばかりいってさ。早く、京都へ着いてくれれば、まっ先きに降りてしまうよ」

「ところが、京都着の前に、何か起こるというデマなんですぜ」

「あら、恭雄さんまで、そんなことを、いいだすのかい。あたしア、心細くなるよ」

「いや、ちょっと、耳に入れたことがあって……。お母さん、前に坐ってる人に、話を聞いて見ようじゃありませんか。共通の運命に置かれたんだから、知らない人に話しかけたって、礼儀に外れませんよ」

「それア、そうだね。お前さん、聞いてごらんよ」

「いや、こういうことは、女の方が……」

「何いってるんだよ。男同士でなくちゃ、うまく話は運ばないよ」

さすがに、デマを信じる態度を見せるのは、キマリが悪いと見えて、いざとなると、二人とも、尻ごみした。そのくせ、誰からでも、どんなニュースでも、聞きたくてたまらないのである。

そこへ、後部から、ツカツカと、今出川有女子(うめこ)が、歩いてきた。いつもなら、外国映画女優そっくりの腰の振り方で、馴染(なじ)みのお客さんには、軽く会釈(えしやく)して過ぎるのが、例なのに、それも忘れたように、素ッ気なかった。恭雄に対しては、ゴミカンの中に、手紙の返事を貰う約束もあって、側を通り過ぎたら、ウインクの一つも、見せていくはずなのに、正面を切って、ツカツカと、行ってしまった。

　恭雄は、その後姿を見送って、本来なら、彼女の態度の変り方に、不審を起すところだが、危急の問題で、心を奪われていたので、べつなことを、考えついた。

「お母さん、あの人に、聞いてみましょう」

「あのガールさんかい」

「ええ、あの人なら、乗務員だから、いろいろ情報が、入ってるでしょう。乗客の耳に伝わってる以上のことも」

「そうだね。じゃア、お前さん、追っかけて、よく、聞いてきておくれよ」

と、母親も、今出川有女子に対する反感を忘れて、二人の接近を、奨励した。

　恭雄は、すぐ立ち上って、有女子の跡を追ったが、彼女は、自分の個室へ帰る目的だったらしく、ドアを開けて、すぐ後を閉めようとするのを、恭雄の手が抑えた。

「あの、ちょっと……」

「何でございますか」

　有女子は、冷やかに、答えた。さっき、秘密のラブ・レターをよこした女の態度とも、思われなかった。まるで、僅か三十分ほどの間に、彼女は、新しい恋人でもできて、恭雄を忘れてしまったような、冷淡さだった。

「ちょっと、伺って置きたいんですが、車内で、だいぶ、不穏なデマが、飛んでるようですね」

「あア、あのことでございますか。この列車は、岡総理も乗っていられますので、平素より、警戒も一層厳重にやっていますから、ご心配なさいませんように……」

彼女は、いかにも、紋切り型の返事をした。

「無論、デマだとは思いますが、こんな風に、方々で騒がれると、母親などは、気にしましてね。あなた方には、いろいろ情報が入ってるだろうから、それを聞かして下さいよ」

「でも、つまらないことを、お伝えすると、かえって、騒ぎが大きくなりますから……。それに、この列車には、公安官が二人乗っていますし、総理の護衛には、警視庁切ってのピストルの名人の警部さんが、付き添っていますし……」

「いくら、ピストルの名人でも、時限爆弾で列車がやられるとすれば、あまり、役に立たんでしょう」

「まア、そんなことまで、ご存じなんですか」

有女子は、始めて、親しげな微笑を、洩らした。そのために、恭雄も、いいそびれていたことを、口にすることができた。

「有女子さん、さっきのお返事、ゴミカンの中に……」

と、小さな声で、ささやくと、彼女もうなずいて、

「ありがとう……。でも、デマが、ほんとになると、何もかにも、おしまいね」

彼女は、冗談らしく、微笑（ほほえ）んだが、頬の筋肉は、どこか、硬（かた）かった。

「すると、あなたは、多少なりとも、車内のデマを、信じてるんですか」

恭雄は、恐怖心を、起し出したようだった。

「いいえ。だって、ほんとに、そんな陰謀があるとすれば、誰にも知れないように、実行しますわよ。こんな騒ぎになるということが、事実無根の証拠ですわ……。あたしは、ハッキリと理性で判断できますの。だけど……」

彼女は、急に、口をつぐみ、同時に、暗い顔色になった。

「どうしたんです。何か……」

「いいわ、あなたなら、お話しするわ。こっちへ、お入りになって……」

彼女は、恭雄を、自分の個室の中へ、導き入れた。これは、由々しい、勤務違反行為である。個室の中へ、男性の乗客を立ち入らせるなんて、堅く禁じられてるのに、彼女はヤケにでもなってるのか、ドアさえ、閉め切ってしまった。

「恭雄さん、お笑いにならないで、これを見て……」

彼女は、ブラウスの胸もとを緩めて、スルスルと、金色のロケットの鎖をひき出した。若い女が、ロケットの中に秘めてるのは、恋人の写真と、相場がきまってるが、

「何が入ってるとお思いになって？　正体は、京都で有名な、嵯峨の豆お守りなんですの」

彼女の家は、代々、朝廷に仕えていたが、嵯峨の国船神社の神官を勤めた先祖もあって、一家の守護神と考えられていた。そこの災難除け神符は、極めて小型で、通称〝豆

お守り〟の名で、呼ばれていたが、有女子の母親は、彼女が〝ちどり・ガール〟となった時に、万一の事故を慮(おもんぱか)って、神符を身近から離さぬよう厳命した。

彼女も、近代娘として、まさか、お守り袋もブラ下げられないので、ロケットに仕立てて、胸へかけて置いたのである――

「恭雄さん、あたくし、あんまりデマ騒ぎがひどいから、ふと、ロケットの中を、見てみたくなったのよ。ほんの、今しがたよ……。すると、どうでしょう……」

彼女は、パチリと、金色の蓋を開けて、恭雄に見せた。

小さい矩形(くけい)の木の札が、その中に、窮屈そうに、納められていたが、何の変りもないようだった。

「べつに異状ないようですが……」

「よく、ご覧なさい。まん中から、二つに割れてるわよ。それは、お守りの所持者に、必ず異変が起こるという知らせなのよ……」

彼女は、強(し)いて、笑ってみせたが、子供のときからたたき込まれた迷信に、はかない抵抗をしめしたとしか、思われなかった。

風と波

一

食堂車は、列車のほぼ中心に繋(つな)がれてあり、人の往来も、一番多く、且(か)つ、車内販売の娘が、全客車を回って、情報を運んでくるから、デマは、悉(ことごと)く、ここへ集まった。

最初のうち、食堂従業員は、〝ちどり・ガール〟を含む鉄道乗務員よりも、冷静だった。なぜといって、そんなデマの発生源を、知っていたからである。

「フ、フ、何も知らんで……」

というキマリ文句で、クダを巻いていた、あの薄汚(うすぎたな)いヨッパライが、全学連だの、爆弾だのと、いい出したのである。その時は、皆、横を向いて、クスクス笑っていたのである。それよりも、そんな尻(しり)の長い客が、早くイスを明けてくれないかと、待ちかねていたのである。

ところが、食堂車から発生した噂が、列車じゅうに伝わり、五倍も、十倍も大きな波となって、再び、ここへ戻ってくると、一般乗客以上に、従業員が動揺し始めたのは、奇怪だった。

「ほんまに、何ぞ起きるんやろか」

「うち、気味悪るなってきたわ」

「あのオッサン、予言者やったかも、知れんわ」

「確かに、普通のお客さんと、ちごうとった。眼つきかて、何事も見とおすように、一(ひと)とこに据(すわ)っとって……」

「そら、お酒飲んだら、誰もそないなるわ。そやけど、時限爆弾、何号車へしかけたいうんやろね」

「それがわかったら、すぐ、発見でけるよって、心配いらんけど、いつ、どこで、爆発するか知れんさかい……」

「爆発したら、どないなる？」

「無論、列車顛覆(てんぷく)や。うち等(ら)、とても、助かれへんわ」

「コック場で、火燃やしよるよって、食堂車は、火事になるわ。みんな、黒焦(くろこ)げやで……」

「わア、どないしょう」

何しろ、二十(はたち)前後の乙女が、六人も寄ったのである。全国食堂が、ウエートレスの年齢を、その辺に限ったのは、今日のような場合を、想定しなかったからだろう。ハシが転(ころ)んでもおかしい年齢は、同時に、天井の鼠の音も怖(こわ)くてたまらない、年齢でもあった。そして、六人が団(かた)まって、話し合えば、お互いに、恐怖心をかきたてるようなことばかり、口に出てくるのである。一体、彼女たちが、食堂の隅へ、六人も団(かた)まるということが、すでに、正常ではなかった。彼女等は、分業で働いてるので、車販係りが、食堂でオシャベリをする暇もなく、食堂係りといえども、一カ所に集まって、業務に関係のない私語を交わすことは、堅く禁じられてるのだが、食堂長が注意しても、耳も傾けないほど、昂奮状態を示していた。

尤も、最後の定食時間が済んで、お好み料理が始まる頃に、車内のデマが展がったので、お客は、ほとんど、寄りつかなかった。たまたま、入ってくる客も、

「だいぶ、物騒な噂が飛んでるが、君たちは、真相を知ってるだろう。聞かしてくれんか」

なぞと、火に油をそそぐようなことをいって、飲まず、食わずで、出ていくのである。仕事がないから、禁制の私語も、大目に見られてるのだが、そのために、彼女等の動揺は、ますます募る結果となった。

「わてが、カレチさんやったら、すぐ、列車、止めたるわ」

「そや、そや」

誰も、その説に賛成だった。

カレチさんというのは、客扱専務車掌のことだが、彼は、事実上の列車長であって、危急の場合は、列車を停止させる権限も、持っている。もし、直ちに、運転を停止させれば、爆弾で破壊されても、一客車の被害に止まり、列車の顚覆という惨事は、免れる。少くとも、食堂車は、時限爆弾の置場所として、テーブルの下や、喫煙室も、すでに検

査済みであるから、ここで、爆発の起こる心配はない。列車が止まりさえすれば、食堂車は安全ということになる。

すでに、これだけデマが流れ、岡総理という大切な乗客もいることだから、カレチさんは、臨機の安全対策に出てもいいのに、食堂車と同じ屋根の下の部屋で、事務をとりながら、一向に、ウエートレスの意中を、汲んでくれない。車掌室から、前部車輛へいくために、度々、食堂を通り抜けるが、平然と落ちつき払って、平素と変った様子がない。それが、頼もしいといえば、いえないこともないが、逆に、壊れた計器のように、不感症で、役立たずのカレチさんではないかと、不安も与えるのである。

「こない旧式の特急に、まだ乗っとったのが、運のつきや」

彼女等の中から、遂に、特急〝ちどり〟を呪う声さえ、起ってきた。

「なんでや」

「あのな、新〝ちどり〟になる新型特急は、列車から、自由に、電話かけられるんやで」

「電話かけられたら、どないなるんや」

「電話があったら、カレチさんかて、上司と相談しなはるわな。自分が責任とらんと、停車でけるやないか」

「ほんまに、そや」

「電話があったら、うち、お母はんとこへ繋いで貰うて、この世のお別れいうのに

「……」

「わてかて、そないするわ。電話もない斜陽特急の犠牲者になって、黒焦げにされるんかいな。うち、ほんまに、死に切れんわ」

話は、どこまで沈んでいくか、見当がつかなかった。

二

そこへいくと、会計さんの藤倉サヨ子は、見るも頼もしい、沈着振りだった。

彼女は、ウエートレスたちの監督者の地位にあるが、彼女等の動揺もムリとはいわれないし、ちょうど、客のないのを幸いに、集団私語を放置することにした。この上、秩序が乱れて、狂態を演ずる者でも出れば、その時は容赦はしないつもりで、わざと、彼女等から離れ、会計台に向って、仕事を始めた。

といって、彼女とても、デマに動かされないわけではなかった。デマは常に虚偽とは、誰にも断言できない。何事も、万一ということを、警戒せねばならない。そうなると、今日の三列車の会計の責任ということが、頭に浮かぶ。万一の事故があった場合、後で、人に笑われるような不始末はしたくない。売上げの記入、伝票の整理、現金の入嚢——及ぶ限りのことは、できる間に、やって置きたい。たとえ、自分が負傷しても、死んでしまっても、そういうものが残っていれば、会社へ義務を果したことになる——

そういう考えで、ソロバンの玉を弾いたり、鉛筆を動かしたり、一心不乱に仕事に没頭してるうちに、ふと、彼女は、妙薬でも飲んだように、胸の中がセイセイしてる自分を、発見した。今日は、乗車の時から、思い乱れ、思い詰め、焦熱地獄へ落ちたような一日だった。第一回定食の時に、就職以来の大ミスをやってのけたのも、決して、ただの過失とはいいきれなかった。何か、黒煙の中に立つような胸苦しさを忘れたいために、半分は意識的に、あんな失態を、演じてしまったのである。

しかし、そんなことは、ヤケ酒と同じように、かくべつの効用もなかった。後になって、胸のモヤモヤは、倍増したくらいだった。それなのに、仕事にわれを忘れたらすっかり、心が晴れてきたようである。

——どないしたんやろ。

彼女は、自分でも、原因がわからなかった。もともと、仕事熱心の性分で、そこを買われて、早い出世をしたのだけれど、それだからといって、粉骨砕身、会社に全生命を献げるなんて料簡には、一度もなったこともない。サラリーを貰ってるのだから、その手前、怠けないで、働いてるに、過ぎない。それに、彼女には、生涯の夢がある。父が生きていた頃の商売を、もう一度、わが手で、盛り返してみたい、意地がある。食堂車従業員として、他の連中より、仕事熱心の点があるとしたら、後日、自分が店を持つ時のために、経験を積もうという下心があるからである。

——そやけど、うち、女ご一人で、お店持てんことは、よう知れとる。お店も、もう、ええわ。いつ、死ぬるか、わからへんのに……。

彼女の心の中のつぶやきは、意外な答えを出した。女の一念で、あれほど、執着していた夢が、こうまで他愛なく、消え去るとは、どうしたわけだろうか。

喜イやんが、彼女を愛してるのは、よく知ってるが、コック修業の志まで捨てる愛情を、示してくれないのが、彼女の最大の悲しみだった。しかし、晴れ渡った今の気持では、そんなことは、どうでもよくなった。むしろ、自分の我意で、喜イやんを悩ませたことが、悔まれてならなかった。喜イやんは、名古屋停車中に、パントリ助手を殴りつけて、コック場が騒動したことを、彼女も耳にしたが、喜イやんも、普通の日だったら、そんな乱暴を働きもしなかったろう。大阪着までに、ハッキリした返事を聞かせろと、彼女が難題を持ち出したために、思い悩んだ結果、常軌を外れた心理になったのだろう。

——済まなんだわ、喜イやん。あんたに、一つも悪いこと、あらへんのやで。

彼女は、すべての事理が、明白になった気持で、責められるべきは自分だと思った。

それにしても、愛する喜イやんは、あのような暴行を働いたら、無事では済むまいと、考えられた。会社は、組織が大きいだけに、規律一点張りのところがあり、従業員の喧嘩沙汰には、なかなか厳しかった。パントリ助手の田所は、恐らく、大阪営業所長に訴え出るだろうし、名古屋の組合が騒いでる折柄、下級従業員の扱いを、疎かにできないから、悪くすると、喜イやんは、クビになるかも知れなかった。

先刻までの彼女だったら喜一が解雇されることを、モッケの幸いとしたであろう。職を失った彼は、彼女と共に、店を持つ方に、動いてくれるだろうからである。

しかし、今は、反対だった。彼を窮地に立たせた、自分の罪ばかりが、悔(くや)まれた。何もかも、女のアサハカな智慧であり、慾であった。小さな街の食堂を、一軒、持ったところで、何になるというのか。それが、亡父が生きてた頃のように、繁昌する店となったところで、何の意味があるのか。亡父が、地下で喜ぶだろうと、考えたのは、自分勝手の空想に過ぎず、女ダテラに、商売なぞ始めるよりも、普通の家庭の主婦となって、無事息災の一生を送る方を、仏さまは、望んでいるかも知れないのである。

——なぜ、まっと早う、そこへ気がつかなんだろう。喜イやんに、ムリいわいでも、済んだのに……。

彼女は、大阪浄瑠璃(じょうるり)の女主人公のように、想う男に絶対の寛容を与え、自己を責めることに、専念した。

そんな風に、彼女の心境が急変したのも、動機といえば、列車顛覆のデマが、ひろがってきてからのことだった。

——ひょっとしたら、うち、死ぬかも知れん。

その懸念が起きてから、恐怖心に襲われる代りに、執念の雲が晴れたというのは、妙な回(めぐ)り合わせだった。

しかし、彼女が、その間にも、ジュラルミンの壁一つを隔てたコック場にいる喜イやんを、常に、意識していたのは、事実だった。お客の註文がなくなって、ウエートレスたちも、通し窓へ近づく者はなく、藤倉サヨ子も、会計台に向って、計算を始めれば、自然、コック場には、背を向けることになるのだけれど、彼女は、そこで働いてる喜イやんを、肌に感じ続けていた。

――もし、うちが死んでも、一人やあらへん。

その通りである。

前部車輛と後部車輛に挟まれて、中央の食堂車は、脱線顚覆でもあったら、ブリキの玩具のように、ペチャンコになるだろうが、そんな場合、恐らく、従業員は全滅だろう。喜イやんだけは、助かって欲しいが、それも、望めぬ慾である。

そうなったら、喜イやんも死に、彼女も死ぬ。一緒に、死ぬ。街の食堂の計画も、おしまいなら、コックの本格的修業の望みも、オジャンであるが、ちっとも悲しくもなければ、口惜しくもない。同時に、今出川有女子の誘惑も、甲賀の母親の企(たくら)みも、みんな、消えてなくなるが、そんなことは考えないでも、喜イやんと、永久に運命を共にするとは、何という、胸晴れた気持だろうか。

――うち、覚悟きめたさかい、時限爆弾、いつ破裂しても、かめへんわ。こないなったら、早いほどええわ。

最も温和な娘が最も不穏(ふおん)な望みを懐(いだ)き始めた。

覚　悟

――

「えらいことに、なりよったなア。わしも、長年、乗車勤務しとるが、こない騒ぎは、始めてやで」

「お客さんも、少し、気が早過ぎることないか」

「しかし、ムリないわ。他のこととちごうて、命の問題やさかい……」

「そやかて、死ぬる時は、わし等も、一蓮託生やないか。お客さんだけ、殺しはせんのに……」

ジュラルミン張りの配膳台は、わりと、きれいにかたづいて、隅の方に、幕の内弁当の重箱や、飯びつが、置いてあるだけだが、その台を仕切りにして、コック場の方には、チーフ・コックの渡瀬と喜一、配膳室では、食堂長の森山と、パントリの若山が、頬杖をついたり、両手をフチにつっぱったり、いろいろな姿勢で、向い合ってる。勤務中禁制の煙草を、口にくわえてる者もあった。ただ、パントリ助手の田所だけは、小学校の教室で、先生に立ち罰を頂いた生徒のように、配膳室の隅に、突っ立っていた。

平常だったら、食堂車は、京都を発車後に、閑散となるのだが、今日は、米原通過頃から、さっぱり客が来なくて、手の明いた調理部は、自然、寄り集まって、デマ話に、花が咲くのである。

しかし、さすがに、男たちだけあって、ウエートレス等のような恐慌状態は、示さなかった。最年長の渡瀬は、四十五にもなるから、年の手前からいっても、分別顔を見せねばならない。しかし、パントリの若山にしろ、田所にしろ、そして、矢板喜一にしたところで、二十五が最高の年頃で、渡瀬や森山ほどには、落ちついていられなかった。

「岡さんさえ、乗り合わせなんだら、こない騒ぎは、起らんのに……」

「無論やね。総理なんちゅうもんは、飛行機へ乗ったら、ええやないか。汽車に乗ったら、乗ったで、食堂の飯食うたらええのに、いつも、弁当持ち込みや。食堂へくるのは、随員ばかりやが、こやつ、威張りくさって、ややこしいこというて……」

「ほんまに、総理に乗って貰うたかて、一つも、ええことないわ。その上、時限爆弾まででしかけられたら、いうことないわ」

「その時限爆弾いうもんやが、わしは、話に聞いとるだけで、大けなものか、小まいものか、見当つかんのや」

「空襲の時に、降らしよったのは、一抱えも、あったそうなが、あれから、十五年もたつよって、小型トランジスター式いうのが、でけたか知らん……」

「ほたら、車内持ち込み、自由やないか。ちょっと、カバンの中へ忍ばせたら、誰にも、わからへんで……」

「ほんまに、心配ないかいな。わし、少し気味悪るなってきた……」

「コック場のストーブは、火止めといた方が、安全やで」

「それにも、及ばんやろが、一体、全学連て、何する連中かいね。わしは、よう知らんのやが……」

と、渡瀬が、正直なところを、披露すると、配膳室の隅で、田所が、プッと、吹き出した。

「何を、笑う？」

「そやかて、チーフさん、今の世の中に、全学連知らんのは、あんたぐらいなもんや。全学連いうたらな、共産党も怖毛をふるうほど、日本の最尖鋭分子だっせ。わし等怒れる若者の、憧れの的やがな……」

「や、エラそうに……。早ういうたら、水戸の浪士とちがうか。それで、大臣の首、狙いよるのか……」

「そない封建時代のことは、知らんが、反動勢力を倒すためには、いかなる犠牲も惜しまん人たちだすわ」

「そんでも、やり方が、卑怯や」

「何で？」

「デマの通りとするとやな、時限爆弾しかけて、自分等は、名古屋で降りてしもたやないか。自分等は助かるが、罪のないお客さんや、わし等は、どないしてくれるんや」

「そら、革命ちゅう大目的の前には……」

「そないいうても、この列車やられたら、お前の命かて、無事では済まんのやで。覚悟でけとるか」

「いや、ぼくは……」

どうも、田所は、自分はシンパだから、助かると、思っていたらしい。

「しかし、犯人は名古屋で降りたともいうし、また、怪しい二人連れの青年が、まだ、乗っとるともいうし、真相は、どないでっしゃろな」

パントリの若山が、口を出した。

「まだ、乗っとるんやったら、まさか、自分のいのちを賭けてまで、列車爆破はせんやろ」

「そうは思うが、そこが、全学連やさかい……」

話は、再び、振り出しの半信半疑に、戻ってしまった。

二

矢板喜一は、皆の話を、熱心に聞いていたが、自分では、一言も、口を出さなかった。彼としては、何も、いうべきことがなかったのである。彼も、チーフの渡瀬と同様、全学連の何ものであるかを知らず、従って、なぜ、彼等が岡総理を狙うかも、理解しないのであるが、いつか、起こるかも知れないと思ったことが、目前に現われようとしてるのだから、シッカリ腹をきめなければならぬと、考えていた。

船乗りが、海難をおそれる如く、列車勤務の者は、事故を覚悟しなければならない。脱線、衝突、そして、会社が常に警戒する食堂車火災——いつ、何が起こるか、わからない。まさか、時限爆弾の災害までは、想像しなかったが、こういう世の中には、事故だって新しくなるのは、当然だろう。

腕力や、仕事のガンバリでは、人に負けない喜一も、天命に対しては、ひどく従順であった。

――災難ちゅうもんは、のがれられん。死ぬる時は、死ぬんや。

彼も、関東生まれで、生死の間際に、ジタバタするものではないと、子供の時から、教えられていた。また、半信半疑で、事故はあるかも知れぬが、ないかも知れぬと、考えるのも、性に合わなかった。そんな、ブラブラな考えでいたら、イザ事が起った時に、どうするというのだ。人間、腹さえきめて置いたら、怖いことはない――

尤も、彼だって、先刻、渡瀬から、あのような話を聞かなかったら、二十五年で終る生涯に、ずいぶん未練もあったろう。しかし、全身を打ち込んだコック修業の道が、はかない幻想だったと、知れた時から、実をいうと、生きてるのが、つまらなくなったのである。仕事のヘマをやったり、仲間を殴ったりしたのも、原因は、そこからきていた。済まないことをしたと、後悔はしたものの、べつに、前途に光明を発見したわけではない。依然として、生命は、不用品なのである。要らない生命を、列車顚覆で失おうが、屑屋に売ろうが、一向、かまったことではない――

そう覚悟をきめてから、彼は、胸の中がセイセイしてきた。いつ、ドカンときても、平気であり、できれば、その時に、と、大声で、叫んでやりたいとまで、考えているのだが、ただ一つの心残りは、藤倉サヨ子のことだった。

彼は、自分と同じように、彼女が思い悩んでることを、知っていた。それなのに、お茶の時間に、彼女が、何か訴えにきたのを、怒鳴りつけてしまったのは、何という心ない仕打ちであったろう。そして、名古屋停車中に、彼女が、考えられないミスを演じたのも、きっと、彼の無情さに、心を乱した結果と、思われた。

——サヨ子はんに、詫(わ)びいわんならん、それさえいうたら、いつ死んでもええのや。

喜一は、彼女と話す機会が、欲しくてたまらなかった。しかし、コック場の中は、食堂ほど、秩序が乱れていなかった。白いコック服の者が、客席へ出ていくことは、厳禁であり、食堂長や、チーフ・コックの面前で、そんな違反行為は、犯(おか)せなかった。

といって、心は逸(はや)る一方だった。配膳台の向う側の若山パントリが、体を動かす度に、通し窓から、彼女の後姿が、チラチラと、眼に入るのである。会計台の前に立ってる彼女は、半袖の制服から白い腕と、背なかの白いエプロンの結びを、甲斐々々(かいがい)しく見せて、何か一心に、仕事をしてるようだが、体じゅうを包む憂愁(ゆうしゅう)が、アリアリと、喜一に感じられた。

——サヨ子さん、泣いとるのとちがうか。

彼の眼に入るのは、彼女の背なかだけだのに、涙を一ぱい溜めた顔が、チラついてならなかった。

喜一は、その背なかを、撫ぜてやりたかった。そして、大阪着の上で、彼女に聞かせる約束の返事を、今すぐにも、いってやりたかった。

――あんたも、わしも、京都へ着くまでに、死ぬるんやったら、何いうても仕様ないが、万一、無事やったら、あんたのいうこと、全部、きくで。何から何まで、あんたのいうとおりにするで……。

三

喜一のように、愚直で、小智慧の回らぬ男でも、変事の起らぬ前に、サヨ子と話したい一心から、まことに、巧みな口実を、思いついたのである。

「チ、チ、チーフはん、半時間ほどで、大津通過だすな」

彼は、突然、話の中に加わった。

「それが、どうしたんや」

渡瀬たちは、相変らず、デマの臆測で、話の花を咲かしていたところだった。

「へい、今日は、〝みどりの家〟へ、アイサツ、どないしまひょう」

「阿呆やな。こないな騒ぎが起っとるのに、アイサツどころかい。第一、下りは、どうでもええのやろう」

「いや、車内から、手だけは、振りまんね」

「今日は、誰もやらんやろ」

「そ、そんでも、患者はんたちは、何も知らんよって、待っとりますわ。〝ちどり〟が遭難するんやったら、尚のこと、最後のアイサツを……」

「えらい、ややこしゅなってきたな。まア、ええわ。会計はんとでも、相談しとき……」

渡瀬は、再び食堂長と話を続けた。

——しめた！

喜一は、計略が当ったのを、喜びながら、公然と、藤倉サヨ子の許へ行けるので、いそいで、コック場出入りのカーテンを、潜ろうとすると、

「あらッ」

という声と共に、外から入ってきた者と、危く衝突しそうになったが、対手は、喜一を認めるや否や、両手を開いて、彼の体に抱きついたのである。

「な、何しなはるんや、今出川はん……」

喜一は、ひどく狼狽して、身をもがいたが、今出川有女子は、美しい顔に、悪魔の笑いを浮かべて、抱き締めた手を、離さなかった。

〝ちどり〟の車内秩序は、まったく、崩壊してしまったらしい。たとえ、コック場の中といえども、このような乗務員の痴態が演じられるとは、平素の想像にあまることである。

「わア、えらいとこ、見せつけるなア」

「人前で、ひっつきよって……」

配膳台を囲む連中も、呆れたり、叱ったりすることを忘れて、有女子の行為をワアワアと、ハヤし立てたのは、やはり、異常の心理に傾いていたからだろう。

「この列車、どうせ、やられちまうんだわ。あたしたち、いつ死ぬか、わからないんだわ。だから、生きてるうちに、好きな人に、お別れにきたのよ。ねえ、当然じゃないの……」

彼女は、まるで、冗談のように、笑いを浮かべて、叫んだが、その声は、ヒステリックに、カン高く、顔色も、異様な赤さがみなぎっていた。

「それやったら、今出川さんは、デマを信じとるんか」

食堂長が、真面目になって、反問した。彼も、自分が半信半疑だから、人の考えが聞きたいのだろう。

「いいえ、デマなんか、問題じゃないわ。あたしは、自分の運命を予知できるのよ。つまり、悪い知らせがあったのよ。それだけのことよ」

彼女は、さすがに、喜一を抱く腕を解いたが、彼の手首を握って、配膳台の方に、近づいてきた。

「何やね、その知らせいうのは……」

誰も、気がかりになってきた。

「話さないわ。話したって、信じない人は、信じないわよ……。とにかく、この列車は、必ず、惨事が起きるわ。運のいい人は、助かるだろうけれど、あたしは、ダメなの。あたしの運命は、きまってるの……」

彼女の声が、だんだん真剣になってくるので、誰も一様に、不安の表情を浮かべた。

「どないして、わかったんや、一体……」

彼女は、豆護符（ごふ）のことを、一言も洩らさなかったのは、その神秘を尊重するためだったのか、それとも、説明するほど、心の余裕がなかったのか。

「あたし、死ぬとわかったら、この人が、一番好きになったの。死ぬ時は、この人と一緒に死にたいの……」

彼女は、また、喜一の体に、手を回した。

「ソ、ソ、そないなこと……わしは、わしは……」

喜一が、憤然と、手を振り解（ほど）こうとするのを、騒ぎを聞いて、藤倉サヨ子が、通し窓から、見ていた。

衝撃力学

一

「社長さん、大丈夫でしょうか」

美しい、女性金融業者が、岸和田の方に、体を寄せた。

「いや、災難ちゅうもな、不意にやってきよるもんで、こない前触れはしまへんわ。まア、心配せんと、おきなはれ」

彼は、年齢と地位にふさわしい落ちつきを、見せようとした。無論、彼も、万一ということを、考えないのではない。車中のデマは、秘書が、刻々と、伝えてくるので、悉く、耳に入ってるのである。しかし、万一に備えるのは、腹の中のことであって、それを、顔色に出すようでは、大都市の有名実業家とはいわれない。

「でも、何か、あるんですわ。時限爆弾でなくても、何か、危険なことが、企まれているんですわ。だって、さっきから、鉄道公安官や、専務車掌さんが、しきりに、行ったり、来たりしてますもの……」

「そらア、首相が乗っとるさかい、警戒せんならんことも、いろいろありまっしゃろ。平常は、この列車に、公安官など乗っとらへんのです……。しかし、あんた、よう、公安官ちゅうことが、おわかりになりましたな。旅慣れした者やないと、ちょっと、見わけつかんのですが……」

「だって、腕章をつけていましたもの……。そんなことより、あたし、心配ですわ。時限爆弾が、いつ爆裂するか、わかっていれば、あたし、その前に、いっそ、自殺してしまいますわ」

「何をおっしゃる。あんたはんも、案外、気の弱いお人やな。それで、よう、知らん人に金貸す商売、でけますな」

「あら、お金と命は、一緒になりませんわよ。それに、ほんとは、あたし、極く、気の小さい女なんですの。誰かを、頼りにしなければ、生きていけない女なんですの。それが、一人ぼっちで、こんな、旅行の途中に、恐ろしい目に遇わされるなんて……あア、あなた、どうしましょう」

「まア、まア、お気をしずめて……。大丈夫、わてが保証つけますわ。それに、万一のことが起りよっても、ネキに、わてが付いとりますがな」

「ほんとに、そうでしたわね。どんなことが起きても、あなたのような方とご一緒なら……。そして、ご迷惑でも、死ぬのもご一緒なら、さびしいとは、思いませんわ」

「いや、こないジイさんと、心中したかて、あきまへんわ」

「いいえ、いいえ……あたし、本望ですわ。あア、それで、すっかり、安心しましたわ。ちょっと、ここを、触ってご覧あそばせ。まだ、こんなに、胸がドキドキして……」

彼女は、岸和田の手をとって、自分の心臓部へ、持っていった。帯を、強く、締めてるためか、胸あたりの肉が、メロンを二つ列べたくらいに、飛び出しているが、岸和田の手の触感では、どうも、近頃の女が用いてる補装具のそれではなく、天然の弾力と温度を備えてるので、これはとばかりに、驚いた。彼女の年齢で、これだけの肉体の若さを持ってるとすると、年増の円熟と、処女の新鮮さの奇跡的合成物であって、この掘出し物は、滅多に、手放せないと、惨事の危惧さえ、念頭になくなった。

　これが、平常の〝ちどり〟だったら、座席で、婦人の胸部に手を触れるなんて、思いも寄らぬことであるが、物情騒然たる折柄、誰も、二人の挙動に注意する者はなかった。

　それを、いいことにして、岸和田は、掌中の珠を、いつくしんでいると、

「社長、だいぶ、情勢が急迫してきました……」

　秘書がやってきて、まるで、株主総会の模様でも、報告にきたようなことをいった。

「何やね、ギョウサンな……」

　岸和田は、テレかくしに、強い声を出した。

「公安官が、前部車輛の乗客の携帯品を、検査し始めるらしいです」

「おう、そうか。すると、まんざら、デマばかりでもないのやな」

　岸和田の顔が、少し、ひき締ってきた。

「それ、ご覧なさい。やはり、火のないところに、煙は立ちませんわよ」

　隣りの席から、彼女が、ささやいた。

「ただ今の推定では、瀬田川鉄橋を渡る時か、新逢坂山トンネルの中あたりが、危険視されとるようです」

　秘書は、神経質の男とみえて、声さえ、震えていた。

「しかし、そら、おかしいやないか。誰も、犯人から、時限爆弾の爆破時刻を、聞いたわけではないやろ……」

「はア、推定です。しかし、犯人と致しましても、最も効果ある場所を選ぶのは、当然でありまして……」

「君、えらい詳(くわ)しいなア。一味とちがうか」

「ご冗談を。……わたくしは、ただ、社長のご安泰を、祈るばかりでして……。東京で、あのような、有利な交渉(こうしょう)が整いまして、会社の前途洋々たる時に、万一、社長のお体に異変でもありますと……」

「やめてんか。そない、いわれると、何や、気味悪るなってくる……」

「それに、瀬田川鉄橋も、やがて、近づきますので……」

「もう、ええいうのに……。まア、そない、君がわしを案じてくれるのやったら、あのカバン、預(あず)かって置いてくれんか……」

　岸和田は、アミ棚を指さした。

「はい、かしこまりました」

「他人には、一文にもならん書類やが、わが社にとっては、重要なものが、入っとる。何も、わしが先きに死ぬとは、限らんけど、君、万一の場合は……」

「社長、わたくしだって、危険の程度は、同じです。もし、社長の方が、軽傷の場合は、このカバンと共に、このわたくしを、お見捨てなく……」

「よっしゃ。しかし、万一、わしが重傷とか、即死とかいう場合は……鶴亀、鶴亀。わしア、そないなこと、絶対に、信じとらへんのやで。ただ、用心のために、重要書類は、君に渡し、現金は、わしの身につけとく……。君、現金いうものは、最後の最後まで、手放したらいかん。最後の最後いう時にも、現金が必要な例を、わしは、知っとるんや。昔、神戸の船成金(ふなりきん)で、後には大臣にもなった人やが、そのお方が、やはり、急行に乗って、列車顛覆事件に遇(お)うてな……」

岸和田の話によると、その船成金が、遭難しても、早く救出されたのは、まったく、金銭の力だというのである。なぜといって、その男は、次ぎの言葉を叫び続けて救助を呼んだのである。

「わしは、神戸のUじゃ。金は、なんぼでも出す。早う、わしを、助けんか!」

二

「あア、飛んでもないことに、なっちまったねえ」

と、甲賀の母親は、しきりに、嘆息を洩らした。

「今日の〝ちどり〟に、乗ったというのが、よくよく、運の尽きだったんだねえ」

「でも、ママは、昨日の〝ちどり〟にも、明日の〝ちどり〟にも、乗る気はなかったんでしょう」

息子のいうとおり、母親は、藤倉サヨ子の勤務日を狙(ねら)って、今日の〝ちどり〟にきめたのである。

「そんなことをいえば、あんただって……」

母親のいうとおり、恭雄も、今日の〝ちどり〟に、今出川有女子が乗り込むのを知って、わざわざ、九号車の切符を買って置いたのである。有女子とサヨ子の勤務日が、食いちがっていれば、親子は、絶対に、今日の〝ちどり〟に、乗らなかったのである。凶運は、二人の美しい女が、一緒に乗り合わせたことから、始まっていた。

「こんなことと知ったら、あたしア、決して、乗るんじゃなかったよ。もっと先きにいったって、藤倉さんの乗る日は、あったんだからね」

「ぼくだって、今日の〝ちどり〟でなくたって……」

恭雄も、インテリらしくないグチを、こぼすようになった。

彼は、不穏なデマを、冷笑し続けてきたのだが、二人の怪漢の私語を聞いた上に、今出川有女子がロケットの中に秘めた、豆お守りの割れたのを、見せつけられてから、料簡が変ったのである。

無論、彼は迷信家から遠かった。もし、有女子が、護符の異変を一笑に付したら、彼も、最も冷静な乗客の一人として、眼鏡を光らせていたろう。ところが、彼女の表情は、由々しかった。死刑の宣告を下された被告と、同様な、深刻な恐怖が、面上にみなぎっていた。彼が、ゾッとした途端に、彼女の恐怖が、のり移ってきたのである。つまり、それだけ、彼女に、惚れ抜いていた証拠でもあろうか。

しかし、妙なことに、有女子の予感が伝染してから、恭雄は、彼女に対して、少し薄情になってきた、傾向があった。生命の危険が迫れば、誰しも、自分を先きに考えるのは、やむをえない。かりに、彼女の死が免れないとしても、彼自身まで、その運命を、甘受する必要があるか。徳川時代の古い美学では、男女の情死を礼讃したが、今は、太陽の季節であって、学説も、変ってきてる。

――何とかして、生き残らなければならない。

彼は、先刻から、そのことばかり考えている。過去の列車大事故を、回想してみても、乗ってる者が、全部、死亡した例はない。大概、死傷数名とか、数十名であって、中には、カスリ傷一つ負わないで、助かった者もある。できれば、その仲間入りがしたいが、微傷軽傷程度なら、我慢しなければならない。それには、なるべく、大ケガをしないように、シートへ坐り方からして、研究しなければならない――

「恭雄さん、あんた、何やってるの。あっちへモゾモゾ、こっちへモゾモゾ……」

母親が、息子の挙動に、不審を起した。

「いや、高等学校で習った力学を、一所懸命に、思い出してるところですがね、衝撃エネルギーと、反動エネルギーの比例は……」

「何を、ノンキなこといってるんですよ。それどころじゃないよ。前のお方たちは、あんなに、真剣になって、相談してらっしゃるじゃないか」

と、母親にたしなめられて、前の座席を見ると、会社員態の二人が、一人は立ち上って、ズボンから革のベルトを外し、もう一人は、空気枕を、一心に、フクらませているところだった。

「要するに、体が動かなければ、衝突ということもないわけだからな。ぼくは、旅客機の昇降の時のように、ベルトで、座席に体を縛りつけるのが、一番だと思うんだ……」

「それも、悪くないが、ベルトの寸法が、足りないよ。それよりも、空気枕を胸に抱いていれば、何かにブツかったところで……」

「いや、ベルトの寸法は、二つ繋ぎ合わせれば、何とかなるよ。君のベルトを、貸してくれよ」

「いやだよ。ぼくは、空気枕を胸へ固定させるために、ベルトが必要なんだ」

「意地の悪い奴だな。君が、そんな男だとは、夢にも、思わなかった……」

「だって、こっちだって、空気枕だけじゃ、心細いよ。君こそ、人の物をとりあげて、自分だけ、助かろうなんて……」

「いや、こういう時は、アイミタガイというもんだ。君は、一体、利己主義でいかんよ。先刻の食堂の勘定だって、ぼくに払わせたぜ」

「それア、当然だよ。昨夜の銀座のバーは、ぼくがオゴったんだもの……」

と、二人の間が、だいぶ険悪になってきたので、甲賀の母親が、堪りかねて、後ろの席から、仲裁に入った。

「まア、まア、そんな場合じゃございませんよ……。それより、お智慧を拝借させて下さいよ。体を、イスに縛りつけとくのが、一番、安全でございますかね」

「それア、旅客機が用いてるくらいですからね」

と、一人の会社員は、さすがに昂奮を恥じて、母親の対手になった。

「あたしア、空気枕も、持ってるんですよ。セガレが、そんな古臭いものをと、笑いますけど、やっぱり、こういう時のお役に立つじゃありませんか」

「ええ、空気の弾力は、絶対です。〝ちどり〟に替る新型特急も、客の動揺除けに全部、空気バネを使用するらしいです」

もう一人の男も、喧嘩を忘れた顔つきになった。

「じゃア、あたしは、空気枕ごと、体をイスに縛りつけますよ。それなら、鬼に金棒ってわけでしょう」

「でも、そんな、長いベルトは……」

「なアに、革帯でなくったって、日本の女は、紐ときたら、何本でも……」

と、彼女は、立ち上って、スルスルと、帯を解き出した。なるほど、帯留め、帯上げ、腰紐、伊達巻――と、何本、体に巻きつけてるのか、わからない。

「さア、腰紐は、あんた方に貸しますから、仲よくしなさいよ。あたしア、帯上げがあれば、沢山。ちょっと、恭雄さん、あたしを、イスに縛っておくれ……」

と、彼女は、座席に、腰を下そうとしたが、時すでに遅く、ガクンという音響と共に、衝撃と動揺が起った。

「やったッ」

「いけないッ」

「わア」

「きゃア」

と、車内は、総立ちとなって、いうべからざる混乱を呈した。

今は山なか今は浜

一

「皆さん、皆さん、ご静粛に……」

と、出入口の上の拡声器が、叫び出した。

専務車掌のアナウンスらしいが、そういう彼も、多少、慌ててるとみえて、語調が乱れていた。

「ただ今のは、事故ではありません。どの列車の運行にも、ありがちな、小さなショックです。つまり、機関車で、力行運転から惰行運転に移る時に、ノッチを切ります。その時に、往々にして起こる現象でありまして、人間に例えれば、セキか、シャックリのようなものであります。決して、事故ではありません。どうか、ご安心下さって、愉快な旅行を、お続け下さい……」

誰も、アナウンスの声を、一語も洩らすまいと、耳を立てていたが、次第に、緊張が解けて、ササヤキさえ起ってきた。

「なアんだ。脱線じゃなかったのか」

「ノッチって、何だい」

「力行運転から、惰行運転なんていわないで、もっと、わかり易く……」

「でも、セキか、シャックリなら、心配することもありませんわ」

　車掌の説明は、専門用語ばかりで、難解であったが、論より証拠というやつで、列車は、極めて快調に、運転を続けている。沿線の人家も多くなり、平和な燈火が、窓の外を過ぎ、何の異変も、感じられない。これでは、アナウンスがなくても、車中は、平静に返ったであろう。

　しかし、拡声機は、また、鳴り出した。

「ついでに、ちょっと、ご注意を申しあげます。エー、本日は、ご乗車ありがとうございました。せっかく、ご愉快にご旅行中のところを、途中、いつからともなく、どこからともなく、不穏なデマが、車中に流れまして、一部のお客さまに、ご迷惑をかけましたのは、残念でありました。とるに足らぬデマとは存じましたが、万全を期するために、乗組み公安官を始め、一同、各車輛を、隈なく点検致しました。しかし、デマが伝えるような危険物は、どこにも発見できませんでした。何卒、ご安心を願います。次ぎの停車駅は、京都でございます。京都へ着きますれば、どなたさまも、デマが笑い話であったことを、御諒解下さると存じます。近ごろ、とかく、デマが流行いたしますので、本日の〝ちどり〟のお客さまだけが、特にどうというわけではありませんが、何卒、強く、正しく、明るく、ご旅行あらんことを、お願い申しあげます。

エー、後、約二十分で、京都でございます。お出口は、向って右側。右側に、フォームがございます。明石行き電車に、お乗替えの方は、陸橋をわたって、三番線……」

もう、誰も、アナウンスを、聞かなくなった。

「さア、急いで、帯を締め直さなくちゃア……」

細紐一つになっていた甲賀の母親も、不体裁に気がつくと、早速、支度を整え始めた。中婆さんでも、女だから、帯となると手間を要し、京都までに、締め上るか、どうか。

「いや、ぼくは、最初から、デマだと思ったんだが……」

と前の席の会社員も、キマリ悪るそうに空気枕の空気を抜き始めた。危険箇所といわれた瀬田川鉄橋も、快速力で、無事に走り抜けるところで、車中は、蛍光燈の光りまで、明るくなったような気分だった。

――しかし、まだ、安心はできんぞ。

それでも、警戒の神経を尖らせているのは、甲賀恭雄だけだった。彼のような高級インテリは、衆に遅れて、狼狽した代りに、安心のタイミングも、人後に立つわけである。

――車掌が、あんな放送をするのは、かえって怪しい。真相は、常に、当局発表の裏側にあることは、戦争中の例でも明らかである。京都駅のフォームに着くまでは、何が起きるか、安心できるものではない。

それに、彼は、自分の眼で見た事実を、忘れられなかった。先刻、二人の怪漢が、洗面所の外で、不穏なサヤキを、交わしていたのである。彼等は、どうやら、九号車の中を覗きながら、何事か、変事の起きるのを、待ちかねていたようである。

するると、もし危険物が持ち込まれてるとすれば前部車輛でなくて、この九号車かも知れない。専務車掌のアナウンスでは、公安官が、車中隈なく、点検したといったが、恐らく、前部の三等車のことであろう、彼等は、九号車へ、来はしなかった。危険人物は、常に、三等車へ乗ると考えるのは、恐るべき階級的偏見である。むしろ、二等車が、怪しいのである。特に、この九号車が、怪しいのである——

そう考えてくると、少しの油断も、できなくなった。いや、そう考えなくても、この不安の時代に生きる者が、手放しの油断を、許されるものではない。

広島や長崎に数十倍する惨害を、そっちの出よう一つで、お見舞い申してやるぞと、隣国の首相が、広言している世の中に、安息や安眠があるわけのものではない。

二

先刻の連結器のショックが、起った時に、何の騒ぎもなかったのは、食堂車だけだった。

さすがに、食堂従業員たちは、乗車の経験を重ねてるので、ノッチの切り替えで起こる衝撃を、驚く者はなかった。ガクンとくる様子で、すぐ、それと知れるのである。

しかし、その直後に行われたアナウンスには、彼等も、無関心どころではなかった。

「ほな、やっぱり、デマやったのかいな」

「因(もと)はといえば、生酔(なまよ)いはんが、いい出したことやさかいな」

ウエートレスたちは、雀の群れのように、争って、声を立てた。それでも、ほんとに安心できないらしく、打ち揃(そろ)って、すぐ近くの専務車掌室へ、押しかけて行った。

「専務はん、ほんまに、心配ないの」

「大丈夫、大丈夫……。すっかり調べて、異状なしだから、気にすることないよ。しかし、お客さんは別として、君たちまでが、騒ぎ出すなんて、不心得だぞ。大阪営業所長に、注意しなければならん……」

と、オドかされて、

「わア、ご堪忍(かんにん)……」

と、ハデな声をあげて、食堂へ逃げ帰ったが、入口のところで、皆の脚が、ハタと止まった。

あんな騒ぎがあったので、食堂には一人の客もなく、そのために、彼女等も、車掌室まで出かけることができたのだが、そのガランとした車内のつきあたりに、会計台の前に寄り添って、矢板喜一と藤倉サヨ子が、互いに、首を垂れて、立ち話をしていた。

「あ、こら、えらいこっちゃ」

「シッ、邪魔せんとき……」

「どないしよう、そやけど……」

「ネキへ行ったら、あかんで。さ、皆、背向けて……」

一級の加山キミ子の号令で、五人のウエートレスたちも、一斉に、回れ右をして、会計台の方を、見ない工夫をした。

コック服姿の喜一が、食堂へ出てきたのも、まだ、車内秩序が平常に戻らない証拠だが、彼は、明らかに、〝緑の家〟へアイサツの件を口実に、藤倉サヨ子の側へ、やってきたにちがいなかった。口実であるから、ちょうど、今、列車が大津駅の手前を通過してるのも、気がつかず、

「サ、サ、サヨ子はん、わしは、大阪へ着かん前に、あ、あんたに、へ、返事を……」

と、盛んにドモリながら、短い時間に、大事な用件を告げようと、苦慮していた。

「あア、そのことやったら、もう、聞かんでええの」

藤倉サヨ子は、ひどく、晴れ晴れとした顔つきで、答えた。デマの暗黒が、晴れて、彼女の生命が保証されたためばかりとは、思われなかった。彼女は、死ぬと覚悟をきめた時にも落ちつき払って、憂色を現わさなかったが、今度は、今日見た富士山のように、雲一つない、爽やかさと、明るさが、加わっていた。

「ええいうて、何が……」

「返事聞かして貰わんかて、ええようになったの」

「何いうてなはるんや。あんた、あ、あれほど、わしに……」

「そやから、うち、喜イやんに、詫(わ)びいわんならん、思うてまんね。ほんまに、ムリいうて、心配かけて、えらい済まんことしたわ。あんた、こらえて、くらはる？」

彼女は、まるで、少女のように潤(うる)んだ眼で、喜一を見上げた。

「ほな、あんた、わしから、何も、聞くことないのか」

「ええ、何も……」

「オヤジさんの跡継(つ)いで、わしと一緒に、ま一度、アイノコ弁当の店始めるいうことも……」

「あないなこと、アホらしなってきたわ。女ゴは、女ゴらしゅう、家の留守番して、良人の帰り待つ方が、なんぼ、ええか知らん……」

「何で、そない、急に、変りなはった？」

「何でいうことないのやけど、こない気持になってしもたんやわ」

彼女の口調(くちょう)が、あまりにも、拘(こだわ)りがなく、無邪気なので、喜一は、判断にあまって、対手の顔を、見つめるだけだった。

「そやから、もう、あんたの返事、聞く必要ないの。あんたは、うちのことかまわずに、ええコックはんになるように、これから、一所懸命、修業して欲しいわ」

「それが、そういかんのや」

喜一が、ブッキラボーに、答えた。

「何で？」

「わしは、大方、クビになるらしい……」

彼は、名古屋停車中に、パントリ助手を殴った件を、彼女に話した。

「あの騒ぎやったら、うちも知っとったわ。最初に、手出しなはったのは、何というても、あんたが悪い……。そやけど、田所はんかて、営業所の上の人に、睨まれとるさかい、クビになるとしたら、あの人の方が、先きや」

「そ、そら、あかん。あん時は、確かに、わしの方が、悪かったんや。それに、会社が、わしをクビにせんでも、わしの方で、辞職せんならん事情が、あるんや」

喜一は、キッパリした口調で、いった。

「辞職？　何んで、あんた、会社やめんならんの」

サヨ子は、ひどく驚いて、声も高くなった。

「いや、今日、チーフはんに、いろいろ聞かされて、わしも、眼がさめたんや。わしのような者が、いまの職場で、なんぼ修業したかて、ええコックになれへんのや。食堂車コックは、何年たっても、食堂車コックで、世間に通用せんことが、ようわかったんや。ほたら、もう、会社におるの、いやになってしもた……」

さすがに、喜一の声は、さびしかった。

「で、あんた、会社やめて、どないするの？」

「どないするいうても、いまさら、ほかの職業にもつけんし、ほんまのコックになれいでも、包丁だけは、手放しとうないんや。それで、あんたの望みどおり、小ンまい店持って、アイノコ弁当売って、一生送る決心したんや……。サヨ子はん、わしの返事いうのは、このことや。大阪へ着かんうちに、決心でけたによって、早うあんたに、知らせとこ思うて……」

と、喜一も、やっと、胸中を語って、顔が明るくなったが、逆に、サヨ子の方が、声を曇らせて、

「そら、あかん。そないなこと、うち、反対や。あんたが会社やめるのは、留めんけど、ええコックはんになるの、諦めることないわ。新大阪でも、大阪グランドでも、どこのホテルへでも、入れて貰うて、ほんまの修業したら、ええやないか」

「いや、ホテルのコック場やったら、皿洗いから、始めんならん。とても、食うていけんわ」

「自分で食えなんだら、嫁はんに、食わせて貰うたらええやないの」

「そんでも、あんた、〝ちどり〟廃止を機会に、会社やめるというとったやないか」

「うち、もう、やめへん。営業所勤めに回して貰うて、ジャンジャン、働くつもりや。そやけど、あんたの嫁はんいうのは、うちと関係ないはずやで……」

サヨ子は、意外なことをいった。頰には、軽い笑いの影さえ、浮かんでいた。

「な、何いうとるんや。あんた、ここが、ちと狂うとるのと、ちがうか」

喜一は、頭のあたりを、指さした。

「どないもせんわ。このとおり、正気でいうとるんやで……フ、フ」

「ほ、ほな、何で……」

「喜イやん、うち、見とったんやで。ハッチの通し窓から、ええとこ、サンザン、見せつけられて……。あんたの嫁はん、今出川有女子(うめこ)はんと、きまっとるやないの」

「ち、ち、ちがうてや。あ、あ、あれは……」

と、喜一は、必死の弁解をしようとしても、舌に鉄のタガをはめられたように、口がきけなくなって、思わず、サヨ子の両腕をつかんで、揺り始めた。

その時に、後ろ向きをしていた六人の娘たちが、キャアと、叫び声をあげた。乱暴に、ドアが突き開けられて、中から、ハデな縞シャツを着た青年が、弾丸のように、飛び出してきたのである。

華やかなる捕物

一

その男は、九号車から、飛び出してきたので、背を円(まる)くして、左右を見回しながら、食堂車を走り抜けようとする姿は、ラグビー選手に似ていた。しかし、叫び声をあげたウエートレスたちは、その男に、見覚えがあった。第一回の夕定食時間に、予約券を持たずに、入ってきて、インネンをつけようとした二人のうちの一人である。その後も、何回となく、食堂車を通り抜けて、後部の車輛へ往復するので、目につかないわけにいかなかった。

名古屋で降りた酔漢は、この二人を、全学連の若者と呼んでいたが、その風体からも、顔つきからも、大学生とは、およそ遠い人物であることを、ウエートレスたちは、職業的感覚で、読みとっていたのである。そして爆弾騒ぎも、今のアナウンスでしずまって、彼女等も、恐怖的学生のことを、まったく忘れ去ったのであるが、突如、食堂車へ乱入してきた縞シャツの男を見ると、

――やはり、全学連や！　爆弾抱えてきやはった！

と、最大の恐怖に襲われて、叫び声も、絹を裂くより、高くなった。

だが、次ぎの瞬間に、

「待てッ」

と、通路へ飛び出してきた、黒い姿があった。これも、弾丸的速度で、前の男を追ってきたらしいが、よく見ると、腕章をつけた、制服の鉄道公安官であった。

ちょうど、食堂車通路の中央あたりで、公安官は、かの青年に追いついた。

「逃げるな」

公安官は、対手の片腕を捉えた。

「何の用だ。乗客に向って、ナマイキだぞ」

青年は、口惜しそうに、眼を閉じたが、やがて、逆に、公安官に詰め寄った。

「君は、乗客と認めない。犯人だ」

「何、人を侮辱(ぶじょく)する気か」

「シラをきっても、ダメだね。ドア口から、君の仕事を、すっかり、見ていたんだからね」

そういわれて、青年は、歯をかんだが、まだ、頑強に否定した。

「何を、見たてえンだよ。おれは、ただ、通路を、通り抜けただけじゃねえか。え？　誰だって、東京から乗り続けてちゃ、退屈すらアな。車中の散歩ぐらい、したくなるよ。いけねえって、いうのか、歩いちゃア……」

と、公安官の注意を外(そ)らすように、語気を強くしながら、手は、モゾモゾと動いて、ズボンのポケットに入り、何やら、黒いものを取り出して、近くの食卓の下へ、ソッと、投げ込んだ。

「あッ、爆弾！」

ウエートレスの一人が、それを認めて、金切り声を立てた。だが、ドカンとも、プスンとも、音はなかった。

「おい、証拠(ネタ)を捨てるなら、もっと、器用にやるもんだぞ」

公安官も、青年の動作を、見のがさなかった。対手の腕を強くつかみながら身を屈(こご)めて、食卓の下の品物に、手を伸ばそうとした時に、

「畜生ッ」

青年は、公安官の下腹を、蹴上げた。当りどころが悪かったのか、公安官は、腹を抑えて、シャガんでしまった。その隙に、青年は、前方へ走り出した。

だが、その行途に、矢板喜一が、大手をひろげて、立ちはだかっていた。彼は、サヨ子との重要会談を終って、派生的な、ヤキモチ話が起った時に、この騒ぎで、中断されたのだが、悪漢らしい青年が、自分の前へ逃げてきたのを、黙って通すわけにいかなかった。本来なら、ここで、大喝一声してやりたいところだが、大切な時に、言葉が停電するタチだから、仕方がない。

「やい、コック、てめえの出る幕じゃねえッ」

青年は、喜一を突き飛ばして、道を開こうとしたが、逆に、自分の方が、通路にひっくりかえったのは、対手の怪力を知らなかったからだろう。

喜一は、一発、肩を突いただけだったが、彼も、喧嘩で学校を退学されて、コックになった男だし、今日は、名古屋でトレーニングをしてきたし、パンチは鋭かった。倒れた青年に、公安官が飛びかかって、直ちに、手錠をかけてしまったから、喜一も安心して、体の力を抜いた時に、

「あッ、喜イやん、あむなッ……」

と、うしろから、藤倉サヨ子が、叫んだ。

恐らく、前方出入口で、様子を窺っていたのであろう――怪しい二人の青年の片割れが、喜一の後方から、手を振りあげていた。

「野郎、よくも、仕事のジャマしやがったな」

彼は、喜一の顔を、横撫ぜにしようとした。手には、安全カミソリの刃らしいものが、閃(ひら)めいていた。

しかし、サヨ子の声で、喜一が、サッと、身を沈めたので、刃先きは、コック帽を切っただけで、その腕は、怪力の掌に、堅く捉えられた。

「痛て、て、て……」

悲鳴をあげた悪漢は、手を捻(ね)じ上げられたまま、床に膝をついた。

その頃には、私服の公安官や、専務車掌が駆けつけてきた。

「喜イやん、怪我(けが)ないか」

コック場の面々も、飛び出してきた。

こうなっては、二人の悪漢も、観念するほかはなかった。後から現われた青年も、おとなしく、公安官の手錠を受けた。

やっと、活劇の幕が降りたようで、誰も、ホッとしたが、犯人が何をして、公安官に追われたのか、見当がつかなかった。

「やア、ご協力、ありがとう。客車の中へ逃げ込まれると、騒ぎが大きくなって、困るのだが……。あなたのお蔭で、二人とも、無事にアゲましたよ。感謝します」

私服の公安官が、喜一の前へ行って、お辞儀をした。

「へ、へい……」

喜一は、まっ赤になって、頭をかいた。

「この男、コック場一番の力持ちだすわ……。ほて、公安官さん、あの二人、何をしよりましたねん」

チーフ・コックが、質問した。

「スリですよ、三人組の……」

「ほウ、チボだすか。〝ちどり〟には、珍らしいこッちゃな。そやけど、三人組いうと、あの二人の外に、まだ一人、どこぞに、おりますんかいな」

「ええ、でも、程なく、つかまえますよ」

公安官は、事もなげにいった。

その間に、制服の公安官は、テーブルの下に投げられた品物を、拾い上げて、

「いいか。証拠湮滅を計って、君が捨てたものだぞ。目撃者は、ここに、大勢いる」

と、犯人に、念を押した。ワニ革のピカピカした、超大型の紙入れで、満腹の胃袋のように、膨れ上っていた。それは、たしか、岸和田社長の上着の内ポケットに、納まっていた品物である。

「さア、こっちへくるんだ……」

二人の犯人は、専務車掌室へ連れて行かれた。そして、扉が、すぐ、閉められたので、ガヤガヤと、跡をついて行った食堂従業員たちは、顔を見合わせて、

「大けな紙入れ、盗みよったもんやな」

「おおかた、百万円は、入っとるで」

「一億円かも、知れん」

「アホかいな。一億円ちゅうたら、一万円札でも、ビール函一ぱいはあるわ」

「どのお客はんのを、とりよったんやろ」

「知れとるやないか。岡はんに、きまっとるわ。総理大臣いうたら、税金は、獅子文六の半分も納めとらんのに、どんだけ収入があるやら、知れん商売やもの……」

「まア、これで、今日の〝ちどり〟も、厄落しやな。爆弾の代りに、チボ騒ぎで済んで、ほんに、おめでたいこっちゃ」


と、勝手なことを、いい合ってる間に、私服公安官が、扉を開けて、出てきた。彼は、食堂へ入らずに、九号車の方へ、姿を消した。そして、ツカツカと、通路を歩いていったが、十号車には、入らなかった。つまり、九号車のドアの外で、歩みを止めながら、何事か、待機してるようであった。

二

新逢坂山トンネルを出ると、京都下車の客は、アミ棚から、荷物を降し始めるのが、通例である。

女金融業者、伊藤ヤエ子も、荷物は、革のボストンバッグ一つだけだが、立ち上って、手を伸ばした。袖口から露われた肌が、なまめかしかった。

「あんたは、坐っとりなはれ。わしが、降しますがな」

岸和田社長が、慌てて、立ち上って、ひったくるように、鞄に手をかけた。

「あら、よろしいんですよ。とても、軽いんですから……」

「なんぼ、軽うても、荷物の揚げ降しは、男の役目いうことぐらい、知っとりますわ。西洋人は、皆、そないしよりますねん」

「はア、そうですか」

伊藤ヤエ子は、冷淡に答えた。

「まア、腰すえて、話しなはれや。もう、すぐ、京都やおまへんか。あんた、下車しなはったら、明日まで、逢(あ)われんことなる……」

と、岸和田は、明日、彼女が京都から、会社へ電話した上で、デートする約束を、忘れはしなかった。

「はア、でも、慣れない旅で、気が急(せ)きますから……」

彼女は、もう、岸和田を問題にしてないような、空々しい口調だった。

彼女の態度は、食堂車で、あの騒ぎが起こる頃から、変ってきた。もっとも、二つのドアを隔てた食堂車の中のことは、九号車へは、伝わって来なかった。しかし、その頃から、彼女は、急に、ソワソワし始めたばかりではなく、岸和田を、まるで、酒を飲んでしまった空ビンのように、粗末に扱い出したのである。

そうなると、いよいよ、シツコク出るのが、男の常で、

「あんた、ほんまに、明日、電話してくれはるか。これぎりにして、逃げたら、きかんで。何や、わしは、あんたと別れられん気に、なってしもた。わしも、京都で降りたかて、かまへんのやで。今夜の重役会議、延期させたら、ええのや……」

と、岸和田も、今は、今出川有女子との逢いびきを、スッポかしても、この年増美人を確保したい心境になってきた。一つには、有女子が、全然、姿を現わさず、京都が近づいても、下車客の荷物をデッキに運ぶことさえ、サボっているから、岸和田も、新しい花に、眼移りがするのだろう。

しかし、魔がサしたように、その時、有女子が、車内へ入ってきた。といって彼女の姿は、ほとんど目に入らぬほど、二人の男の背後に、隠されていた。最初に入ってきたのは専務車掌、その次ぎが、制服の公安官——彼女は、九号車給仕として、扈従してきた様子だった。

「お客さん、ちょっと伺いますが……」

と、専務車掌が、岸和田の前に立った。

「はい、何だす……」

「お客さんは、何か、紛失物はありませんか」

「いや、べつに……」

岸和田は、伊藤ヤエ子との大切な話を、妨げられた不興さを、明らかに、顔に示した。

「では、この紙入れは、お客さんの品物と、ちがいますか」

今度は、公安官が、ワニ革の紙入れを、岸和田の眼前に、示した。

「わしの紙入れと、よう似とるが、わしのは、チャンと、ここに……」

と、彼は、上着の内ポケットを、上から叩(たた)いて見せたが、とたんに、座席を飛び上った。

「わッ、無い！　ない！　それ、わしのや。いつの間に、わしの紙入れを……」

と、彼は、ひどく狼狽して、公安官の手から、紙入れを、奪おうとした。

「いま暫らく、拝借させて下さい。京都着の上で、お返ししますから……」

公安官は、紙入れをポケットへ入れると、今度は、伊藤ヤエ子を、ジロリと見て、話しかけた。

「こちらのお客さん……」

彼女は、ひどく落ちつき払っていた。軽い笑いさえ浮かべているのだが、仮面を落したように、人相が一変していた。美しい目鼻立ちが、ひどく、下司(げす)ッぽくなっていた。

「はい、何ご用？」

「あなたの仕業(しわざ)ですね」

「まア、人聞きの悪い……。あたしが盗(と)ったっていうなら、証拠をお出しよ、証拠を……」

言葉つきも、声の音色さえも、変ってきた。それは、追いつめられた鼠が、猫の隙を窺うための身構えと、似ていた。

「証拠ですか。あり過ぎるほど、揃ってますよ。先刻のノッチのショック騒ぎがあった時に、あんたの犯行を目撃したのが、公安官の私です。あんたに目をつけて、後部ドアの隙間から、監視してたんですよ。しかし、あんたの仲間が、二人、三等車に乗ってるから、必ず、盗品のリレーにくるものと、待ち構えていると……」

「そこまで、見てたのかい。すっかり、ドジを踏んだね。あたしも、年をとったが、近頃の若い者は、なお、ダラシがないや……」

彼女は、気味の悪い冷笑を浮かべて、立ち上った。

「さ、どこへでも行くわよ」

そして、公安官と専務車掌が、彼女を、車掌室へ連れていくと、今出川有女子だけが、後に残った。

呆然となって、座席にヘタばってる岸和田は、この時始めて、有女子に気づいた。

「おウ、有女子はん、えらい目に遇うた……」

「残念でした……」

彼女は、クルリと踵(くびす)をめぐらせた。

京の夢

一

食堂車の騒ぎは、乗客に知られずに済んだが、九号車の出来事は、そうはいかなかった。特二のお客さんだから、ヤジ馬はいないと思ったら、大ちがい。最初は、不正乗車の取調べぐらいに思っていたのが、美人の女スリとわかって、まっ先きに駆けつけたのが、岸和田の秘書で、その後に、ゾロゾロと、つながってきた。

「社長、飛んだ目に……」

「騒ぐことはないわい。盗まれたもんは、出てきたんや……。君の方のカバンは、大丈夫か」

「はい、この通り、肌身を離しません」

「そんなら、ええわ。もう、わしア〝ちどり〟には、乗らんぞ。これからは、いつも、〝いそぎ〟にするわい」

と、岸和田が、すっかり、クサってるのを、心ない乗客たちが、折り重なって、覗(のぞ)き込んでいた。

さすがに、甲賀恭雄は、もの見高い所業はしなかったが、自席で、母親に話しかけた。

「どうも、あの女は怪しいと思ってたら、スリだったんですね。でも、あんな女に気を許す男も、男ですよ」

母親は、やっと、帯を結び終った立ち姿で、

「あたしア、女優さんか何かと、思っていたよ。何しろ、美人だったからね。ほんとに、女は油断がならないね。あたしも、少し、考えてきたよ」

「何をです」

「いえね、明日、大阪へ行って、藤倉さんの実家を、訪ねてみようと、思ってたんだがね、まア、もう少し、考えた上のことにするよ」

「そうですとも。何事も、慎重が大切ですよ」

「ほんとに、あんたのお嫁さんだけは、まちがいのない人に、来て貰わなけれアね。あのガールさんのような、見るから、浮気女の標本みたいな人でも来た日には、あたしア死んでも、死にきれない……」

「しッ、母さん……」

恭雄が、手をあげて制したのも道理で、その浮気女の標本が、前方から、通路を進んできたのである。

彼女の顔は、蒼白だった。唇をキッと結び、眼を前方に据えて、姿勢正しく、歩んでいく姿は、マリー・アントワネットが断頭台に進んだ時も、こんな風かと、思われた。彼女の平常の媚態(びたい)は、まったく影をひそめ、Bの字のつく外国女優の腰の振り方も、今

は見られなかった。

　彼女は、〝ちどり〟に起こる大凶事が、刻々と、近づいてくる気がしてならないのである。時限爆弾はデマと知れ、公安官が目をつけた怪人物は、スリとわかっても、彼女の不安は、解消しなかった。それ以上の大難が、いつ突発しないと、限らない。あのお符が割れた以上、決して、今日は無事平穏に、終らないのである。その暗示を与えてくれた神霊は、京都の郊外に鎮座しているが、列車は、まさに、付近を通過するであろう。その時に、凶事が起こるか、それとも、大阪の周辺か、とにかく、この列車が、宮原の操車場に入って、完全休止するまでに、何事も起らなかったら、彼女の幼時からの信仰は、裏切られたことになる。あの神霊は、代々の神官としての彼女の一家に、特別の庇護を垂れ、その神力も及ばざる運命がきた時に、警戒警報として、神符を割ってくれるのである。その霊験は、彼女の幼時から、度々、経験してるので、疑いを容さなかった。

　そういう危機感に迫られてる上に、どうせ、〝ちどり・ガール〟は、近くクビだという腹もあるから、彼女が、職場放棄の心理になったといって、深くトガめることはできない。下車客の多い、京都駅が近づいても、荷物の持ち運びなぞは、まったく、知らぬ顔の態度である。その代り、チップを頂戴しようという下心も、まるで、忘れている。ただ、刻々と昂まってくる不安を、紛らせるために、放心的に、通路を歩いてるに過ぎない。

「あの、ちょっと……」

甲賀恭雄は、彼女の様子のただならないのに、気づいて、思わず、声をかけた。

「何ですの」

その言葉も、態度も、もう、列車のスチュワーデスではなくなっていた。堂上華族の令嬢として、気品溢（あふ）るるばかりであった代りに、恭雄なぞは眼下に見下す冷たさも、露骨であった。

恭雄は、大いに、気怯（きおく）れしたが、付近の乗客は、岸和田の席の方へ集まって、ガラ空きなのを幸い、秘密のささやきを始めた。

「ゴミカンの中の返事、見て下さったでしょう。お待ちしますよ、明後日……。東山の秋は、どんなに美しいでしょう……」

側の母親に、聞えぬように、小声でささやいたので、彼女の耳に入らなかったのだろうか。それとも、彼女は、恭雄のいうことなぞ、聞く耳持たぬ女になっていたのだろうか。

冷然として、彼女は、歩き出したが、置土産（おきみやげ）のような一語を残すのを、忘れなかった。

「何にも、知らないで……」

それを聞いて、恭雄は、ギョッとした。彼女も、食堂車の不可解なヨッパライと、同じ言を吐（は）くではないか。この列車には、伝染性精神病でも、発生しているのか——

二

　列車の速度が、すっかり落ちてきたと思うと、ゴトン、ゴトンと、鉄橋を渡った。遂に、京都である。鴨川(かもがわ)の水が、夜目にも、黒燿石(こくようせき)の光りを見せ、東山三十六峰、静かに眠るどころか、夜の京都のタノシミは、これからと、いわんばかりに、あまたのネオンを輝かせている。まったく、京都は、不思議な都会で、下車慾をそそる点では、全国第一。大阪に宿をとってあっても、一晩スッポかしてやろうかという気にさえなる。そのくせ、泊(とま)ったところで、冬は寒く、夏は暑く、高野豆腐ばかり食わせられて、ロクなことはないのだが――

　いつもなら、到着一分前に、再度のアナウンスがあるのだが、今日は、女スリの親分と、二人の乾分(こぶん)を収容して、専務車掌室は、満員の盛況だから、放送どころではない。

　やがて、十九時二十四分。二分おくれの到着となって、明るい五番線フォームへ、走り込んだ。

　後部のフォームに、黒山のような人の集まりは、展望車から降りてくる、岡総理を迎えるためであろう。総理も、まずまず無事で、京都の土を踏むことができたのである。随員と護衛に囲まれて、眼と歯で、愛嬌をふりまきながら、一応、駅の貴賓室に落ちつくらしく、特別の階段を降りていった。

　九号車でも、東京発以来のおナジミ客の甲賀親子を始め、大半の乗客が、ここで、降りてしまった。しかし、怪しからんことに、受持ちのスチュワーデス、今出川有女子は、どこへ姿を消したのか、客の見送りにさえ、出て来なかった。甲賀恭雄が、名残り惜しげに、後を見送っていたが、それも、やがてフォームの人波に、呑まれてしまった。

岸和田社長は、行先きが終点大阪であって、何も、慌てて下車する必要はないのだが、彼も、秘書にカバンを持たせて、フォームへ降りた。

「恐れ入りますが、ほんの短時間で結構ですから、フォームの駅長事務室まで、お出で下さい。その時に、紙入れを、お返ししますから……」

と、専務車掌から、スリ被害者としての証言を求められた。本来の彼だったら、そんな証人は、秘書で沢山だと、威張ってみせるところだが、何分にも、彼は、自称伊藤ヤエ子の所業が、腹が立ってたまらないのである。よくも、色仕掛けで、油断させて、懐中物を奪ったと、自分の鼻の下の長さを、棚に上げて、彼女を呪っていた。

――女金融業者やなぞと、ぬかしよって、金を回すのやなしに、金を引き抜くのが、商売やったんや。元金もいらんし、ボロクソの儲けや。この、女チボめ！

そこで、係り官の前で、彼女の悪辣な犯行に、太鼓判を捺してやって、少しでも、罪を重くして、腹癒せがしたくなったのである。

もし、多少、立証に手間どっても、京都から、車を飛ばせば、今夜の今出川有女子との約束時間には、充分、間に合うと、考えたからであろう。

掘出し物の美人が、スリとわかってから、彼の心は、元木にまさる末木なしと、有女子一辺倒となったのに、彼女が、姿を見せないのが、不満だった。

「おい、君、あのスチュワーデスが来よったらな、わしは、京都から車で大阪へ戻るが、万事、予定の如くやと、いうといてんか」

　彼は、秘書にそう私語して、列車の側に、残らせた。そして、自分は、フォームの駅長事務室へいくと、すでに、三人の犯人が、連行されていた。自称伊藤ヤエ子だけは、手錠の憂き目は見なかったが、公安官が、遁走に備えて、油断なく、側に立っていた、
　彼女は、フテくされた、薄笑いを浮かべていたが、岸和田社長の姿を見ると、

「あら、パパさん、あんたも一緒に、留置場へ行ってくれるの」

　と、イヤがらせをいった。

　やがて、公安官が、岸和田の被害証言をとり始めたが、その時分に、事務室の窓の外から、展望車ボーイの広田が、中を覗き込んでいた。彼も、総理一行を送って、フォームに降りたが、女スリ捕縛の報を聞いて、もの見高く、見物にきたのである。

「九号車の女スリってのは、あの女ですかい」

　彼は、事務室から出てきた、専務車掌をつかまえた。

「うん、美人だろう」

「すごい美人だが、あたしア、確かに、見覚えがあるね。あの女には……」

　広田は、半白の髪のあたりに、手をやっていたが、

「そうだ、やっと、思い出しましたよ。あの女は、仕立て屋お銀という、有名なハコ師

だ……」

「そんな、有名な女スリなら、公安官だって、知ってるはずだが……」

専務車掌は、腑に落ちなかった。

「それが、あんた、戦前の話なんだよ。まだ、あたしが寝台車ボーイで、ニキビ華やかなりし頃のことなんだよ」

「冗談いっちゃいけないよ。君が、そんなに若い頃だったら、あの女は、まだ、赤ン坊じゃないか」

「そうだ、ほんとに、そうだ。すると、仕立て屋お銀の娘かな」

広田は、また、窓の中を、窺き込んだ。

「いや、いや、確かに、あの女だよ。まちがいなしだ。そういえば、少し、年増くさくなったかな……。でも、おかしいな、あれから、二十何年もたつのに、あんなに、ミズミズしくって、美人だってえのは……」

「人ちがいだろう。だって、ハコ師の大物は、みんな、公安官のリストにあがってるんだぜ。それに、あんな美人なら、すぐ、目につくし……。きっと、新米のスリだよ」

専務車掌は、永久美人の存在を、信じないらしかった。

「そうかな、他人の空似かな。でも、専務さん、仕立て屋お銀ぐらいの女になれば、金に飽かして、どんな若返り法でもやりますぜ。商売の元手だからね。ことによったら、ドイツ人の乗客から、特製ホルモンでも、スリとったかも知れねえ……」

「まさか、ハッハハ」

「まア、あの女が、仕立て屋お銀だとすると、もう五十を越してるわけだから、そうそうは、化けきれねえかな……。だが、昔の仕立て屋お銀の手口は、いつも、きまってたね」

「へえ、どんな風なんだ」

「お銀は、決して、東京駅から、乗車しなかったね。いつも、乾分を先きに乗せといて、金のありそうな助平そうな客を、探させとくんだ。それから、自分は、熱海あたりから、乗り込んで……」

「え？」

今度は、専務車掌が、驚いた。今日の女スリも、そのとおりのことを、やってるのである。そして、展望車ボーイの広田は、職場が離れているから、スリ騒ぎも、今やっと聞いたのだし、彼女の犯行の経路は、一切知らないのである。

「そいで、自分がスリとったものを、すぐ、乾分に渡して、証拠が残らねえようにするんだが、その手口の鮮（あざや）かさっていったら、刑事も、舌を巻いたもんだよ。その頃は、公安官なんていねえから、専門の刑事が……」

と、広田が、得意になって、昔語りをするのを、専務車掌がさえぎった。

「おい、君、あの女スリも、そっくり、その手口なんだ。すると、やっぱり、仕立て屋お銀……いや、いや、そんな、バカな……」

専務車掌も、だいぶ、頭が混乱してきたらしかった。

その時に、音高く、発車ベルが、鳴り始めた。今日は、首相一行の下車や、スリの連行などで、手間どって、二分間停車が、五分近く延びたが、やっと、発車の運びとなったらしい。

「広田君、その話、発車後に、もっと、聞かしてくれ。場合によっては、大阪から、公安官に報告するから……」

専務車掌は、九号車ステップの方へ、急いだ。広田も、小走りに、展望車へ向った。

やがて、列車は、少しのショックもなく、滑らかに、動き出した――と、思ったのは束の間で、ギ、ギと急ブレーキを軋ませて、突然、停車した。

大阪の夢

一

アッという間の出来事だった。

〝ちどり〟の九号車は、フォームの中央近く停車していたから、その辺にいた人々は、眼前で行われた惨劇の経過を、よく知っているのだが、発車ベルが鳴り終って、列車が静かに進行し始めた時に、九号車の乗降口に、飛び乗りを試みた者が、あったのである。

それが、乗客であったら、駅員からド鳴られるところであるが、〝ちどりガール〟の制服を着てるから、安心だった。〝ちどり・ガール〟に限らず、スチュワーデスというものは、よく、発車後の飛び乗りをやるのである。静岡駅なぞは、乗客の依頼で、電報発信や、駅売りの買物が多く、僅かな停車時間では、間に合わず、動き出した列車に、飛び乗りをするのであるが、彼女たちも、慣れたもので、ヒラリと、形のいいところを見せたりする余裕も、充分である。

だが、今日の〝ちどり・ガール〟は、手に何物も持っていなかったから、乗客の依頼の買物のために、フォームへ降りたのではないらしかった。その上、彼女は、発車間際も、フォームの群衆の中を、ウロウロしていて、何人(なんぴと)かを探すような風だった。車が動き出して、やっと気がついたように、大急ぎで、昇降口へ走ってきた。そして、見事に飛び乗ったのであるが、把手(とって)をつかむ手が充分でなかったのと、靴のカカトが、フォームのコンクリートに、ひっかかったらしかった。顚倒(てんとう)した途端(とたん)に、まるで水中にひき込まれるように、ステップとフォームの間隙に、下半身を呑まれた。

「あむなッ！」

人々が、声をあげたが、彼女の体は、反物(たんもの)でも巻くように、数回転した時に、列車が急停車したのである。

バラバラと、駅員や、フォームの客が、駆けつけた。

「生きとるか」

「脚、轢かれたのやな」

「正体ないわ」

彼等は、コンクリートの上か、線路の小石の上の血の海を、想像したが、それは、皆無だった。しかし、G・I帽も飛ばし、髪を乱した美しい顔は、青い壁のように、血の気がなく、眼を閉じていた。

車内からも、乗務員が、飛び降りてきた。

「まア、今出川さん！」

十号車のスチュワーデスが、泣き声をあげて走り寄ってくる後から、専務車掌や、ボーイたちや、食堂従業員も、車を降りてきた。

「B・Bちゃんが、やられたんか」

「どないして、まア……」

その時には、駅員の一人が、今出川有女子の体を、フォームと車輛の間から、引きずり出していた。しかし、こういう場合に、女性がよく示すような、服装の乱れはなかった。それは、彼女の身だしなみがよかったためか、或いは狭い間隙で、スカートが抑えられたためだろう。それでも、ナイロンの靴下は裂け、血が滲み、ハイヒールの片一方が、脱げ去っていた。

「早う、病院へ……」

駅の助役が、駅員に、命令した。生憎、その駅員は、小男であって、有女子の長い全身を抱えて、ヨロヨロした。

「待て。死人が、何ぞ、いうとる……」

助役も、少し慌てたと見えて、トンチンカンなことを口走ったが、死んだような有女子の唇が、確かに、二、三度、開閉したのである。

「何？　何やて……」

助役は、彼女の口に、耳を近づけた。

「……大阪、大阪、いうとるわ……」

「助役さん、きっと、大阪着の上で、手当して欲しいと、いってるんですよ。気丈な娘ですから、職務のことを、考えてるんですよ。本人の気持を汲んで、大阪の鉄道病院へ、担ぎ込みましょう」

ヘッド・ボーイの広田が、昂奮していった。

「さよか。どっちゃでもええ。ほたら、早う、列車へ運んで、早う、発車や」

助役は、時計を出して、遅延を気にした。その時に、秘書の急報によって、岸和田社長も、駅長事務室を飛び出してきたが、呆然として、口もきけない様子だった。

やがて、有女子の体は、柩のように、列車ボーイが、二人がかりで、九号車の乗降口に、持ち運ばれるのを、

「わ、わしに、任しとき……」

矢板喜一が、横から、出てきた。彼の両腕が、有女子の背と脚にかかると、羽根ブト

ンでも運ぶように、軽々と、歩き出した。その跡から、藤倉サヨ子が、慎ましい会葬者のように、首を垂れて、蹤いていった。

発車合図をしようとした助役は、駅員が拾ってきた有女子のハイヒールの片割れを、手に持って、跡を追った。

「こない、カカトの高い靴はきよるよって、事故起すんや……。これやったら、竹馬に乗って、飛び乗りするんと、同じことやないか……」

二

動き出した列車の中で、有女子の体は、九号車の彼女の個室に、運ばれたが、先刻、フォームで口を動かしたのは、ウワゴトであったのか、意識は回復しなかった。同僚の〝ちどり・ガール〟は、全部集まって看護の相談をしたが、大阪着までは、彼女等も、持ち場を離れるわけにいかず、結局、食堂の女子従業員に任せることになった。いつも、京都を出ると、食堂車は、開店休業となるので、ウエートレスの手は、明くわけだった。

「じゃア、済まないけど、お願いしますわ」

「ええ、心配しなはらんと……」

平素は、仲のよくない連中でも、こういう場合は、同じ乗車勤務の誼みが、湧くらしかった。

「矢板はん、あんた、コック場のかたづけせんならんやろ。後は、うちに任しといたら、ええわ」

茫然として立ってる喜一に、藤倉サヨ子が、声をかけた。

「………」

彼は、何かいおうとして、感動で、ドモるよりも、声が出ないらしく、大きく頷いただけで、食堂車の方へ去った。

後は、窓側のベンチに、コンコンとして眠る有女子と、サヨ子の二人きりになった。

――大阪まで、もつやろか。

彼女は、有女子の顔を、覗き込んだ。蛍光燈に照らされた、白い額と、隆い鼻が、気高いほど、美しかったが、右の頬から唇へかけて、擦過傷があり、血が濡んでいた。ダラリと下げた手の甲にも、白手袋が破れ、泥にまみれた擦過傷があった。その他には、べつに、眼につく外傷はなく、唇を洩れる呼吸も、特に速い感じもなかったが、彼女は、有女子が、これぎりになりはしないかと、気が揉めてならなかった。あんなに、傲慢で、美しく、孔雀のように、サヨ子たちを見下していた女が、正体もなく、目の前に横たわってるのを見ると、逆に、心の底から、憐れまれてくるのである。

――東京の親ごはんは、まだ、何も知らずに……。

彼女は、今朝、品川操車場に列車が止まっていた時に、この個室で、有女子と烈しい口争いをしたことを、思い出した。

――皿一枚のことで、なんで、あないエゲツないこと、いうたんやろ。うちのミスにしといたら、よかったのに……。

　サヨ子は、後悔で、身が震えた。それもこれも、喜イやんを誘惑しようとする有女子に、ヤキモチをやいた結果であることを、認めないでいられなかった。

　――この人、ほんまに、喜イやんを好きやったんやろうか。

　嫉妬の炎の消えた、今の心境で考えてみれば、有女子が、本心で、喜一を愛していた証拠は、一つもなかった。あんなにも気位の高い彼女が、コック助手風情と生涯を共にする気に、なるはずはなかった。すべては、サヨ子を悩ますための企みとしか、受けとれなかった。

　――一体、この人、誰が好きやったんやろ。

　甲賀恭雄のことが、彼女の頭に浮かんだ。しかし、恭雄に対しても、有女子の真の愛情が注がれていたか、疑問だった。むしろ、喜一の場合と同じように、サヨ子の幸福を妨げる意志の方が、強かったのではないか。

　――あのハゲの社長はんが、意中の人いうこともないやろし……。

　彼女は、判断に迷った。結局、彼女が心をささげてた男の名は、念頭に浮かばなかった。あんな美しい人なら、どんな男も、意のままだろうに、唯一人の男も、愛することができなかったのだろうか――

　いつまで経っても、負傷者は、眠っていた。サヨ子は、部屋の中を見回すと、壁面に小さな鏡がとりつけてあり、飲料水タンクの下の台にクリーム色の革ケースが、載っていた。それは、映画女優の乗客がよく持っている、方形の大型化粧用品入れで、中は、赤い繻子(しゅす)張りで、見るからに高価そうな品物だが、そんなものを、スチュワーデスが、車中へ持ち込んではいけなかった。しかし、有女子は、禁制のハイヒールも、八センチ以上のを、平気で穿(は)いているくらいで、規則破りの常習犯だった。

サヨ子は、蓋の開いたケースの中を、覗いてみたくなった。

——まア、こないギョーサンな道具や化粧品、持ってなはるんやもん、美しゅうなるはずやわ。

彼女は、金色の櫛(くし)や、ブラシや、マニキュア道具や、名も知らない舶来化粧品の数々に、眼を見はったが、ふと、その隅に、半開きになって、挿(さ)し込まれてある電報の紙片に、気づいた。

突然、サヨ子は、強い好奇心に、襲われた。

——電報やよって、読んだかて、かまへんやろ。

想像どおり、有女子宛の電報だった。

キヨウオメニカカリテ、スベテヲ」サガワ

発信局は大津で、受信局は熱海駅だった。それで、彼女にピンとくるものがあった。

——〝緑の家〟の佐川はんが、〝ちどり〟宛に打ちなはったんやわ。今出川はんは、熱海で、この電報を……。

サヨ子も、〝緑の家〟には、度々慰問に行ってるし、好青年の佐川英二を、よく知っていた。彼と今出川有女子との噂も、聞いていた。そして、短い電文から、想像をめぐらすならば、佐川は、今日のサヨ子自身のように、恋人から最後的回答を、求めたのではなかろうか。そして、大津にいる佐川が、今日のうちに、有女子と会いたいのだったろう。京都駅か、大阪駅か、どちらかに、彼女を出迎えなければならない。

——今出川はん、それで、京都駅のフォームに降りなはったと、ちがうか。

サヨ子は、食堂車の広い窓から、有女子が人を探すらしい様子で、フォームの人混みの中を、ウロウロしていた姿を、確かに眺めた。それなら、有女子は、佐川を探すために、暇どって、危い飛び乗りを演じ、あんな事故を起したことになるのである。

——まア、何という間の悪い……。

サヨ子は、この時に、始めて、腹の底からの同情を、有女子に感じた。それまでの同情を半理性的なものとするならば、今度は、全額を、感情で、払い込んだようなものだった。

——京都にいやはらんのなら、佐川はんは、きっと、大阪駅で待っとんなはるわ。今出川はんの変り果てた姿見て、どないに、テントウしなはることやろ……。

サヨ子は、悲しみを堪える力を、失った。涙が溢れて、泣き声も抑えきれなかった。

その時に、扉のノックが聞えた。

「どうだね、容態は……」

専務車掌の声だった。

扉を開けると、彼の他に、肥（ふと）った顔に、ロイド眼鏡をかけた男が立っていた。その顔を、サヨ子も、よく知っていた。画家で、医者で、テレビタレントで、顔の広い宮川繁雄だった。

「大阪のNHKへ行くところなんだが、車掌さんに、頼まれちゃってな……」

「いや、済みません。車中で、病人や負傷者が出た場合は、アナウンスして、乗客のお医者さんに、協力を願うんですが、今日は、乗務員の事故なんで、遠慮したんです。ところが、先生が乗っていられることを、ふと思い出して……」

「いや、かまわんよ。〝ちどり・ガール〟には、ぼくも、よく、お世話になるんだから……。患者さんは、この人かい。美人だねえ。これア……」

宮川兼業ドクトルは、すぐ、有女子の脈をみはじめたが、やがて、サヨ子にいった。

「服を、脱（ぬ）がせて……」

美人の皮をムクとなれば、専務車掌も、部屋の外に、出ないわけにいかなかった。

その頃、列車は、最後の速力を出して、高槻（たかつき）駅を、走り抜けていた。すでに、大阪府内へ入ったので、いつもなら、この辺で、専務車掌は、終着予告のアナウンスをするところだが、早く、今出川有女子の容態と、診察の結果を聞きたくて、閉められた扉の外で、ジリジリしていた。

診察は、なかなか、手間が掛った。茨木（いばらき）駅を過ぎて、吹田（すいた）が近くなっても、まだ、済まなかった。専務車掌も、もうこれまでと思って、アナウンスのために、車掌室へ戻ろうとする時に、ガラリと、扉が開いた。

「やア、君、大丈夫だよ。患者さん、もう意識をとり戻したよ。脳震蕩を、起したんだな。四肢や胴体に、ひどい内出血もなさそうだし、骨折も、まあ、心配あるまい。奇跡的な軽傷だよ。この人には、神様でもついてるんじゃないかな。しかし、念のため、大阪の病院で、レントゲンで、診て貰うといい」

宮川繁雄の福々しい顔が、専務車掌には、ひどく、頼もしく、映った。

「先生、済みませんッ」

と、頭を下げるや否や、程近い車掌室へ、駆け込んだ。そして、すぐ、配電盤のスイッチを入れると、チャイムを鳴らすのも、省略して、

「エー、皆さん、程なく、いえ、もうすぐ、終着駅大阪でございます。途中、事故のため、七分おくれの二十時七分、到着の予定でございます。フォームは、右側、三番線。大阪から、下り雲仙号に、お乗り継ぎの方は……」

続いて、乗り継ぎ各線の案内を、始めようと思ったが、もう、列車は、大阪駅構内へ入って、北の繁華区の燈火が、窓外に迫ってきた。

専務車掌も、すっかり慌てて、機関銃のような速い口調で、

「エー、相済みません。もう、着いてしまいました。七時間半のご旅行、おつかれさまで、どなたも、お忘れもののないよう……」

ゴージャス、キュート、アンド人情！
一九六〇年の文藝ガーリッシュ

千野帽子

獅子文六の『七時間半』（一九六〇）は、昭和三〇年代ならではのぶっちぎりのスピードで一気読みさせる、キュートで極上のラブコメディです。

この小説は、品川―大阪間を七時間半で結ぶ豪華な特急「ちどり」を舞台としています。運行しているのは日本急行鉄道会社。国鉄（のちのＪＲ）がモデルです。

当時の車輛編成は、一等車から三等車までありました。もちろん、食堂車もついています。ここを経営している全国食堂は日本食堂（のちの日本レストランエンタプライズ）をモデルにしています。

藤倉サヨ子（二三歳）は、この日の食堂車でウェイトレスのリーダー（会計さんと呼ばれる）をやっています。同じ食堂車のコック助手・喜イやんこと矢板喜一にプロポーズした。いまは彼の返事を待っているところ。喜一を連れて大阪に帰って、父の死で戦時中に閉店した家業の食堂を再興したいのです。

いっぽうその喜一は、二〇代半ばの大男。きょうの列車が大阪に着くまでには、いよいよサヨ子に返事をしなければならない。ここまで返事を延ばしてきたのには理由がある。じつは町の食堂ではなくて、ホテルか一流レストランのコックとして働きたいのだ。

食堂車のウェイトレスとはべつに、特急二等車にはスチュワーデスのような〈ちどり・ガール〉たちが働いている。採用基準に容姿が重視されるだけあって、スタイルのいい美人揃い。なかでも今出川有女子（うめこ）（二二歳）は、東京の旧（貧乏）子爵家の娘で、三代目〈ミス・ちどり〉に選ばれた美女だ。

有女子は三人の男に想いを寄せられている。在阪大手繊維会社の社長で男やもめの岸和田太市は、いい女と見れば放っておかないエロ親父だが、確かな商才の持ち主。沿線にある紡績会社の結核療養所で静養中の佐川英二は、まもなく快癒して職場に復帰するスポーツマンタイプのナイスガイ。そして東大大学院で美学を研究する甲賀恭雄（やすお）は、頭でっかちの青瓢箪ながら、将来の成功を約束されている有望株（ちなみに恭雄の母親は息子の心など知らず、会計さん＝サヨ子を息子の嫁にほしいと考えている）。それでも有女子は足りないのか、食堂車で働く喜イやんに面白半分に接近して、すでに乱れていた彼の心をさらに乱し、サヨ子までもやきもきさせる。

有女子は男たちを手玉に取っているのでしょうか？　でも彼女はいわゆる悪女キャラではけっしてないのです。この点については、のちほど改めて述べましょうね。

特急ちどりは早晩廃止が見越されています。もっと速い列車が登場するのです。だからサヨ子も有女子も焦ってる。ちなみに東海道新幹線開通はこの小説の四年後。

『七時間半』は、特急ちどりが品川を出発して大阪に到着するまでを物語ります。サヨ子、喜イやん、有女子が乗務し、岸和田社長とその秘書、そして甲賀恭雄とその母が、乗客として乗りこんでいます。川島雄三が『特急にっぽん』として映画化したときには、サヨ子を団令子、有女子を白川由美、喜一をフランキー堺が演じました。

むかしの大衆小説がいまの小説と違うところは、同時代の読者が知っている同時代の世相風俗、流行、そしてなにより既存の固有名をそのまま使って、読者に特定のイメージを効率よく伝えるところです。共有された既存の概念を使って情報を伝えることで、表現をショートカットするのです。

たとえば有女子は、特急ちどりのB・B（ブリジット・バルドー）、という異名をとっています。有女子の華やかな美貌やちょっと危険なたたずまいを読者にイメージさせるには、当時の有名海外スターの名前を使うのが手っ取り早くて便利で、要はラクだからです。

同様に、中盤、二号車に乗っている怪しいふたり組の若い男のヘアスタイルは、〈一人は三島由紀夫のような刈り方で、もう一人は、石原裕次郎式である〉。

裕次郎の映画デビューは『七時間半』の四年前、兄・石原慎太郎（それこそ「慎太郎刈り」というヘアスタイルで有名だった）の芥川賞受賞作『太陽の季節』でした。のちの章では〈徳川時代の古い美学では、男女の情死を礼讃したが、今は、太陽の季節であって、学説も、変ってきてる〉という一節も。

『太陽の季節』がヒットしたその年には、米国映画『王様と私』にユル・ブリンナーが主演しました。本書の岸和田社長は〈ブリンナー〉のようなツルツル頭で、〈胸毛と金にかけては、長島も及ばないほどの男〉。二年前に当時最高額の契約金一八〇〇万円で読売ジャイアンツに入団した長嶋茂雄のスターぶりがうかがえます。チーフ・コックの渡瀬が口にする〈いや、もう、ムチャクチャにござります〉はヴェテラン人気漫才師・花菱アチャコの〈滅茶苦茶でごじゃりまするがな〉というギャグでした。さらには前年に結婚した美智子妃（のちの皇后）への言及も見られます。

　これらは世間に通用するパブリックイメージに手を加えず、いわば日常会話やＴＶのトーク番組での言語使用をそのまま流用するような言葉選びです。通常の文学的発想からすれば、まったくもって文学的ならざる、怠惰でけしからぬ手口でしょう。おまけにはやりものはどんどん更新され、過去のものとして古びていきます。作品にはやりものを取りこむと、媒体掲載時に新鮮だったその部分が原因で、単行本化ののちに作品が古びていくことは必定です。

　この特徴は、小説、とくに大衆小説が、連載媒体の最新号で読むためのものだったということを示しています。小説が古びるのは当たり前のことで、恐れるに値することではなかった。大正期から昭和中期まで、有名作家の人気小説でも連載の完結後に単行本化されずじまいだったものは少なくありません。

　その後、小説はこういう俗な喩えを取り入れなくなった。ひとつには、週刊誌やＴＶとの棲み分けもあるでしょう。ＴＶのワイドショウやトーク番組は、同時代の世相それ自体をあつかい、速報性でまさっていきました。

小説のほうは速報性で勝てません。そこで、古びないことを目標にしはじめます。古びることを避けるため、世相や事件への言及を避けた星新一のようなケースもある。現在の大衆小説やオタクコンテンツの大半は、このようなはやりもの断ちアンチエイジングを、当たり前のように実践しています。

なにをビビってるんでしょうか？

コンテンツはなあ、一度死んでからがホントの人生なんだよ！

小説なんて結局古びるんだから、どうせならかわいらしく古びることを目指すのも一策なのでは？

そういうわけで、僕が獅子文六作品を再発見したのも、ご多分に漏れず一九九〇年代後半のモダン古書ムーヴメントでのことでした。『七時間半』もまた、生前の作者の与りしれぬところで、レトロな魅力を帯び、いまとなっては決して書かれないであろうタイプの小説となっていたのです。

世相風俗を取り入れるのに長けた作者は、物語に六〇年安保の影を落とします。この日の特急ちどりには岡首相（モデルは当然、安倍晋三の祖父・岸信介（のぶすけ））が乗っています。全学連反主流派のトロツキー亡霊親衛隊が列車爆弾テロを計画しているという情報が流れて乗客はパニックに陥り、物語後半はサスペンス小説の様相を呈してくる。

余談ですが、この作品の翌年に倉橋由美子が、傷心の女子学生が東京から京都までを列車で旅する『暗い旅』を発表します（京都のすっぽん料理の老舗「大市（だいいち）」は『七時間半』『暗い旅』の両方で言及されている）。それはミシェル・ビュトールの『心変わり』（一九五七）へのトリビュート作品であり、多和田葉子『容疑者の夜行列車』（二〇〇二）と並ぶ「列車二人称小説」です。

なお獅子文六は『七時間半』の翌年に、こんどは当時の私鉄のシェア競争を題材にした『箱根山』を発表。この時代の私鉄シェア競争については、磯﨑憲一郎の『電車道』（二〇一五）にも影を落としています。

また『七時間半』には業界小説としての楽しみもあります。食堂車という走るレストランではどのタイミングで給水するのか。客船や旅客機を思わせるゴージャスな列車の、乗客から見えない部分で、乗務員はどういうやりとりをしているのか。

作者は旧国鉄・日本食堂に取材して書いたのではないでしょうか。この「国鉄・ウラ側密着24時！」的な枠組のなかでこそ、サヨ子や喜イやん、有女子にとっての厳しい上司兼「話のわかる小父（おじ）さん」世代に属する人情味ある脇役たち（オモテ方面を束ねるヘッド・ボーイの広田惣五郎、チーフ・コックの渡瀬）の存在は光ります。

本書はまた、長距離列車という条件を活かした「グランドホテル形式」の小説でもあります。主役クラスは六人程度とはいえ、不穏なひとりごとを漏らす怪しげなヒゲの酔客、熱海で乗りこんでくる艶やかな美女、首相警備に駆り出されたふたり組の私服鉄道公安官、組合活動に熱心な調理場の同僚・田所など、印象的なキャラクターが、緻密に計算された絶妙なタイミングで出入りするのです。

ストーリーが進むにつれて、冷静だったはずのサヨ子はうっかりミスを連発するようになります。また有女子は有女子で、小悪魔ちゃんキャラを守りきれなくなって、逆に意外な可愛らしい一面をのぞかせます。恋とは罪なもの。

有女子が男たちをその気にさせつつ、ターゲットをひとりに絞りきれないのは、ほんとは彼女のなかに迷いがあるから。有女子の魔性やプライドの高さは、じつのところは、彼女の自信のなさ、寄る辺なさのなせるわざでしょう。

かたや小柄でしっかり者の浪花庶民の娘。もういっぽうはすらりとした、意地悪な、でも内心純情な旧華族のお嬢さま。魅力的なダブルヒロインの対決は、吉屋信子『わすれなぐさ』（一九三二）における一枝と陽子、また川端康成『乙女の港』（一九三八）の洋子と克子といった少女小説におけるライヴァル関係を想起させます。

終盤、有女子の顔を見つめながら、サヨ子が〈一体、この人、誰が好きやったんやろ〉と自問するあたりは、名場面といえましょう。

晩年の尾崎翠は、獅子文六を愛読したそうです。この緻密＆ハイカラ＆モダンでみずみずしい小説を週刊誌に連載した当時、獅子文六が七〇歳に近い年齢だったことも、もうひとつの驚きです。昭和文学の隠れた逸品、どうぞお楽しみください！


（ちの・ぼうし　文筆家）

・本書『七時間半』は一九六〇年一月から九月まで「週刊新潮」に連載され、一九六〇年十月に新潮社より刊行されました。
・文庫化にあたり『獅子文六全集』第九巻（朝日新聞社一九六八年）を底本としました。
・本書のなかには、今日の人権感覚に照らして差別的ととられかねない箇所がありますが、作者が差別の助長を意図したのではなく、故人であること、執筆当時の時代背景を考え、該当箇所の削除や書き換えは行わず、原文のままとしました。

ちくま文庫

七時間半（しちじかんはん）

二〇一五年五月十日　第一刷発行

著　者　獅子文六（しし・ぶんろく）

発行者　熊沢敏之

発行所　株式会社　筑摩書房

東京都台東区蔵前二―五―三　〒一一一―八七五五

振替〇〇一六〇―八―四一二三

装幀者　安野光雅

印刷所　星野精版印刷株式会社

製本所　株式会社積信堂

乱丁・落丁本の場合は、左記宛にご送付下さい。
送料小社負担でお取り替えいたします。
ご注文・お問い合わせも左記へお願いします。

筑摩書房サービスセンター
埼玉県さいたま市北区櫛引町二―六〇四　〒三三一―八五〇七
電話番号　〇四八―六五一―〇〇五三

© ATSUO IWATA 2015 Printed in Japan

ISBN978-4-480-43267-4 C0193